KB064105

Safehouse Anthology

목차

서문

《대멸종》은 지난 겨울 진행된 '2018 겨울 안전가옥
스토리 공모전' 앤솔로지 부문 수상작 다섯 편을 모아
만든 책입니다. 짐작하시다시피 공모전의 주제는
'대멸종'이었죠. 《냉면》에 이은 안전가옥의 두 번째
앤솔로지입니다.

공모전에 접수된 이야기 하나하나가 너무나 매력적이어서, 심사하는 동안 자주 소리를 질렀습니다. '대멸종'이라는 다소 묵시록적인(?) 주제를 가지고 이렇게나 다양한 이야기를 만날 수 있다니요! 아마도 진정한 승자는 이 책을 만나 보실 독자 여러분이 아닌 우리 심사위원들이었는지도 모르겠습니다.

심사의 기준은 명확했습니다. 앤솔로지의 매력을 듬뿍 살리기 위해, 한 권의 책으로 만들어졌을 때를 구체적으로 상상하여 심사했습니다. 선정된 다섯 편의 작품 순서 역시 심사표상의 순위와는 상관없이 독자님들의 독서 경험을 상상하여 배치했습니다. 앤솔로지의 어원은 그리스어로 안솔로기아, 꽃다발 이라고 하잖아요. 플로리스트가 된 기분으로 작품을 고르고 책을 만들었습니다. 이 꽃다발의 주인은 지금 이 책을 읽고 계신 독자 여러분이죠.

《대멸종》을 읽으시는 동안, 부디 즐겁기만을 바라겠습니다. 이승과 저승, 지구와 그 바깥, 지금 여기의 세계와 상상할 수 없던 완전히 새로운 세계의 '대멸종'을, 이 책을 통해 지켜보시기를. 한 세계의 끝을 지켜보는 그 짜릿하면서도 쓸쓸한 기분 사이 어딘가에서, 삶에 대해 생각하시기를. 그리고 조금이나마 위로받으시기를 바랍니다.

안전가옥 스토리 PD
김신 드림

저승 최후의
날에 대한
기록

시아란

공학박사. 연구원. 레몬과 털 많은 봉제 인형의 친구.
나의 평온이 당신의 기쁨이 되기를,
나의 일상이 당신의 경이가 되기를 바라고 있다.

내가 지금 할 수 있는 것은 기록뿐이기에, 흩어져 가는 영혼을 그러모아 내가 목격한 바를 남긴다. 이 기록이 과연 살아남을지는 알 수 없지만, 만약 후대에 남길 수 있다면 값진 기록이 될 것이라 생각한다.

이 모든 사건이 일어나는 동안, 나는 문제 해결을 위한 활동에 직접 참여하거나 각지에서 일어난 일들을 낱낱이 전해 들었다. 이것은 내가 직접 보고 들은 내용을 추려 남기는 기록이다.

내가 전해 들은 바, 최초의 이상 징후는 삼도천의 한 검문소에 다다른 망자의 짧은 증언이었다.

"여기가 저승이라고? 세상에⋯ 길 가다가 하늘에 뭐가 번쩍하기에 깜짝 놀라서 핸들 꺾은 것까지는 생각이 나는데⋯."

2019년 6월 7일 UTC 17:27, 한국 표준시 6월 8일 새벽 2시 27분. 당시 한국을 포함한 아시아 전역이 깊은 밤을 보내고 있는 상황이었다. 삼도천 검문소의 차사(差使)는 망자의 그 말을 대수롭지 않게 여기고 통상대로 배에 태워 명계(冥界)로 들여보냈다. 하지만 몇 분 지나지 않아, 명계는 지금까지 경험해 보지 못했던 초유의 재해에 직면하게 되었다.

2시 30분을 넘어선 시점부터, 삼도천에 망자가 대규모로 나타나기 시작했다. 저승의 입구요, 지상에서 죽은 인간 영혼이 가장 처음 도달하는 곳이 바로 삼도천과 사출산(死出山) 사이에 낀 좁은 들판이다. 지역과 종교에 따라 저승의 모습은 조금씩 다르지만, 한국 일대와 그 문화적 영향권을 담당하는 저승인 우리 명계의 모습은 그러했다.

명계의 차사들은 지상에 머물러 있거나 삼도천에 도착해 방황하는 영혼을 인도해 명계로 들여보내고, 쌓인 업(業, karma)을 정산하거나 정화한 뒤, 다시 지상으로 돌려보내 윤회전생을 원활하게 하는 것을 사명으로 한다. 그런데 한 번에 갑자기 많은 목숨이 스러지게 되면, 구천을 떠도는 영혼들로 인해 삼도천 앞이 일시적으로 과밀 상태가 된다.

보통 이런 상황이 빚어지는 경우는 두 가지 중 하나였다. 재해가 발생했거나, 큰 전쟁의 한복판에 학살이 발생했거나. 명계 진광대왕부 출입과의 담당 차사장은 대규모 자연재해 상황을 직감했다. 삼도천 검문소에 인원을 증파해 갑자기 밀려든 망자들을 명계로 서둘러 맞이할 준비를 하는 한편, 지상의 저승사자들에게는 이승에 구체적으로 무슨 일이 일어났는지 확인할 것을 요청했다.

　5분 뒤 삼도천 검문소로부터 당황한 차사의 보고가 올라왔다. 지금 그곳에 온 사람들 중 누구도 자신이 왜 죽었는지 모르고 있다는 것이었다. 심야인 탓에 수면 중 사망한 사람은 그럴 수 있었다. 그런데 그 시간에 깨어 있다가 죽은 사람들까지도 자신이 왜 저승에 와 있는지를 모른다는 것은 지나치게 이상한 일이었다. 하늘에서 갑자기 날벼락이라도 떨어져 즉사에 이르지 않고서는 그런 반응을 보이기 어려웠다. 하지만 동시에 날벼락을 맞은 사람이 수천 명 이상 된다는 것은 말이 되지 않았다.

　비슷한 시기 출입청의 연락관들은 다른 문제로 당황하고 있었다. 한국 문화권의 저승만 그런 것이 아니었다. 아시아 전역의 저승이 비슷한 상황이었다. 일본, 중국, 태국, 필리핀, 베트남, 말레이시아, 인도네시아의 저승까지… 모두 동시에 들이닥친 수천 또는 수만 명 단위의 망자들로 인해 비상이 걸린 직후였다.

　2시 40분에 이르자 이미 명계 앞 삼도천에 몰려든 망자는 몇십만 명 단위에 이르렀다. 동일본 대지진 당시의 일본은 물론 인도양 쓰나미 때 남아시아 저승조차 겪어 보지 못한 기록적인 수의 사망자였다. 순식간에 삼도천 너머는 길 잃은 영혼들이 인파를 이루어 서성이는 혼란스러운 장소로 전락했다. 검문소의 차사들은 처음에는 매뉴얼대로 그들을 삼도천 건너 명계로 인도했으나, 그들이 수송하는 숫자가 새로 발생하는 망자의 수를 따라잡을 수 없음을 곧 깨닫게 되었다. 각지의 검문소들로부터 중과부적임을 알리는 통신이 출입과 본부로 쇄도했다.

오전 3시에 이르러, 미국과 유럽의 저승사자들이 일제히 1차 정보를 명계로 보내왔다. 기상학자들과 천문학자들이 사전에 예측할 수 없었던 우주 방사선의 지구권 유입이 전례 없이 강력하게 일어났음을 관측하였다는 것이었다. 그 영향으로 거의 모든 인공위성과 지상의 전력, 통신망이 기능을 상실하였으며, 추가적인 영향에 대해서는 확인 중이라고 했다. 해당 지역의 언론들은 제한적인 취재와 보도 환경 속에서도 아시아 지역에는 더 심각한 대재해가 발생했다는 사실을 파악해 이를 알리고 있었다.

출입과장은 2단계 비상근무 지시를 내리고, 삼도천 검문소들을 후방으로 소개시켰다. 당장 검문소의 차사들이 감당할 수 있는 상황이 아니라고 판단한 것이었다. 출입과장은 진광대왕부에 급전을 보내 시왕(十王) 회의를 소집하고 명계 전체가 비상 대응할 것을 요청했다.

대규모 인명 피해가 발생하는 재해 상황이나 세계대전과 같은 지속적 인명 피해가 우려되는 시기에, 세계 여러 곳의 저승은 검문소에서 영혼을 대기시키지 않고 곧장 명계로 들여보내는 특별 재난 근무 체제로 운영된 적이 있었다. 이 체제를 명계에 적용할 경우 많은 영혼들을 빠르게 삼도천에서 구원해 올 수 있는 대신, 차사들과 심판관들이 영혼들의 악업을 충분히 씻어 내지 못하고, 불량한 영혼을 그대로 지상에 되돌려 보내게 된다는 문제가 있다. 하지만 밀려드는 망자를 삼도천에 방치할 경우 영혼이 길을 잃고 사출산으로 흘러 들어가 고통받게 되며, 그 고통으로 인해 영혼이 형체를 잃어버려 흉측한 원념(怨念)으로 변한다. 이런 원념이 늘어나면 삼도천의 다른 망자들에게는 물론 저승 전체에 파괴적인 영향을 줄 수 있다. 따라서 당장 저승의 지엄함을 포기하더라도 신속히 명계로 이들 영혼을 진입시켜 병목을 해소하는 쪽이 대체로 더 이로운 길이었다.

명계에서는 한국전쟁 휴전 이래로 한 번도 운용된 적이 없는 체제였지만, 당장 눈앞에 보이는 현상이 심각했기 때문에 진광대왕은 긴 고민 없이 비상 체제 발동을 선언할 수 있었다. 진광대왕령에 의해 청내 모든 차사들에게 업무 비상 대기령이 내려왔고, 긴급 시왕 회의가 염라대왕부에 건의되었다. 진광대왕부의 모든 심판관들이 오전 4시까지 심판관석에 재석하여 망자의 최초 심판에 착수하도록 하는 명령이 발효되었고, 이에 맞추어 삼도천 도개교의 하강이 진행되었다.

그러나 이 같은 상부의 대책 시행에도 불구하고 출입과는 패닉 상태였다. 삼도천 앞에 대기하는 인원수가 10만을 넘은 것으로 추정된 까닭이었다. 심지어 아시아 전역의 저승이 같은 상황이었다. 인류 역사에서 손꼽힐 만한 규모의 자연재해였던 인도양 쓰나미의 사망자 수가 20만여 명이었으니, 단기간 내에 아시아 전역에 걸쳐 이만한 인명 피해가 발생한 것은 저승이 생겨난 이래로 겪어 본 적이 없는 상황이었다. 새로 나타나는 망자들이 사망 직전에 경험한 신체 증상 또한 대체로 두통, 심한 어지러움, 구토, 복통과 같이 직접적인 사망 원인을 추측하기 어려운 것투성이었고, 외상을 입어 사망한 사람은 소수에 불과했다.

그들 모두의 증언에서 드러나는 일관된 정보가 있었다. 눈에 보이는 커다란 재해 없이 갑자기 주변 사람들이 죽어 가기 시작했다는 것. 외상을 입은 사람들은 갑자기 통제를 벗어난 자동차나 기계 따위의 폭주에 휘말린 경우가 대부분이었다. 그리고 야외에 있었던 사람들은 한국 하늘에서 볼 수 있을 리가 없는 선명한 오로라를 목격했다고 공통적으로 증언했다.

오전 4시에 심판관의 재석이 완료되고 삼도천 교량이 개방된 순간, 통제되지 않은 영혼의 물결이 명계의 각 출입구로 밀려들었다. 모든 심판관들이 일시에 영혼의 계량과 분류 작업을 시작했으나, 쏟아지는 망자를 제대로 소화해 낼 가망이 보이지 않았다. 망자의 수는 계속해서 늘어나는 상황이었다. 더욱이, 아직 시왕 간에 대응 방안이 협의되지 못한 탓에, 진광대왕부가 급하게 심판한 망자가 초강대왕부로 진입하는 데서 또 다른 병목 현상이 발생했다.

그즈음에, 인도, 페르시아, 아라비아, 동유럽 일대의 저승에서도 망자의 폭증이 보고되었다. 또한, 현 사태의 원인에 대한 명확한 정보가 지상에서 처음으로 전해져 왔다.

미국 천문학자들의 긴급 발표에 의하면 태양으로부터 약 4광년 떨어진 지점에서 초신성으로 추정되는 대폭발이 일어난 것이 확인되었다. 최초의 망자가 본 섬광이 아마 그것이었으리라. 폭발 조짐이 없던 별이 갑자기 초신성이 된 이유는 알 수 없었으나, 중요한 것은 그 폭발의 결과 극도로 강한 방사선을 띤 입자 제트가 발생하여 광속에 가까운 속도로 지구를 덮쳤다는 것이었다. 천문학자들은 이 현상을 초신성에 의한 감마선 폭발(Gamma Ray Burst, GRB)로 추정했다. 방사선 제트는 지구 자기권에 충돌하여 지구 주위를 도는 모든 인공위성들을 전자적으로, 심지어 일부 물리적으로 파손시켰음은 물론, 오존층을 즉시 증발시켜 버린 뒤 지상에까지 도달할 정도로 강력했다. 지구 자기권을 압도한 외부 에너지에 의해 적도 근방을 포함한 지구의 모든 하늘이 눈부신 오로라로 뒤덮였다.

대기에 의한 산란에도 불구하고, 지상에 도달한 방사선의 세기는 야간의 옥외에 노출되어 있던 사람들 대부분을 즉사시킬 수 있는 수준이었다. 이내 지형지물에 반사된 방사선과 차폐물을 관통해 조사(照射)된 방사선이 추가 사망자를 낳았고, 사망자들에 의해 통제를 벗어난 교통수단, 화기, 인프라 설비들이 연쇄 사고를 일으켰다. 그렇게 아시아 전역에서 수천만 명이 몇 분 안에 사망하게 된 상황이었다.

염라대왕부에서 열린 명계 시왕 회의 소집을 위한 긴급 검토 회의에서, 천문학자 출신 염라대왕부 수석 차사는 시왕 회의를 즉시 소집함은 물론 사상 초유의 재해 상황에 대비할 필요가 있다는 의견을 강하게 주장했다.

사상 초유의 재해란 곧 인류 전체의 급격한 멸종을 뜻하는 것이었다.

그즈음 삼도천과 정반대 방향에서 이승을 바라보는 윤회청에서도 급보가 날아들었다. 심판이 끝난 영혼을 윤회시킬 생명의 자리가 급격히 사라지고 있다는 것이었다. 인간의 자리는 물론 동물과 식물의 자리마저 빠른 속도로 소실되고 있었다. 개와 고양이 그리고 조류를 비롯한 육상 동물들의 수가 가장 급격히 줄기 시작했고, 바다 생물들은 비교적 피해가 적었으나 역시 생명이 줄어드는 속도가 점차 빨라지고 있었다.

오전 4시 30분 시왕이 처음 회동했다. 앞서 삼도천과 진광대왕부에서 올라온 망자의 대규모 출현 보고는 물론, 윤회청에서 들어온 보고도 함께 의제로 올랐다. 이제 명계는 더 이상 유일한 죽음의 터전이 아니었다. 지상이 곧 죽음의 터전이었다. 죽어 올라올 영혼은 수십억이요, 살아 돌아갈 생명의 자리는 0에 가깝도록 사라지고 있었다. 삼도천 출입을 담당하는 진광대왕은 우선 초강대왕부의 문을 개방해 밀려드는 영혼을 수용할 것을 요청했지만, 곧 시왕 회의 전체의 신중론에 가로막혔다.

영혼을 받아들이는 것까지는 좋고, 그들을 빠르게 심사하는 것도 가능한 일이었다. 하지만 그렇게 심사가 끝난 영혼을 내보낼 길이 없다는 것이었다. 시왕 회의는 퇴로가 없는 고민에 빠져들었다.

그 시간, 지상의 상황도 계속해서 급변하고 있었다. 우주에서 날아든 입자 제트는 지구의 밤 방향을 계속해서 방사선으로 구워 버리는 중이었고, 지구의 자전에 따라 약속된 죽음이 일몰과 함께 다가오고 있었다. 24시간 이내의 멸망을 눈앞에 둔 유럽, 아프리카, 아메리카 각국에서 대규모 폭동이 발생했고, 모든 문명 기능이 마비되었다.

한국에 문화적 정체성을 둔 사람은 한반도에 거주하지 않더라도 우리 명계로 오는 경우가 있다. 객사한 한국인들과 시왕 설화를 여태 믿고 있던 교포들이 삼도천에서 목격되기 시작했다. 이미 포화 상태가 된 삼도천에서 그나마 열려 있는 다리를 건너 진광대왕부로 들어오는 사람들이 저마다 종말의 풍경을 전하고 있었다.

"종말이 왔어! 종말이!"

"제발 나 좀 도로 살려 주세요…. LA에서 길 가던 백인에게 맞아 죽었다고…."

"밖에 나왔더니 전부 쓰러져 있어서 이게 뭐야 했는데여기 와 있었어요."

한 망자는 길 안내를 하던 차사를 덥석 붙잡고 절망 섞인 표정으로 외치기도 했다.

"이제 어쩔 거야? 우리 말고 당신들 말야. 다 죽어 버렸으니까 뭐 먹고 살 거야, 응?"

그것은 정확히 명계 시왕들이 직면한 고민거리이기도 했다.

오전 5시, 시왕 회의의 첫 번째 결론이 나왔다. 우선 망자들을 가능한 한 명계로 수용하고, 모든 심판 절차를 속행으로 처리하되, 윤회전생은 당분간 중지할 것. 명계의 모든 영적 공간은 최소한의 영역을 제외하고 모두 망자수용에 동원하며, 일부 악업 정화용 지옥의 기능을 정지시키고 영혼들의 대기 장소로 활용할 것이 결정되었다.

동시에 염라대왕의 특명으로, 저승에서 일하는 차사들부터 심판 대기 중인 망자에 이르기까지 이 사태를 해명하는 데 도움이 될 수 있는 각종 지식을 가진 전문가의 영혼이 있으면 차출하여 비상 대책 회의에 데려오라는 지시가 내려왔다.

"비상 대책 회의는 두 개를 소집하겠소. 하나는 초신성 폭발과 관련한 지상의 영향을 검증하기 위한 것이니, 천문학자나 생물학자 같은 과학자의 영혼을 데려오시오. 또 하나는 우리 저승의 미래를 확인하기 위한 회의이니… 시왕 신앙에 대해 잘 아는 무속인이나 문화학자를 데려오시오."

침착한 염라대왕의 당부에 비서관들이 일제히 움직이기 시작했다. 염라대왕부 비서관들은 막 개방된 초강대왕부의 문앞에 버티고 서서 쏟아져 들어오는 망자들 중 관련 전공자를 수소문하기 시작했다. 명계 각 대왕부에 근무하던 차사들 중에서도 비교적 최근에 사망해 관련 분야의 최신 지식을 갖춘 영혼들이 차출되어 염라대왕부로 소집되었다.

오전 5시 30분, 대책 회의가 시작되었다.

과학자 영혼들이 모인 회의에서는 학구적인 토론이 오갔다. 지상에서 우주 폭발 현상을 실제 관측한 뒤 사망한 천문학자 여럿이 이승에서 못다 분석한 내용을 두고 토의를 진행했다.

먼저 천문학자들은 이번 사태가 단순한 초신성 폭발이 아닐 가능성을 제기했다. 일반적인 초신성 폭발의 경우 이 정도로 강력한 방사선 제트가 발생하지 않으며, 오존층의 일시적인 사멸이나 통신위성의 파괴까지는 예상할 수 있어도 지상 생명체를 즉사시킬 수준의 에너지가 발생할 수는 없다는 것이었다. 일어난 현상을 놓고 생각해 볼 수 있는 다른 원인으로는 회전 블랙홀에서 발생하는 방사선 제트가 물망에 올랐다.

보다 구체적인 가설로는 인류의 관측 영역 밖에 있던 떠돌이 회전 블랙홀이 항성과 충돌하고, 급격한 중력 붕괴를 일으키면서 항성을 폭발시킨 뒤 그 자리를 대체했을 가능성이 제기되었다. 이 경우 원래 있던 항성의 가스가 회전 블랙홀로 급격히 빨려 들어가면서, 초신성 폭발에 의한 단발성 감마선 폭발과는 비교하기 어렵도록 강력한 방사선 제트가 블랙홀의 회전축을 따라 뿜어져 나오게 된다.

만약 그 블랙홀의 회전축 방향에 태양계가 놓여 있었다고 가정한다면, 지금과 같은 상황을 설명할 수 있었다. 제트가 광속에 근접한 속도로 쏘아져 나오기 때문에, 지구에서는 사전에 관측할 방법이 없었을 것이고, 알게 된 시점에서는 이미 늦었으리라는 것.

"하지만 4광년 떨어진 별에 충돌해 이런 사태를 일으킬 만한 블랙홀이라면, 지구에서도 진작 관측할 수 있었어야 하는 것 아닙니까?"

한 물리학자 영혼의 질문에, 유럽에서 근무하던 한인 천문학자가 손을 들어 답했다.

"최근 그 별의 밝기가 어두워지는 현상이 관측되었던 것은 사실입니다. 보편적인 천체의 성장 모델에 맞지 않는 현상이라, 자전 중인 행성과 관련된 게 아닐지 검토해 보는 단계였던 것으로 알고 있었습니다. 하지만 그게 사각지대에서 접근하는 블랙홀로 인한 중력 왜곡의 결과였다는 가정도 해 볼 수 있습니다."

요컨대 지구에서 관측하기 힘든 별의 뒤쪽으로부터 떠돌이 블랙홀이 날아든 것이 아니냐는 추측이었다. 블랙홀의 접근으로 인해 별은 연료가 될 가스를 잃었고, 별빛은 강한 중력에 의해 왜곡되었다. 그 결과는 지구에서도 관측되었지만, 그 의미를 해석할 시간을 주지 않고 충돌이 일어나 지금과 같은 상황으로 이어졌다는 설명이었다.

이 모든 가설과 추측이 사실이라는 전제하에 절망적인 예측 하나가 새로이 도출되었다. 단시간 내에 지구가 방사선 제트의 영향권에서 벗어나지 못할 수도 있다는 것이었다. 초신성에 의한 감마선 폭발은 최대 몇 시간 정도 지속될 뿐이지만, 블랙홀 제트의 출현은 우주의 지형 자체를 바꾸는 현상이기 때문에 그 효과가 얼마나 오래 지속될지 예단할 수 없다는 이야기였다.

더군다나, 블랙홀 제트가 발생했다는 것은 플라스마로 바뀐 항성 가스가 대량으로 배출되기 시작했다는 의미이므로, 단순히 방사선을 막는 정도로는 생존을 도모할 수 없다는 관측도 나왔다. 정말로 플라스마 입자가 쏟아지기 시작한다면, 지구상 생명체가 말살되는 정도가 아니라 지구의 대기가 아예 쓸려 나가거나 공전 궤도가 흔들릴 가능성도 있었다.

즉, 지구의 인류 문명이 당장 살아남지 못하는 것은 물론, 시간을 들여도 회복하지 못하게 될 가능성을 고려해야 한다는 의미였다.

생물학자들은 이 상황에서 윤회전생에 대한 몇 가지 대안을 제시했다. 우주 방사선은 심해와 지하에는 영향을 덜 미칠 것이었다. 심해 어류나 해조류 등이 일차적인 대안으로 제시되었고, 그다음으로는 지렁이나 동굴 생명체와 같은 원시 지저 동물이 거론되었다.

"깊은 암반 속에 사는 미생물이나 세균들까지도 필요하면 그… '윤회'의 타깃으로 검토해 봐야 하지 않겠습니까?"

한 생물학자 영혼의 지적에, 윤회청에서 나온 담당자

는 인간으로 태어난 영혼을 미생물로 윤회전생시키는 일은 전례가 없다고 답했다.

"그래도 인간으로 태어날 정도면 상당히 성숙한 영혼입니다. 말이 육도윤회(六道輪廻)지, 축생도를 빼면 전부 인간 세상에서 태어날 길이 열리는 구조입니다. 저희는 사람 영혼을 축생도로 보낼 때도 굉장히 신중하게 고민했거든요. 그런데 미생물이라뇨…."

그렇게 되면 영혼이 의식을 완전히 잃어버려서 삼혼칠백(三魂七魄)이고 뭐고 남아나지 않는다는 둥, 그 영혼이 인간 몸을 입어 다시 태어나기까지 대체 얼마나 오랜 세월이 걸릴지 아느냐는 둥, 윤회청 담당자의 긴 하소연이 이어졌다. 몇몇 학자들은 그의 넋두리에 묻어 밝혀지는 육도윤회의 진정한 구조에 굉장히 흥미가 있는 눈치였지만, 처음 미생물 이야기를 꺼냈던 생물학자가 버럭 소리를 질러 뒷이야기를 잘라 냈다.

"아니, 그럼 지금 대안이 있습니까? 영혼을 내보낼 몸뚱이가 있어요?"

말문이 막힌 윤회청 담당자는 길게 침묵했다가, 결국 백기를 들고 말았다. 다만 미생물 방향의 이승문은 이론적으로만 존재해 왔지 실제로 활용된 적은 없기 때문에, 모종의 테스트가 필요하다고 했다. 그 테스트의 결과에 따라서는 영혼을 어떻게든 명계에서 내보낼 방안이 생길 수도 있었다.

거기까지 논의가 진행되었을 때, 한 물리학자가 좀 더 근원적인 문제를 제기했다.

"그래서, 죽은 영혼을 어떻게든 지상으로 돌려보낸다

칩시다. 인류가 망할지도 모른다고 치고요. 그 경우에 여기 저승은 어떻게 되는 겁니까? 내가 제대로 파악했는지 모르겠는데, 이제 지구상에는 인간이 거의 다 사라진 것 아닙니까? 저승은 인간이 있어야 존재할 수 있는 곳이죠?"

그의 지적은 정확했다. 명계를 포함해, 사람들에게 알려져 있는 저승은 모두 인간 영혼을 위한 곳이었다. 윤회청에서는 영혼을 때로 동물이나 식물의 몸으로 밀어 넣곤 하지만, 동식물이 죽은 뒤 어느 저승으로 가는지는 알 수 없었다. 그들의 세계에도 그 나름의 저승이 있어서, 또는 영혼이 헤매는 공간이 있어서 그중 일부가 무작위로 윤회전생하는 것이 아닌지 추측할 따름이었다. 명계의 차사들이 확언할 수 있는 것은 오직 다른 인간 저승들의 존재뿐이었다.

물리학자가 질문을 던졌던 그 시간, 인류가 멸망하면 저승이 어떻게 되는지에 대해서는 염라대왕이 소집한 별도의 대책 회의에서 논의가 이루어지고 있었다.

"아마 저승도 사라진다고 봐야 할 겁니다."

염라대왕부에서 상당히 오랜 시간 일해 온 수석 차사가 단호하게 말했다.

"저승은 이승의 믿음과 문화에 의해서 성립합니다. 내가 여기 염라부에서 일한 지가 어언 500년쯤 되는데, 그사이에 사라진 저승이 없을 것 같습니까? 나라가 무너질 때, 문화가 사라질 때, 민족이 말살될 때, 뒤따라 소식이 끊겨 버린 이웃 저승 세계들을 내가 압니다. 이제 우리 모두가 그렇게 되겠군요. 생존자가 남아 있다면 그 생존자들이 의지하던 내세관에 맞는 저승들만 살아남을 것이고, 그들이 모두 죽고 나면 적어도 우리가 알던 사후 세계는 사라질 것입니다."

새 저승의 염라대왕이 될 영혼이 다시 삼도천을 건너기를 수백 년, 어쩌면 수만 년을 기다리게 되겠지요. 그 말에 좌중에는 무거운 침묵이 내려앉았다.

잠깐의 어색한 정적이 지나간 뒤, 한 인류학자의 영혼이 조심스럽게 입을 열었다.

"차사님 말씀 잘 들었습니다. 차사님 말씀대로라면 문화권마다, 내세관마다 각기 다른 저승 세계가 존재한다는 말씀이로군요. 그리고 어떤 내세관이 사람들로부터 잊히면 그 저승은 사라진다고 하셨고요."

"그렇게 보고 있습니다."

"그럼 혹시 그 내세관이 나중에 부활한다면 저승도 되돌아옵니까?"

인류학자의 질문에 수석 차사는 머뭇거렸다. 그가 오랜 기간 명계의 차사 생활을 하면서 한 번도 생각해 보지 못한 일이기 때문이었다.

"그런 적은… 내가 아는 바로는 없습니다. 아니, 정확하게는 모른다고 봐야 합니다. 아직 한 번도 그런 사례를 본 적이 없습니다. 망자께서는 혹시 짐작이 가는 부분이라도 있어서 그런 말씀을 하시는 것인지…."

인류학자는 고개를 끄덕였다.

"정말로 저승이 사라지는 수준이었는지는 알 수 없지만… 북유럽의 내세관을 보면 '발할라'라는 곳이 있습니다. 옛 신화에 나오는, 죽은 전사들의 저승 세계였죠.

북유럽 일대에는 훗날 기독교가 득세하였으니 토착 신앙은 거의 소멸했을 것이고, 그렇다면 발할라 또한 사라졌을 것입니다. 하지만 20세기 이후에 북유럽 신화가 다시 조명을 받고, 또 창작물 같은 데서 다루어지기도 했기 때문에… 혹시 압니까? 현대에 와서 발할라의 존재를 진지하게 믿는 사람들이 생겼을지?"

"요컨대 어떤 말씀이십니까?"

수석 차사의 재촉에, 인류학자는 조금 자신감을 얻은 표정으로 답했다.

"만약 지상의 인류가 죽어 이곳 저승이 소멸할지라도, 저승의 모습을 후대에 남길 수 있다면, 후대가 다시 저승의 존재를 믿게 될 때 되살아날 수 있는 것 아니겠습니까?"

무언가 기대할 만한 이야기가 나온 것은 처음이었다. 모여 있던 영혼들이 술렁이기 시작했다.

그때 누군가 번쩍 손을 들었다. 그는 자신을 해외에서 연구를 이어 가던 한인 문화사학자라고 소개했다.

"발할라의 사례를 참고하려면 북유럽 토착 신앙이 완전히 소멸했다는 전제에다, 최근에 들어서 북유럽 신화를 종교 수준으로 믿는 사람들이 다시 생겼다는 가정까지 필요하지 않습니까? 지나치게 비현실적인 가정입니다."

반박에도 불구하고, 인류학자는 담담히 고개를 끄덕였다.

"무리한 가정인 것은 압니다. 하지만 지금 가설의 무리함을 따질 상황입니까?"

    수석 차사는 한동안 턱수염을 매만지더니 한숨을 내쉬었다. 답답한 것인지, 답답함이 풀린 것인지 알기 어려운 무거운 날숨. 수석 차사는 조심스레 인류학자의 논리를 긍정하기 시작했다.

    "… 인류학자 망자님의 말씀에 따르면, 요컨대 발할라가 지금 존재하는지, 존재한다면 과거의 모습을 어떻게 보존했는지 한번 살펴볼 필요는 있겠군요."
    "네. 그리고 여기서부터는 저의 제안입니다만…"

    인류학자의 제안은 다음과 같았다. 발할라가 만약 정말로 사라졌다가 부활한 것이 맞다면, 지금 한인들이 공유하고 있는 이곳, 시왕이 지배하고 윤회전생이 이루어지는 저승 세계의 모습이 후대에 전해지도록 남길 방법을 찾아야 했다.

    "저는 오늘 저승에 처음 왔기 때문에 저승이 이승에 어떻게 간섭할 수 있는지는 모릅니다. 하지만 만약 어떻게든 이승에 영향력을 끼칠 수 있다면, 우리는 할 수 있는 일이라면 뭐든 해야 합니다."

    그때 문화사학자가 다시 손을 들었다.

    "좋은 의견입니다만, 우리에게 시간이 충분할까요? 지금 지구가 만 하루 안에 깡그리 멸망할 판인데, 기록을 남기고 이승에 영향을 줄 만한 여유가 있겠습니까?"
    "될 게요."

    불쑥 대답한 이는 스스로를 무속인이라고 밝힌 노인이었다. 수석 차사가 눈을 게슴츠레 뜨며 노인에게 물었다.

    "어, 망자 선생님께서는 존함이…"

"뉴저지에서 장군신 모시던 일개 무당이오."

"뉴저지요? 미국의 그 뉴저지 말입니까?"

문화사학자가 좀 놀랍다는 투로 되묻자 무당은 퉁명스레 대꾸했다.

"그럼! 뉴저지가 달리 또 있겠나? 세상 어디든 무당은 있는 법이야! 나로 말할 것 같으면 뉴저지에서 리 그랜트 장군신을 모시던 사람인데, 장군신께서 지금 제대로 저승 찾아 돌아가셨는지 모르겠구만."

"… 잘 찾아가셨을 겁니다. 그런데 그… 장군보살님께서는 어떻게 시간이 있다고 확신을 하시는지…"

수석 차사의 조심스러운 재촉에, 장군보살로 불린 무당은 여전히 시퉁한 표정으로 말을 이었다.

"아무튼 거, 내가 생전에 돈 많은 한인 부자 한 명 점을 봐 준 적이 있었지. 장군신께서 딱 보시더니 오늘이 꼬라지가 날 걸 미리 아셨던 거라. 한 달 내로 하늘이 와르르 무너지니까 너희는 당장 네가 판 동굴 속으로 도망가라고 딱 말씀을 하신 거야! 그랬더니 이 부자가 아주 그냥 깜짝 놀라면서 자기가 집에 방공호 파놓은 건 어찌 알았냐고 그러는 거 아니겠어?"

용한 무당이 한마디 쿡 찌르면 사람이 자기 마음속에 있는 말을 털어놓기 마련이라며, 무당은 그때 그 한인 부자가 했다는 말을 옮겼다. 자기는 사실 러시아 대통령이 항상 무서웠고, 언제든 핵미사일로 미국을 쓸어 버릴 거라는 생각을 지울 수가 없었단다. 그래서 저택을 새로 짓는 김에 핵전쟁이 터져도 장기간 살아남을 수 있도록 방공호를 지어서 지하에 묻어 놨다는 것. 요새 일진이 사나워서 유명한 장군보살을 찾아왔는데 종말의 날이 온다는 걸 알겠다며 복채를 엄청나게 주고 갔다는 이야기였다.

그 긴 이야기의 핵심은 결국 마지막에 있었다.

"그래 가지고서는, 그날부로 지하에 틀어박혀서 한 달 동안 안 나올 거라고 했거들랑."

그 자리에 모인 망자들이 일제히 탄성을 내질렀다. 하늘에서 감마선이 쏟아지더라도 지하의 정말 깊은 곳에 작정하고 숨어들었다면 어떻게든 살아남을 수 있을 것이다. 뉴저지의 그 한인 부자뿐만 아니라, 군사적 목적이나 그 밖의 이유로 외부와 단절되어 지하 깊은 곳에서 생활하는 사람들이라면 지상이 강한 방사선에 노출되더라도 상대적으로 오래 살아남을 수 있을 것이었다.

그들이 그 피난처에서 얼마나 오래 버틸 수 있을지는 몰라도, 적어도 하루 이틀 사이에 저승의 보존 방법을 강구해야만 하는 급박한 상황이 아닐 수도 있다는 가정은 그곳에 모인 망자들에게 상당한 안도감을 주었다.

망자들의 논의가 결론에 이르렀다고 판단한 수석 차사는 일단 긴급 회의를 종료하기로 했다.

"많은 의견에 감사드립니다. 그러면 우선 발할라의 소재를 확인하는 한편, 저승사자들을 동원해 지상의 생존자들을 찾아보도록 하겠습니다."

그러자 문화사학자가 또다시 제동을 걸었다.

"자꾸 죄송하지만 한 가지만 더 말씀드리고 싶은데요. 지금 저희가 한 고민을 저희만 했겠습니까? 여기 지금 한국 사람들만 온 거죠? 더 큰 저승들 있지 않습니까?

중국 저승이라든가, 기독교의 저승이라든가."

그럼 그쪽에서도 뭔가 대책을 세워 놨을 텐데 참조를 하시죠, 라는 그의 코멘트에, 수석 차사는 동의를 표했다. 바야흐로 발할라를 찾아 나서야 하는 마당이었다. 그참에 이웃한 저승들의 분위기도 확인하면 좋을 터였다.

회의가 다 끝나자 오전 7시였다. 황폐해진 대지에 해가 떠오른 뒤였다. 밤새 거의 대부분의 생명을 잃은 동아시아 각국은 극도의 적막 속에 아침을 맞이했다. 사람의 말소리도, 도시의 울림도, 동물의 울음소리도 새의 지저귐도 없었다. 오직 들려오는 소리는 여러 곳에서 발생한 화재로 인해 걷잡을 수 없는 불길이 타오르는 소리뿐.

생존자가 있는지 살펴보러 내려간 저승사자들은 고도의 차폐 시설 안에 있던 극소수의 생존자들을 발견할수 있었다. 염라대왕의 윤허하에 금기를 깨고 이승에 모습을 드러낸 저승사자들은 원자력 발전소나 지하 방공호에서 근무하던 생존자들과 접촉하는 데 성공했다.

불행히도 한반도의 생존자들이 처한 환경은 장기적인 생존에 적합하지 않았고, 생존자들은 길어도 한 달내에 모두 사망할 것으로 예상되었다. 그들은 눈앞에 나타난 저승사자의 모습에 경악했다가, 그들이 당장 죽을운명이 아니라는 것에 안도했다가, 자신들의 미래는커녕 사후의 안녕도 보장하기 어렵다는 이야기를 듣고는자포자기했다.

명계는 해외로 나간 한인들의 영혼을 찾아 나설 겸외국으로도 저승사자들을 직접 보내기로 했다. 그들이객사해서 구천을 헤매고 있다면 삼도천으로 인도해 와야 했다.

같은 시각, 다른 저승들의 대책을 확인하고 발할라를 찾기 위해 떠난 차사들도 있었다.

일본의 전통 저승에서는 이 사태를 '이자나기의 황혼'으로 이름 붙이고 한반도 명계와 비슷한 결론을 내리고 있는 상태였다. 저승을 보전하기 위해 일본식 저승의 풍경을 기록으로 남겨야 한다는 합의에 도달했다는 것이 차사를 접견한 텐구(天狗)의 말이었다. 지상의 생존자들을 물색해서, 그들로 하여금 가능한 한 많은 양의 문자 기록을 남기게 하여 후대에 전한다는 것이 일본 저승의 기본 대책이었다.

수많은 저승 가운데 명계와 가장 문화적 유사도가 높은 중국 측으로의 파견은 염라대왕부에서 직접 진행했고, 상대 측 저승의 염라대왕부와 접촉할 수 있었다. 중국 저승에서는 문자 기록에 대한 확신을 갖지 못한 대신, 소멸했다가 되살아난 저승 세계에 대한 검증을 시도하고 있었다. 중국 남방의 소수민족들이 갖고 있던 민간신앙 속 저승들이 아직 존재하는지 확인하고, 존재한다면 과연 어떻게 살아남았는지 살펴보고자 지상에서 이루어진 활동을 역추적할 계획이라고 했다.

구체적으로 발할라를 목표해 유럽 쪽 저승으로 길을 떠난 차사들은 자연스럽게 기독교 저승을 경유하게 되었다. 기독교 신앙을 가진 이들이 민족과 출생지를 불문하고 세계 각국으로부터 밀려드는 곳이었지만 예상보다는 고요했다고 한다. 최후의 심판을 대비하는 예비적 장소인 기독교의 저승문에서, 영혼들은 천사에 의해 잠들어 저승의 한편에서 부활의 시간을 기다리는 중이었다. 차사들은 그곳의 천사들에게 미래에 대한 대책을 물어보았는데, 천사들은 어떠한 동요도 없이 이곳은 사라지지 않는다고 단언하고 있었다. 하나님께서 창조하신 세계이므로, 고작 지구에 변고가 생긴 정도로는 무너지지 않는다는 확신이 있었던 것이다.

그곳에서 인접한 저승 세계로 이어지는 길을 찾던 끝에, 차사들은 북유럽 방향으로 향하는 희미한 영혼길을 발견해 냈다.

그리고 그 너머에는 영원한 전쟁터가 존재하고 있었다.

다양한 무기를 든 사람들이 넓은 평야에서 저마다의 방법으로 살육전을 반복하고 있었는데, 그들은 모두 그 피 튀기는 싸움을 너무 즐겁다는 표정으로 만끽하고 있었다. 차사들이 아연해하는 가운데, 상당히 현대적으로 재해석된 은갑옷을 입은 저승사자가 차사들의 앞을 가로막았다.

"당신들 누구죠?"
"여기가 혹시 발할라입니까?"
"그런데요?"

차사들은 자신들이 여기까지 온 이유를 설명했다. 상대는 자신을 발할라의 저승사자 역인 발키리라 소개하고, 차사들을 황금 궁전으로 안내했다.

"지상이 다 망해 가는 와중이라 발할라의 역사를 알고 싶다고요? 정말 굉장히 쓸모없는 분석을 다 하시는군요. 우리는 저승이 사라지든 말든 신경 쓰지 않습니다. 명예로운 싸움의 밤을 가능한 계속 이어 나갈

뿌이죠."

대답은 시큰둥하게 했지만, 발키리는 차사들이 필요로 하는 정보들과 만나야 하는 이들을 연결해 주었다.

지금의 발할라는 명백히 19세기 이후 서방 각국에서 향유한 북유럽 신화에 기반해 만들어진 장소였다. 심지어 황금 궁전의 모습과 발키리들의 복장은 최근 개봉한 상업 영화로부터 곧장 영향을 받았다는 모양이었다.

그럼에도 불구하고, 지금 존재하는 발할라의 역사 그 자체가 19세기에 시작된 것은 아니었다.

"어느 날 눈을 뜨니 530년이 흘러 있더군."

황금 궁전에서 오랜 기간 전사의 영혼을 관리해 온 선임 발키리의 증언이었다.

"발할라로 찾아오는 전사의 수가 유독 줄어들었다 싶더니, 지상의 전사들이 죄다 기독교 상징인 십자가를 방패에 칠하고 다니는 게 아닌가. 그래서 이 싸움의 전당 문을 슬슬 닫을 때가 되었는가 고민했는데, 문득 정신을 차리고 보니 헬하임에서 넘어오는 다리 위에 총을 든 인간놈이 서 있는 게 아니겠나?"

요컨대 지금 이 발할라는 오래전 바이킹들이 숭상하던 바로 그 발할라가 맞았다. 하지만 대략 13세기경에 종교적 저승으로서의 존재를 상실했다가, 19세기에 접어들면서 다시 살아난 것이었다.

시간이 그만큼 길게 지났다는 사실을 발키리들이 눈치채지 못했다는 증언을, 차사들은 귀담아들었다.

"물론 황금 궁전의 모습이 많이 바뀌긴 했지. 전사들이 들고 다니는 무기도 많이 달라졌고. 이곳의 풍경이야 지상에서 사후의 천국을 어떻게 묘사하는지에 달린 것 아니겠나? 하지만 발할라는 위대한 오딘의 가호 아래 항상 존재해 왔으며, 전사들이 기억하는 한 계속 남아 있을 게야. 전사들이 기억하지 않는 발할라라면 무슨 존재의 가치가 있겠나? 그래서 우리는 지상에 우리 기록을 남기는 데는 별로 관심이 없어."

하지만 당신들이 우리를 참고하는 거야 당신들 사정이지. 선임 발키리는 무심하게 말했다.

파견 차사들은 나름의 결론을 내릴 수 있었다. 저승의 모습이 사람들의 기억 속에 남아 있는 한, 그 저승은 언제라도 부활할 수 있다. 그곳에 남은 영혼들도 보존되는데, 단지 눈을 감았다 뜬 사이에 긴 시간이 지나 있을 뿐이다.

마치 인간이 육체적 죽음 뒤에 다른 삶을 영위하듯이, 저승도 잠시 죽었다가 되살아날 수 있음이 밝혀진 것이다.

차사들이 돌아가려 하자, 발키리는 이쪽이 지름길일 거라면서 중앙아시아 방면으로 이어지는 영혼길을 알려 주었다. 차사들은 러시아 정교도들의 저승을 지나, 중앙아시아 이슬람교의 저승을 경유해 아시아권의 저승 세계로 넘어올 수 있었다.

서로 다른 체계를 가진 몇몇 유일신교의 저승을 경유해 돌아오면서, 차사들은 그 풍경이 대체로 비슷하다는 사실을 알아냈다. 외형은 조금씩 달랐으나, 모든 유일신교의 저승에서는 극도로 침착한 천사들이 망자들을 영원한 안식으로 인도하는 광경을 보여 주고 있었다.

그 모습을 지켜보던 어느 차사가 한 가지 가설을 제시했다. 기독교나 이슬람교의 저승은 어쩌면 거대한 유일신교의 저승 중 일부분을 구성하고 있을 뿐이고, 심지어 지구에 국한된 공간이 아니지 않을까 하는 것이었다. 우주 어디에서든 최후의 심판을 교리로 삼은 유일신교가 존재하는 한 영속적으로 존재할 수 있기에, 그곳의 천사들은 이 아수라장 속에서도 동요 없이 망자들을 대하는 것이 아니겠느냐는 대담한 추측이었다. 동행하던 차사들은 깊은 흥미를 느꼈다.

하지만 그 가설의 진위 여부를 천사들에게 물어볼 여유는 없었고, 본디 유일신교의 천사들이 그런 질문에 답을 하는 이들도 아니었다. 결국 이 추측은 차사들의 흥미로운 가설로만 남은 채 명계에 보고되었다.

여러 이웃 저승으로 떠난 차사들이 그곳의 상태를 살피는 사이, 윤회청에서는 저승이 세워진 이래 처음으로 새로운 환생문을 열기 위한 시도에 착수했다.

"우리 윤회청은 명계가 존속해 온 이래 대부분의 인간 영혼을 다시 인간의 몸으로 돌려보내 왔어요. 육도를 먼데 가서 찾을 필요가 있습니까? 극락도, 지옥도, 아귀도, 수라도, 그 모든 것이 다 인간 세상 안에 있으니까요."

윤회청의 환생문 엔지니어가 지상으로 통하는 환생문을 어루만지며 한숨을 내쉬었다.

"기껏해야 축생도가 예외였고요. 딱히 고통받으라고 그리로 보내는 게 아니라, 가끔 단순하게 살면서 악업을 덜어 내야 하는 영혼들이 있어요. 짐승이나 나무의 삶은 인간의 삶보다 고되겠지만, 그만큼 영혼을 맑게 회복할 수 있는 기회라서 보내는 거였단 말입니다. 고통받아야 할 영혼을 왜 굳이 축생도로 보내겠어요? 그런 영혼은 인간계로 보내는 편이 낫죠. 인간이 인간에게 가장 잔인한 짓을 많이 하는데."

환생문 너머로는 영혼이 다음 생에서 입게 될 몸뚱이의 흐릿한 모습이 보이게 되어 있었다. 축생도로 통하는 환생문들에는 다양한 축생의 윤곽이 비쳤다. 엔지니어가 몇 차례의 어려운 조작을 한 끝에, 축생도로 통하던 환생문 하나가 지금껏 명계에 서 단 한 번도 본 적이 없는 모습을 보여 주기 시작했다. 이제 문 너머에 비치는 것은 마치 나무뿌리처럼 생긴 기이한 세포 생물이었다.

"본 기억이 납니다. 지구 땅속 깊은 곳에 엄청나게 많은 미생물들이 산다는 연구가 최근에 나왔죠. 그 리포트에서 이런 형태를 정말 많이 봤습니다."

윤회청 작업에 대동된 생물학자 망자가 고개를 끄덕이며 말했다.

"이런 생명체는 지상이 아무리 오염되더라도 살아남을 수 있습니다. 척박한 환경의 외계 행성에도 생명이 있을 거라는 추측의 근거로까지 쓰인 미생물들입니다. 이들로부터 윤회가 이어진다면 지구의 생명을 계속 유지할 수 있어요."

윤회청 엔지니어는 다시 땅이 꺼져라 한숨을 쉬었다.

"그러면 뭐 합니까? 여기로 들어간 영혼들이 다시 지성을 가진 생명에게 들어가기까지 얼마나 긴 세월이 걸릴지….”

“이봐요, 내가 기왕에 죽은 마당이니 학자의 양심 내려
놓고 헛소리 좀 하지요.”

생물학자는 학술적 근거라고는 아무것도 없는 소리라
는 전제를 깔고 이야기했다. 어쩌면 미생물의 생물학적
진화는 그 안에 높은 수준의 영혼이 흘러 들어갔을 때 촉
진되는 것이 아닌가 하는, 정말 생전이었다면 고명한 과
학자의 입에서 나오지 않았을 법한 기막힌 이야기였다.

“미생물에게 무슨 업이 있고 죄가 있겠습니까? 그냥 먹
고 살기 바쁘겠지요. 더 좋은 생존 환경을 찾아 가는 데
몰두할 거란 말입니다. 그런 활동이 지상의 생태계에
영향을 끼치고, 발전된 생명의 형태를 만드는 원동력이
되고… 만약 그런 게 생명 진화의 비밀이라면 인간의
영혼을 축생도로 보내는 일도 그 나름의 의미가 있지
않겠습니까?”

물론 죽은 지 몇 시간 안 되어 저승의 실체와 윤회전생
시스템을 실제로 목격하고 그 광경에 압도된 과학자가 보
일 만한 반응이기는 했다.

윤회청 엔지니어는 무슨 표정을 짓고 어떤 대답을 들려
주면 좋을지 모르겠다는 표정으로 생물학자를 가만히 응
시했다. 옆에서 작업을 지켜보던 윤회청장이 헛기침을 하
며 끼어들었다.

“거 그런 어마어마한 이야기를 신경 쓰기보다는 그냥
저기, 육도윤회에 하나를 더해 일곱 번째 환생도를 만든
다는 생각으로 가볍게 하면 될 것 같은데. 안 그런가?”

“청장님, 그게 저한테는 더 심란합니다.”

그 와중에도 조정 작업은 착실히 진행되어, 미생물로 환생하는 길이 열렸다. 이제 넘쳐 나는 영혼들을 이쪽으로 내보내는 실무가 남게 되었다.

그리고 당연히 망자들이 그런 처사에 쉽사리 동의할 리가 없었다.

"그러니까 인간이 죄다 죽어 버려서 육도윤회가 안 된다고? 그래서 사람을 병균 박테리아 몸뚱이에 밀어 넣겠다는 거야, 지금?"

"어쩔 수가 없습니다. 이대로는 명계가 포화 상태가 되어서…."

"아니 그건 당신들 사정이지! 어디 사람을 벌레만도 못한 미물 몸뚱이에 집어넣는다고!"

윤회청까지 와서 환생만 기다리고 있던 망자들 사이에 분노와 비탄의 목소리가 솟구치기 시작했다. 49재를 지나며 썩 나쁘지 않은 판결을 받아 양호한 환생처를 예상했던 망자들은 소리 없이 침울해했고, 그 와중에 크게 성을 내는 사람들은 대체로 영 좋지 않은 환생처로 떨어질 것이 예상되었던 망자들이었다.

그럴 만도 했다. 생전의 죄과로 혹형을 판결받아 지옥에 떨어지도록 언도되었다가도, 그 지옥이 인간 세상 안에 있다는 사실을 알게 되면 생전에 부린 요령들을 떠올리면서 어떻게든 지상에서 잘 살아 보리라고 괜한 희망을 가지곤 하는 것이 윤회청까지 끌려온 악한 망자들의 공통된 패턴이었다. 그런데 갑자기 미물로 환생시킨다고 하니, 그들 입장에서는 구원의 약속을 받았다가 배신당했다는 느낌이 드는 모양이었다.

그 사정을 윤회청장이 모를 리가 없었다. 그는 무전기를 들고 염라대왕부를 호출했다.

"염마님, 윤회청입니다. 예상했던 대로 반발이 만만치 않습니다."

"어쩔 수 없소. 강행하시오."

"알겠습니다."

윤회청장은 곧 망자들을 관리하고 있던 차사들에게 지시했다.

"차사들 전부 무장시키고 시끄러운 자들부터 쫓아내. 지옥도, 수라도, 아귀도 대상자들은 전원 즉시 환생시킨다."

개량 한복처럼 생긴 근무복을 입고 있던 차사들이 이내 장구함에서 험악하게 생긴 갑옷과 창을 꺼내 착용했다. 불에 지진 창끝은 뜨거운 열기를 뿌리고 있었다. 지상에서 회자되는 지옥 나졸들의 모습에 가까워진 차사들은 곧 불평불만 가득한 망자들을 새로 열린 환생문으로 끌고 가기 시작했다.

"야, 잠깐만! 잠깐만! 마음의 준비가 안 됐다고! 사람으로 되살려 준다고 했잖아! 똥밭에 굴러도 이승이 낫다고, 잠깐만! 잘못했어! 미안해! 그러니까 아무리 이상한 데라도 사람 세상에,"

말을 채 끝맺지 못한 망자의 영혼은 쑥 환생문으로 빨려들어 갔다. 다음 순간 지하 깊은 곳, 태양 빛이라고는 들지 않는, 하지만 동시에 우주에서 쏟아진 죽음의 방사선으로부터도 안전한 바위 틈바구니에 자리 잡은 무수한 미생물들에 영혼이 주어졌다.

저승 최후의 날에 대한 기록

그 광경은 영적 경이에 가까웠으나 윤회청의 풍경은 수라도 그 자체가 되어 버렸다. 시왕들의 판결을 거쳐 윤회의 한 단계를 건조하게 끝맺을 뿐이었던 윤회청이, 끌려가는 악한 망자들의 비명과 그걸 지켜보는 상대적으로 선한 망자들의 두려움으로 점철된 생지옥이 되어 버린 것이다.

엄청난 숫자로 쏟아져 들어온 망자들 중에 흉악한 성정을 띤 영혼들은 일곱 대왕을 거치지도 않은 채 곧장 윤회청으로 보내졌고, 비명과 함께 미생물로 환생하여 명계를 떠나게 되었다. 속성으로 일곱 대왕의 판결을 받은 뒤 쌓인 악업이 많다고 판단된 이들 또한 줄줄이 미물의 몸을 입어 이승으로 되돌려 보내졌다. 그 광경을 침통하게 바라보면서도, 윤회청 엔지니어들은 다른 환생문들을 조정해 미생물계로 통하는 길을 넓히는 작업에 착수해야만 했다.

재앙의 시간은 빠르게 흘러갔다. 지구는 이제 반 바퀴를 돌았고, 한때 낮이었던 곳은 밤이 되었다. 그리고 밤이 찾아옴은 곧 죽음이 확정됨을 의미했다. 지상의 생명 대부분이 절멸함에 따라, 삼도천 너머 들판에 진입하는 영혼의 수는 점차 줄어들었다. 한편 하루 사이에 지상 대부분의 인구를 받아들여야 했던 여러 저승들은 혼란의 최정점을 지나고 있었다.

서양식 무신론자들의 저승에서 인파를 견디다 못한 영혼들 간에 싸움과 폭동이 일어났다는 소식과, 남아시아의 여러 저승에서 미생물계로 가는 환생문을 열며 이런저런 종교적 이론을 내세워 합리화를 시도하고 있다는 소식이 들려왔다. 중국 저승에서는 제때 받아들이지 못한 영혼들이 결국 사출산으로 흘러들어 길 잃은 원념이 되어 버렸고, 그로 인해 불어닥친 강한 폭풍이 저승의 시설물을 파괴하고 있어 당분간 연락할 수 없다는 통지가 날아들었다.

그 무렵 발할라로 떠났던 차사들이 결론을 들고 염라대왕부로 돌아왔고, 후속 대책을 마련하기 위한 2차 회의가 소집되었다.

"저승의 모습을 문화적으로 보존하려면… 당연하지만 우선 저승의 모습을 묘사한 자료가 필요합니다. 많을수록 좋습니다."

문화사학자의 발제에 회의장에 모인 전문가 망자들이 저마다 쓸 만한 자료들을 언급하기 시작했다.

"구할 수 있다면 도교 경전들을 어떻게든…"

"명계 시왕 전승, 시왕 신앙에 관한 자료는 출전이 딱하나로 특정되지 않는다는 문제가 있습니다."

"염라대왕께서는 인도의 《리그베다》에서부터 '야마'로 언급이 되시기 때문에…"

"도교 《옥력초전(玉歷抄傳)》에서 진광대왕을 수뇌로 하는 시왕 신앙이 언급된 바 있습니다."

"불교 경전의 일부로 취급되는 《예수시왕생칠경(預修十王生七經)》에도 나옵니다."

"사찰이나 무가(巫家)에서 사용하는 시왕도(十王圖)를 보존할 수는 없겠습니까?"

그렇게 여러 의견이 나오는 와중에, 한 차사가 손을 들고 말했다.

"그… 좀 최근 자료는 안 되겠습니까?"

차사가 언급한 것은 저승 세계를 무대로 그려진 만화 책이었다. 인터넷 연재 후 상당한 인기를 끌어 도서가 발행됨은 물론 영화화까지 된 유명 작품이었다. 경전과 고문헌을 언급하는 와중에 만화 이야기를 한다며 핀잔 을 주는 망자들도 있었지만, 잠시 고민하던 인류학자는 차사의 추천에 동의의 뜻을 표했다.

"일리가 있는 선택지입니다. 발할라가 되살아난 것도 지상에서 현대적으로 변주된 북유럽 신화가 종교적 영향력을 회복했기 때문으로 보입니다. 심지어 그 발 할라도 영화로 윤색이 되었다지 않습니까? 스토리텔 링이 들어간 대중문화에는 호소력이 있고, 읽는 사람 의 정신세계에 영향을 주기 쉬워요. 후대에 남길 기록 물 후보에 포함해야 합니다."

그렇게 해서 남겨야 할 기록물의 후보군이 정해졌다. 그다음 검토할 문제는 그 기록물을 어떻게 후대에 보존 하여 인류 또는 지성을 갖춘 종족이 읽도록 할 것이냐였 다. 그리고 이쪽이 더 큰 난제였다.

"이미 지상에는 기록을 남길 수 있는 수단 자체가 거 의 남아 있지 않습니다. 앞서 말씀해 주신 문헌들을 확보한다고 해도 그걸 영구적으로 남길 수 있을지 의 문입니다."

"사실 더 나아가서 원문 확보 자체가 어려운 상황인 데요…. 지금 이 판국에 도서관엘 가겠습니까, 자료실 엘 가겠습니까? 필요한 문헌의 목록을 정리했다고 해 도 문헌의 내용을 가져올 방법이 없을 텐데요."

하지만 난제가 주어지자, 저마다의 분야에서 전문성

을 쌓아 온 망자들이 인생의 끝을 넘어선 곳에서 최후의 학술적 열정을 불태우기 시작했다. 더 개진할 의견이 없는 망자들이 포기를 선언하고 회의실을 나서면, 여러 대왕부에서 새로운 망자들이 호출되어 들어왔다. 망자를 심판하는 중에 전문가의 영혼을 발견하면 전부 염라대왕부로 보내도록 지시가 내려진 덕분이었다.

"문헌이 확보되지 않는다면 지금 여기 모인 전문가들끼리 새로운 시왕경(十王經)을 짜면 됩니다. 지금 전 세계의 한인 문화학자들이 다 여기 모였을 텐데 그 정도는 가능하겠지요?"

"기록을 남길 수 있는 방법을 아는 대로 제안해 봅시다. 브레인스토밍을 해 보고, 실제로 이승에 적용 가능한지는 나중에 생각하는 게 좋겠습니다."

다양한 기록 방법이 제안되었다. 많은 지지를 받은 방법은 금속판에 레이저로 각인하는 것이었는데, 문제는 레이저 각인에 필요한 설비를 전 지구적 재난 상황에서 구할 수 있느냐는 데 있었다. 불가능하다면 하다못해 돌판에 정으로라도 새겨야 하지 않겠냐는 이야기가 나왔다. 어느덧 논의는 간신히 구한 목숨을 그런 작업에 쏟아붓다가 죽게 될 사람에게 저승이 어떤 보상을 줄 것인가에 이르렀다.

"어쩌겠습니까, 나중에 무조건 극락도로 보내 드려야지….."

"보내 드릴 극락도가 있기는 하고요?"

"지금 그날이 올 때까지 버텨 보자는 것 아닙니까? 내세에 극락으로 보내 드리려면 우선 저승이 남아 있어야 할 것 아닙니까."

저승 최후의 날에 대한 기록

결국 기록물에 대한 회의는 다시 이승을 탐색한 뒤에 구체적인 이야기를 해 보자는 중간 결론에 도달한 뒤 산회하게 되었다. 최대한 한반도 내의 생존자들을 탐색해서, 영구적 기록물을 남길 수 있는 방법을 모색해 보기로 한 것이다. 그들이 살아 있을 수 있는 시간이 짧을 터이므로, 최대한 서둘러야 한다는 단서 조건이 붙었다. 저승사자를 한반도에 추가로 증파하는 계획이 입안되었다.

한편 그 무렵, 염라대왕부에서 해외 한인 생존자를 찾기 위해 내려보냈던 저승사자들로부터 탐색에 대한 보고가 들어왔다.

"미국에서 온 보고입니다. 우선 대책 회의에서 언급되었던 한인 부호의 자택 대피소를 찾기는 했습니다만, 그는 이미 사망한 것으로 확인되었습니다. 그리고 대피소 안에 기도실을 차려 놓았더군요. 대체 하느님을 믿은 건지 장군신을 믿은 건지 알 수 없는 광경이었다고…. 아무튼 우리 쪽으로 오지 않았다면 기독교 저승으로 갔을 겁니다."

부호를 만나는 데 실패한 대신 예기치 못한 소득이 있었다.

"우리 사자들이 미국 내륙 지방에 생존해 있는 현지 천문학자들과 접촉했습니다. 그중에 한인이 끼어 있어 위치를 발견할 수 있었습니다. 방사선 재해가 확인된 직후 전파 천문대와 연결된 지하 벙커로 대피해 무사할 수 있었다는군요."

생존한 천문학자 그룹은 NASA 산하기관의 연구원들로, 지하에서 조작 가능한 설비를 동원해 재해 상황을 최대한 모니터링하며 생의 마지막 연구 열정을 태우고 있었다.

지상에 방사선이 퍼부어지는 사태는 처음 시작된 뒤로 만 하루 가까이 지속되고 있었고, 이 사실은 저승에서 과학자 망자들이 내린 비관적 예측 쪽에 힘을 실어 주었다. 블랙홀 제트의 창끝이 태양계로 고정되었을 가능성이 높았다. 그 결론에는 지상의 천문학자들도 대체로 동의하고 있었다.

"현재 천문학적인 관측은 지상의 망원경을 이용한 광학적 관측 외에는 불가능하다는군요. 가장 믿음직한 관측 수단인 허블 우주 망원경과의 통신은 이미 방사선 제트 타격 초기에 두절되었습니다. 입자풍에 떠밀려 추락 중인 게 분명하다고 합니다. 전파 망원경도 쏟아지는 방사선 입자로 인해 노이즈로 압도되어 가동이 불가능하고요. 그런데, 벙커에서 통제 가능한 광학 망원경을 몇 개 파손시켜 가면서 광학적 관측을 해 본 결과 한 가지 흥미로운 사실을 알아냈다고 합니다."

블랙홀 제트가 끼친 영향을 알아보기 위해 태양계의 여러 행성들을 관측하다 보니, 제트의 영향 범위와 방향을 어느 정도 특정할 수 있었다고 한다.

"토성이 블랙홀 제트의 영향을 받지 않은 것으로 확인되었습니다. 제트의 폭이 태양계 크기를 압도하지 못할 가능성이 제기되었고, 소행성대의 주요 소행성을 추적 조사한 결과 그 폭이 생각보다 좁다는 것이 확인되었습니다."

블랙홀 제트의 폭은 대략 목성 공전 궤도 지름의 2/3

수준이었다. 태양계를 원반처럼 둘러싸고 있는 소행성 대에 방사선 입자가 미친 영향을 광학적으로 분석해 얻은 결론이었다. 제트의 타격 영역은 태양계를 비스듬하게 관통하는 형태로 추정되었다.

무엇보다 중요한 것은 지구가 블랙홀 제트의 타격 영역을 벗어나는 시기를 찾아냈다는 것이었다.

"첫 번째는 목성에 의한 식(蝕)이 일어날 때입니다. 7월 12일을 전후로 블랙홀 제트를 목성 자기장의 그림자가 가립니다. 이 시기에 일시적으로 방사선 입자의 양이 줄어들 수 있습니다. 그리고 두 번째는 좀 더 장기간인데요, 방사선 제트를 맞고 있는 영역이 태양계의 한쪽에 치우쳐 있기 때문에, 8월 17일부터 10월 3일까지 지구의 공전 궤도가 일시적으로 블랙홀 제트의 타격 영역을 벗어납니다. 제트에 타격당한 영향으로 공전 궤도가 어긋난 것이 아니라면, 한 달 보름 정도 타격 영역 바깥을 공전하다가 다시 타격 영역으로 진입합니다."

지상으로부터 이 사실이 전달되자, 즉시 과학자들을 중심으로 한 명계 대책 회의가 재소집되었다. 염라대왕부에 다시 모인 과학자 망자들은 흥분을 감추지 못하면서 제각기 대책을 쏟아 냈다.

"블랙홀 제트의 영향권에서 조금이라도 벗어난다면 충분한 방호 장비를 입었다는 전제하에 생존자들이 지상으로 나갈 수 있을지도 모릅니다."

그 기간에 지상의 산업 시설 등을 동원해 영구히 남을 기록물을 제작하자는 계획이 마련되었다. 단, 그렇게 하기 위해서는 생존자들의 동의가 관건이었다.

"생존자들을 설득해야 합니다. 우리가 약속할 것은 영생뿐입니다. 우리가 설정한 목표를 이루려다가 방사능 피해를 입은 끝에 죽을 수도 있겠지만, 사후 세계는 분명히 존재하고, 그곳에서 당신들을 가장 좋은 방법으로 예우하겠다고 설득해야 합니다."

인류학자의 열변에 문화사학자가 딴죽을 걸었다.

"아까도 말씀드렸지만, 그래서 내보내 줄 환생처가 있기나 합니까?"

대화를 듣고 있던 물리학자가 그 말을 가로막았다.

"그건 숨겨야지. 잘하는 짓은 아니지만."

차사들이 나서서 미묘해진 분위기를 수습했다. 저승만 계속 남아 있을 수 있다면, 아예 판관이나 고위직 차사로 모셔도 되고, 뭐하면 다음 선거에서 대왕으로 선출해 드려도 되고. 그런 여러 가지 대안들을 제시했는데, 결국 그 모든 게 공수표 아니냐는 질문에 마침내 좌중의 분위기는 싸늘해지고 말았다.

그때 우주학자 망자가 발언권을 요청했다.

"분위기를 새로이 할 겸 다른 이야기를 좀 말씀드리겠습니다. 블랙홀 제트의 영향에서 잠시 벗어난다는 건, 기록을 남길 수 있는 다른 방법이 생긴다는 의미로도 들리는데요."

하늘에서 쏟아지는 고에너지 방사선 입자가 없다는 것은, 우주로의 전파 통신이 가능해진다는 의미였다. 우주학자는 지상의 전파 망원경 중 사용 가능한 것을 총동원해 우주로 기록을 발신하자는 아이디어를 내놓았다.

"목성식 동안은 무리겠죠. 하지만 입자파를 벗어난 위치에서 공전하는 기간 동안이라면, 태양을 등지고 전파를 쏘아 낼 경우 우주 공간으로 발신할 수 있을 겁니다."

"외계인에게라도 우리 저승의 모습을 전하자는 말씀입니까?"

우주학자는 고개를 끄덕였다.

"안 될 게 뭡니까? 아까 발할라에 다녀온 차사분들께서 말씀하시는 걸 들었습니다. 기독교나 이슬람교의 저승이 사실 온 우주에서 믿는 유일신교 저승의 일부가 아니겠냐는, 굉장히 흥미로운 이야기를 하시더군요. 그 가설에 의지해 보자는 겁니다. 우리 저승으로 오는 존재가 인간으로 국한될 필요는 없지 않겠습니까? 필요하다면 외계인이라도 육도윤회를 믿게 만들어야죠."

지구 전체가 방사선에 구워지고 있는 상황에 지구 바깥의 지적 생명체에게 저승의 모습을 전한다는 계획은 터무니없긴 했지만, 상당히 매력적인 대안으로 여겨져 결국 대다수의 동의를 얻고 기록물 대책에 포함되었다.

다음 문제는 지상의 전파 발신 설비를 얼마나 활용할 수 있느냐였다. 강한 방사선에 오래도록 노출될 지상의 시설물들에 물리적 피해가 생길 가능성을 배제할 수 없었다. 무엇보다 지상에서 시설물을 조작할 인원들이 그때까지 살아 있을 수 있느냐 또한 관건이었다. 다행히 저승사자들이 NASA 천문학자들과 연결되어 있는 상황이었다. 그들을 통해 구체적인 현 상태와 예측 결과를 알아볼 필요가 있었다.

그 무렵 주변의 다른 저승들로부터 몇 가지 소식이 들어왔다.

일본 저승의 여러 신들은 토의 끝에 일본의 창세 설화 중에서 핵심 부분만을 남기기로 결의했다는 소식이 들려왔다. 수많은 신들이 거하는 일본 저승의 특성상, 그들 모두를 기록에 남기는 것은 불가능했다. 신도(神道)의 창세를 기록한다면 다양한 신들에 대한 신앙은 시대와 환경에 맞게 되살아나리라는 관측이었다. 그 소식을 알리러 온 텐구에게 명계의 차사들이 거듭 기록 수단에 대해 물어보았지만, 텐구는 그 부분만큼은 함구한 채 돌아갔다.

"분명 일본 내에서 기록 수단을 찾았을 겁니다. 몇몇 신들이 지상을 바쁘게 돌아다니는 걸 봤습니다."

재일교포를 수색하러 갔던 저승사자가 귀띔했다.

중국 저승은 제때 수용하지 못한 망자들이 결국 원념으로 변하는 바람에 큰 피해를 입은 상황이었다. 사출산에서 원한으로 가득한 영적 폭풍이 몰아쳤는데, 중국 쪽의 진광대왕부를 초토화시키고 초강대왕부를 반파시킨 다음에야 간신히 제압되었다고 한다. 이 사태로 인해 소수민족의 저승 전통을 조사하던 여러 망자들의 영혼이 흩어져, 저승 부활에 대한 연구의 결론을 짓지 못한 상황임을 알려 왔다. 한반도 명계의 차사들은 발할라에 다녀온 동료들의 이야기를 전했고, 반신반의하던 중국 차사들은 그쪽의 염라대왕에게 보고해야겠다며 급히 돌아갔다.

그 와중에 북유럽 무신론 저승의 대표 망자가 영혼길을

타고 넘어왔다. 그들도 저승의 기록을 남김으로써 현재의 사후 세계를 유지할 수 있다는 결론에 이르렀고, 마침 그들 저승의 영향이 닿는 생존자들 가운데 북극권 스발바르 국제 종자 저장고의 직원들이 있음을 발견했다. 국제 종자 저장고는 전 세계의 식물 종자를 재해와 전쟁의 위협에서 벗어난 곳에 저장해 둠으로써, 지구가 황폐화되더라도 미래를 기약할 수 있도록 하기 위한 보관 시설. 후대를 위한 기록을 보존하기에 더없이 좋은 장소였다.

그곳의 생존자들은 종자 저장고를 밀폐하고 모든 가용 자원을 종자 보존에 바칠 각오를 하고 있어서, 안타깝게도 사후 세계를 유지하기 위한 기록을 보관해 달라는 저승사자의 부탁을 완강히 거절하고 있는 상황이라고 했다.

"사실 말이 거절이지, 우리 쪽에서 보낸 사신들을 저산소증에 의한 환각 취급하고 있습니다. 이해합니다. 유물론자로서 말씀드리자면 나라도 그랬을 겁니다."

아예 정공법은 포기하고 정말 환각 증상을 일으켜 상대를 홀리는 것이 빠르지 않을지 고민 중이라며, 북유럽 망자 대표는 전하려던 제안을 꺼내 놓았다. 전 세계 저승의 기록물 유치 제안이었다. 문제의 생존자들을 설득하거나 꼬여 낸다는 전제하에, 다양한 사후 세계의 기록을 국제 종자 보관소 시설에 남겨 후대에 찾아올지 모를 생존자 또는 지적 생명체를 위해 간수하겠다는 것이었다.

명계에서는 일단 제안에 응하겠다는 의사를 전달한 뒤, 그를 북유럽 저승으로 돌려보냈다.

기록을 보존할 방법이 마련되었으니 이제는 정말 어

떻게든 기록할 내용을 마련해야만 했다. 결국 저승의 한 인 석학들이 한자리에 모여 저승에 대한 자료를 집대성하기로 결정했다. 누군가가 작성될 문헌에 '신시왕경(新十王經)'이라는 거창한 이름을 붙였고, 다들 만족해서 사기가 올랐으니 긍정적인 효과가 있었다. 죽어서 피로를 모르는 명석한 영혼들이 생전에 품어 온 모든 한국학적 지식을 쏟아부어 새로운 경전의 집필에 착수했다.

그동안, 저승사자들이 이승에 파견되어 제2, 제3의 대안을 마련하기 시작했다. 북유럽의 생존자가 종자 보관소의 사명에 충실하기로 결정할 가능성을 고려하면, 우리나름의 대안은 있어야만 했다.

서울 주변을 샅샅이 뒤지며 생존자를 탐색하던 한 저승사자가 마침내 안국동 근처의 깊은 땅속에서 생존자를 찾아냈다. 길을 가로막은 자동차의 잔해들과, 목숨을 잃은 뒤 방사선으로 소독되어 흙으로 돌아가지도 못하고 있는 시신들이 가득한 광화문 거리. 쓰러져 있는 사람들 대다수는, 동십자각 지하로 통하는 계단이 있다는 사실을 미처 알지 못했을 것이다.

여러 겹의 철문을 뚫고 내려간 저승사자가 만난 이들은 지하에 고립된 정보부대 군무원들이었다. 청와대와 국정원, 안보 지원사 따위와 통신하며 지하 벙커에서 정보 통합 센터 역할을 하던 그들은, 재해의 그날 밤 순식간에 광범위한 통신 두절 사태를 겪으면서 고립되었다. 제한된 통신 회선으로는 건너편의 상황도 알 수 없었고, 지상에 벌어진 일을 확인할 길도 없었다. 생존자들은 최악의 경우인 북한 등 적성 국가의 핵폭탄 투하를 상정하고 밀폐된 장소에서 30일을 버티는 매뉴얼을 따르다가, 지휘권

자가 아닌 저승사자를 마주하게 된 것이었다.

그들의 처지는 한반도의 다른 생존자들과 비슷했다. 지하 시설에 있는 만큼 방사선 피해로부터 안전했지만, 장기간 생존을 담보할 만한 환경과 물자는 갖추지 못했다. 우주 방사선의 폭격을 받아 지구 전체가 멸망 위기라는 사실을 저승사자가 전하자, 그들은 담담히 예정된 운명을 받아들이기로 했다.

그 와중에 저승사자가 전한 기록물 생산에 대한 제안이 고립된 군무원들의 흥미를 이끌었다.

"지킬 나라는 없어졌지만, 저승이라도 지키란 말입니까."

군무원들은 씁쓸히 웃고, 그들이 할 수 있는 일을 따지기 시작했다. 벙커 안에는 이렇다 할 시설이 없었다. 하지만 벙커를 나가서 어느 정도만 이동하면 쓸 만한 시설이 있을 법한 장소에 다다를 수 있었다.

"이 벙커의 동쪽 출구는 지하철 1호선과 같은 경로로 건설된 지하 작전 통로로 이어집니다. 종묘 앞에서 지상으로 연결되는데, 거기로 나가면 바로 코앞에 세운 상가가 있습니다."

이제는 쇠락했다지만 한때 그곳에서 부품을 모으면 탱크 한 대는 거뜬히 만든다고 알려졌던 한국 초기 산업화의 요람 세운상가. 재앙 직전까지만 해도 많은 경공업 업체들이 입주해 있어 제법 활기를 띠던 곳이었다. 세운상가의 여러 점포들이나 그 주변의 작업장들을 샅샅이 훑으면 항구적 기록을 남길 만한 도구나 재료들을 발견할 수 있으리라는 것이었다.

"철판에 공구로 글씨나 그림을 새길 수 있겠습니다. 그게 안 되면 폴리카보네이트 플라스틱 같은 견고한 재료를 가공할 수도 있습니다. 물론 재료를 갖추고 사용 가능한 장비를 찾아야 한다는 전제 조건이 충족되어야 합니다만."

강한 방사선의 영향으로 인해, 대부분의 전력 케이블은 전기적 과부하를 받아 끊겼을 가능성이 높았다. 다행히 벙커에는 끌고 다닐 수 있는 경유 비상 발전기가 구비되어 있었고, 지상으로 운반할 수도 있었다. 그 발전기에 공구나 설비를 연결하면 어느 정도의 작업은 가능할 터였다.

군무원들은 초자연적인 존재를 통해서라도 바깥의 상황을 인지하고 앞으로의 운명에 대한 확신을 얻게 되어 차라리 안도하는 분위기였다. 무지와 공포 속에서 스러지는 것보다 낫다는 생각이었을 것이다. 특히 사후 세계의 의뢰를 받았다는 사실은, 죽음 이후가 보장된다는 면에서 기이한 든든함을 주는 모양이었다.

"하늘에서 강한 방사선이 계속 내려오고 있는 상황이라면, 보호복으로도 차폐는 어려울 겁니다. 아무리 높은 단계의 군용 보호 의복이라도 원자력 발전소에서 입는 방호복의 성능에는 미치지 못합니다. 하지만 방호 성능에 대한 논의는 생존을 최우선 목표로 삼는 경우라야 의미가 있는 이야기입니다…."

보호복은 작업 시간을 약간 늘리는 역할만을 할 것이었다. 우주 방사선이 조금이라도 약해진 시기를 노려, 지상으로 발전기를 운반하고, 세운상가에서 징발한 장비를 이용해 최후의 기록물을 생산한 뒤, 생존에 부적합한 곳이 되어 버린 이승을 벗어나는 것. 살아남은 군무원들이 앞으로 수행하게 될 일은 그야말로 최후의 작전이었다.

저승사자는 미국의 연구원들이 분석해 낸 최신 천문 정보를 전달했다. 7월 12일에 목성식이 일어나 우주 방사선이 일시적으로 약해지리라는 것. 군무원들 중 원자력 관련 지식이 풍부한 이가 안도의 한숨을 내쉬며 말했다.

"그날에 작업한다면, 보호복을 아예 입지 않아도 될 겁니다. 방사능 오염의 원인은 핵분열 반응과 낙진인데, 지금 우리가 피해야 하는 방사선은 이런 것들과 전혀 무관하게 하늘에서 내려오고 있지 않습니까? 식품을 방사선 소독한다고 식품이 오염되진 않듯이, 지상의 물건들 자체가 방사선을 뿜는 상황은 아닐 겁니다. 즉, 우주 방사선이 줄어든 상황이라면 지상에 나서는 데는 큰 무리가 없다는 뜻입니다."

작전 내용이 결정된 날짜는 6월 10일. 지금부터 한 달 정도를 지하에서 더 버틴 뒤, 최후의 작전에 임하게 된다는 시간표가 만들어졌다. 군무원들은 남아 있는 식량과 자원을 확인하고 그때까지 지하에서 생존할 수 있다는 판단을 내렸다.

한편, 그동안 NASA 쪽에도 저승에서의 논의 사항이 전달되었다. 우주로의 전파 발신이 가능하겠냐는 질문에 연구원들은 조심스러운 반응을 보였다. 저승의 과학자들이 우려했던 대로, 그들은 지상의 전파 발신 설비가 물리적으로 무사할지 여부를 확신하지 못했다. 시설은 상한 데가 없을지, 전기는 들어오고 있을지…. 그리고 더 근본적인 문제가 있었다.

"이곳에는 생존 물자가 썩 많이 비축되어 있지 못합

니다. 지구에서 지금 전파를 발신해도 우주로 확산되기 전에 블랙홀 제트의 강한 에너지에 파묻혀 흔적도 남지 않을 겁니다. 적어도 8월 17일까지 견뎌야 하는데… 그럴 만한 물자가 없습니다. 우리는 살아서 7월을 넘기기 어렵다고 보고 있습니다…."

그렇게 주저 섞인 이야기가 오가던 차에, NASA 연구소에 돌연 다른 저승에서 온 존재가 나타났다. 미국 무신론자들의 저승에서 파견된 사신이었다. 그는 한국 저승사자가 와 있는 것에 놀라면서도, 우선 자기 목적을 설명했다. 북유럽 저승에서 다양한 문화권의 저승 기록물을 보관할 계획을 세우고 있는데, 아무래도 백업이 필요할 것 같아서 같은 기록물을 다른 수단으로 남길 사람들을 찾고 있다는 이야기였다.

NASA 연구원들은 졸지에 온 세계 저승의 생명줄 한 가닥을 쥐게 되었다. 서로 다른 두 저승에서 찾아와 전파 발신기를 이용하게 해 달라고 요구하니, 연구원들은 모종의 사명감을 느낀 모양이었다.

"… 어려운 상황이긴 하지만 최선을 다해 보죠, 어떻게 되든지 간에."

지하에서 활동 중인 천문학자들이 원격 조작으로 사용할 수 있는 전파 송신탑과 전파 망원경을 탐색하기 시작했다. NASA의 우주탐사에 사용된 심우주 통신망(Deep Space Network, DSN)을 구성했던 파라볼라 안테나들에 대한 접속 테스트도 진행했다.

기적적으로 몇 군데 천문대에서 아직 장치가 작동하고 있다는 신호가 들어왔다. 천문학자들은 안도의 한숨을 내

쉬고, 전송할 메시지를 준비해 달라고 저승 쪽에 요청했다. 전송 당일까지 살아남는다는 보장이 없는 만큼, 준비된 메시지를 이용해 사전에 예약 송신 프로그램을 짜놓기 위해서였다.

그렇게 해서, 우리 명계에 대한 문화적 기록을 후대에 남기기 위한 세 가지 경로가 확보된 것이었다. 달리 말하면, 명계를 어지럽혔던 거대한 혼란 사태는 마침내 수습 국면에 접어들었다.

비좁은 장소에서 부대끼던 영혼들은 명계의 여러 공간을 활용한 임시 대기처에 자리를 잡았다. 그중 영혼의 업이 무거운 이들은 지하의 미생물로 환생하여 먼 훗날을 기약하게 되었다. 아직 인간의 마음을 유지하고 있는 나머지 영혼들을 지켜 내고 명계의 소멸을 막기 위한 기록 계획은 모두 입안을 거쳐, 저마다의 실행을 앞둔 시점에 이르렀다.

6월 20일, 염라대왕부에서 《신시왕경》이 탈고되었다. 저승의 한인 학자들이 생전의 지식과 저승에서 목격한 내용을 집대성한 《신시왕경》은, 기록 수단의 제한을 고려해 몇 차례 가혹한 내용 축소와 변환을 거쳤다. 마침내 《신시왕경》은 한국에서 각인할 5000여 자 분량의 압축된 경문과, 국제 종자 보관소 쪽 프로젝트에 제공할 경문의 영역본과, 생로병사와 저승의 모습을 기록한 삽화 열 장으로 정리되었다.

경문의 내용은 기록 도중 작업자의 사망 등으로 작업이 중단될 것을 염려해, 가장 중요한 부분을 앞에 배치하는 두괄식으로 편집하였다. 삽화는 여러 양식으로 제작되었는데, 생전에 탱화를 그리던 무속인 망자, 서양미술의 대가였던 망자, 디자인을 전공했던 망자가 저마다 나서서 도안을 짜고 그림을 완성했다. 특히 그중 한 장은 저승 관련 보존 기록물 후보였던 만화를 그린 작가의 영혼이 본인 만화에 등장한 시왕의 모습과 저승의 풍경을 다이제스트로 담아낸 것이었다.

이튿날인 6월 21일에 바로, 고문학(古文學) 전문가가 임시 저승사자로 임명되어 광화문 지하 벙커의 생존자들에게 《신시왕경》의 내용을 전달하는 작업을 진행했다. 같은 날 《신시왕경》의 내용 전체를 NASA 생존자들과 북유럽 망자들에게 전달하는 작업도 시작되었다. NASA의 생존자들은 아직 북유럽 쪽의 저승 기록 프로젝트 팀으로부터 종합 기록을 받지 못했다며, 우선 한반도 명계에서 전달한 데이터를 이용해 전파 발신 시나리오를 만들기로 했다.

"솔직히 말씀드리자면 저희는 한국어로든 영어로든 저승의 모습에 대한 문자 기록물을 송신하는 것은 매우 부적절하다고 생각합니다."

NASA의 생존자는 《신시왕경》을 들고 온 저승사자들에게 한 가지 자료를 보여 줬다. 그것은 투박한 점으로 만들어진 그림이었다. 한눈에 봐서는 의미를 알 수 없는 부호들 사이에 사람 같아 보이는 모양새가 자리하고 있었다. 1974년 푸에르토리코 아레시보 전파 천문대에서 우주의 구상성단을 향해 쏘아 보냈던 인류에 대한 소개 메시지였다. 통칭 '아레시보 메시지'로 알려진 이 그림 메시지에는 과학 문명이 발달한 외계 종족이 메시지의 의미를 이해하도록 돕기 위한 여러 가지 요소가 포함되어 있었다.

"만약 이 메시지를 받는 외계인이 있다면, 우리의 글을 해독하는 것보다는 그림을 보고 이해하는 편이 쉽다고 느낄 겁니다. 실제 아레시보 메시지는 전파로 전송됐지만 소수(素數)의 원리를 이용해서 가로세로 길이를 알아내 그림으로 변환할 수 있고, 이진수와 원소 주기율표처럼 과학과 수학을 깨달은 이상 누구나 알 수밖에 없는 기초적인 사실들부터 설명하기 때문에, 이 기록이 충분히 성숙한 문명에서 온 자료임을 알 수 있게 해 줍니다."

NASA 생존자들은 《신시왕경》의 문자 부분은 지상에 기록물로 남기고, 우주로는 삽화 부분만 쏘아 보내자고 제안했다. 지구 바깥의 존재가 우리의 언어를 이해하기는 어렵겠지만 그림을 보면 어느 정도의 감상과 이해를 얻을 수 있지 않겠냐는 것이었다.

그 제안은 바로 명계로 전달되었고, 모여 있던 우주과학자들의 빠른 동의를 얻을 수 있었다. 그 자리에 있던 한 과학소설가의 영혼은 우주에 《신시왕경》 삽화를 전송하기 위한 시나리오 하나를 즉석에서 제안하기도 했다.

"아레시보 메시지 규격을 박스로 삼아서 전송합시다. 먼저 원래의 아레시보 메시지를 한 번 그대로 보내면, 그 전파가 가로 23열에 세로 73열로 구성된 메시지 블록임을 알 수 있을 겁니다. 그 뒤에 그림 한 장을 메시지 블록 몇 개로 쪼개서 보내겠다는 내용을 담아 그림 조합 방법을 해설하는 메시지를 보내고, 그다음부터 연속해서 메시지 블록에 그림을 실어 보내는 겁니다."

그 제안을 받은 NASA의 생존자는 흥분을 감추지 못하며 새로운 제안을 더했다.

"아레시보 메시지와 규격 해설 그림 사이에 한 장을 더 넣도록 하죠."

그는 아레시보 메시지와 형태가 매우 비슷한, 하지만 전혀 다른 내용의 그림 메시지 초안을 화면에 띄웠다.

"간밤에 만든 겁니다. 지금 우리 지구가 처한 상황을 그렸습니다…."

위에서 바라본 태양계의 모습에 두꺼운 줄이 그어져 있었다. NASA 생존자의 해설에 따르면, 천문대 관측을 통해 추측한 블랙홀 제트의 두께와 방향을 나타내는 것이었다. 태양으로부터 4광년 떨어진 별이 원흉이라는 사실과, 그곳에 새로이 자리 잡았을 회전 블랙홀의 형상도 담겨 있었다.

메시지의 맨 아래쪽에는 아레시보 메시지 속 사람 형상과 인체의 구성 원소를 나타내는 심볼이 그려져 있었다. 화살표 하나가 사람 형상에서 출발해 인체의 구성 원소를 향했다.

"사람 형상 밑의 부호는 78억 명이라는 지구 인구를 아레시보 메시지와 같은 방식으로 적은 것입니다. 이 인구가 모두… 죽어서, 원소로 돌아갔다는 이야기고요. 감마선을 이렇게 폭이 좁은 파장으로 표현해서 높은 주파수를 가진 입자파에 당했다는 걸 알아줬으면 했어요. 그런 내용입니다."

그 뒤에 사후 세계에 대한 그림이 이어진다면 호소력이

있지 않겠냐면서, NASA 연구원은 흥분과 뿌듯함과 비통함이 뒤섞인 표정으로 웃어 보였다.

지상에 현현한 저승사자가 본디 사람의 이름과 수명을 적는 수명부(壽命簿)에 NASA 연구원의 그림을 담아 오자, 그 그림을 도화지에 옮겨 그리고, 스캐너를 거쳐 컴퓨터 그래픽으로 바꾼 뒤, 도트로 변환해 찍는 작업이 이어졌다. 그렇게 만들어진 전체 메시지 블록 개수를 센 뒤, NASA 연구원은 조합 방법 메시지에 그 숫자를 적어 넣었다. 우주로 쏘아 보낼 인류의 마지막 통신이 점차 그 형태를 갖추어 갔다.

7월 1일, 북유럽 저승의 대표 망자가 명계를 다시 방문했다.

"두 가지 좋은 소식이 있습니다. 하나는 우리 저승에 강한 영능력자의 영혼이 머물고 있다는 것을 알게 되었고, 그를 통해 염사(念寫)에 성공했다는 것입니다. 생존자들의 도움 없이도 종자 보관소에 기록을 남길 수 있게 되었죠. 그리고 또 하나는, 그렇게 염사한 메시지를 보고 그곳의 직원들이 마침내 우리의 존재를 인정했다는 것입니다."

그들은 종자 보관소의 보존 작업이 마무리되는 대로 내부 거주 구역을 안에서 밀폐한 뒤 실내에 고농도 질소 가스를 채워 생을 마감할 계획을 짜고 있었다. 무시할 수 없는 증거를 목격한 뒤 마침내 저승의 존재를 인정하게 된 현지 직원들은, 사후 세계의 존립을 위한 기록을 종자와 함께 보존해 달라는 요구를 마침내 수락했다.

"사용하지 않는 거주 구역이 한 군데 있으니, 그 안에 인쇄물을 보관하고 질소를 가득 채워 밀폐하면 오래 보존할 수 있을 것입니다. 더 수명이 긴 저장 매체를 둘 수 있다면 좋겠지만, 이 안에는 보통의 인쇄물 정도만 보관할 수 있습니다. 유감입니다."

드디어 북유럽 저승에서 온 여러 대표 망자들의 주도하에 전 세계 주요 저승의 모습을 종자 보관소에 남기는 작업을 시작할 수 있게 되었다. 스칸디나비아를 포함해 전 세계 각국의 전통 저승과 여러 종교의 사후 세계로부터 답지한 기록이 옮겨졌고, 한반도 명계가 새로 작성한 《신시왕경》의 모든 내용 또한 전달되었다.

영능력자의 영혼이 한 번에 수십 페이지를 깨알 같은 크기로 종이에 염사하면, 컴퓨터로 스캔하여 각각의 페이지를 확대한 뒤, 글자가 깨끗하게 보이도록 컴퓨터 그래픽 처리하여 다시 종이에 인쇄하는 순서로 기록이 진행되었다. 부족한 종이를 최대한 아껴 쓰기 위해 한 장에 아홉 페이지를 모아 찍었고, 가능하면 양면으로 인쇄했다.

7월 상순에 이르자, 주기적으로 한반도 내의 생존자들을 관리하러 이승에 내려가던 저승사자들이 잇따라 망자들의 영혼과 함께 돌아왔다. 원자력 발전소에서 버티던 관리자 그룹이나, 북한 인민군 소속의 지하 시설에서 버티던 인원들이 결국 재해가 발생한 지 한 달 만에 목숨을 잃은 것이었다. 여러 차례의 수색에도 추가 생존자는 발견되지 않아, 결국 광화문 지하 벙커에 남은 군무원들이 한반도 최후의 생존자임이 확실해졌다.

7월 10일 낮, 이틀 뒤로 예정된 세운상가 작전 개시에 앞서 정찰이 이루어졌다. 두 명의 군무원이 가벼운 방호복을 입은 뒤 방사선계를 들고 지상으로 나섰다. 종묘광장공원 한편의 공영 주차장 입구로 빠져나온 이들은, 방사선계를 이용해 지상의 오염 정도를 측정하는 임무를 수행했다. 지상은 한 달 넘게 하늘에서 쏟아진 강한 방사선에 노출되었지만, 그 방사선이 목성식에 의해 가려지고 나자 사람이 활동하기에 큰 지장이 없는 상태가 되었다. 상층부 대기가 파괴된 것으로 보였으나 아직 산소 호흡에 지장은 없었다. 대신 태양에서 쏟아지는 방사선과 자외선의 세기가 상당히 강해져 있었고, 정찰조는 그 값을 측정했다.

다음 순서는 실제 사용 가능한 기록 수단을 찾는 것이었는데, 세운상가 주변의 가게를 모두 방문하면서 탐색하기란 불가능에 가까웠다. 한국은 심야에 대재해를 맞이했기에 대부분의 업체는 문이 잠긴 채로 방치되었는데, 안에 무엇이 있는지 확인하기 위해 모든 업체의 문을 파괴하며 돌아다니기에는 동원할 수 있는 인적, 물적, 시간적 자원이 부족했다.

하지만 잠긴 문을 통과하지 못하는 것은 살아 있는 사람뿐이다.

전 지구적 위기 앞에, 명계는 그동안 단 한 번도 해 보지 않은 수준으로 지상에 개입했다. 지상의 방사능 측정을 마친 두 군무원은 자료를 지하로 전송한 뒤 의무장교가 배합한 극약을 삼켰다. 곧바로 사망해 삼도천을 건너온 두 군무원은 그 자리에서 임시직 저승사자로 임명되어 도로 지상으로 파견되었다. 생사의 경계를 허무는 위험한 행위였지만, 저승 자체가 사라질 수 있는 위기 앞에서 금기를 논할 여유는 없었다.

저승사자로서 물체를 통과하는 힘과 간단한 비행 능력을 얻은 그들은 세운상가와 그 주변의 여러 공업소를 탐색하면서 작전의 목적에 맞는 가공 수단을 찾아 나섰다.

정찰조의 영혼은 작전 시작 후 꼬박 열 시간 만에 지하 벙커로 돌아왔다. 정찰조에 따르면 세운상가 주변의 점포들은 전자·전기·조명 분야의 가게 일색으로, 기록의 목적에 맞는 가공 수단을 찾을 수가 없었다. 죽음을 두려워할 필요가 없어지기는 했지만, 나중에 육신을 갖고 기록 작업에 임할 것을 고려하면 이동에 소모할 시간은 짧을수록 좋았다. 그 기준 아래에서 정찰조는 기록 수단의 후보를 골라냈다.

세운상가 근처의 아크릴 가공 업체와, 청계천 건너 청계상가 인근의 금속 정밀가공 업체와, 좀 더 멀리 떨어진 을지로 근처의 철공소 거리를 작업지 후보로 선택했다. 따져 보니 아크릴은 금속보다 충격에 약했고, 을지로까지 이동하기에는 거리가 멀었다. 특히 을지로 방면의 몇몇 골목은 방치된 차량이나 화재 피해로 인해 진입할 수 없는 상태였다. 그렇게 두 후보를 소거하자 자연히 작업 장소가 결정되었다.

작전 전날인 7월 11일, 생존한 군무원들은 각자의 종교적 방법으로 최후의 기도를 올렸다. 이 자리에는 이미 죽어 저승사자가 된 두 명의 동료도 함께 참석했다.

7월 12일 오후, 목성식의 그림자가 가장 크게 드리워지는 시각을 앞두고, 본 작전대가 출발했다.

이 작전 시간은 지구 반대편 NASA의 생존자들이 계산해 정해 준 것이었다. 부족한 정보에도 불구하고, NASA

과학자들은 블랙홀 제트에 목성식이 일어났을 때 지구에 도달하는 방사선의 세기를 어림짐작해 내는 데 성공했다. 이를 정찰조가 측정한 낮 시간의 태양 방사선 노출 수준과 비교한 결과, 목성식이 일어나는 동안에는 태양이 더 위험하다는 결론이 나온 것이었다. 낮보다는 밤이 조금이나마 더 안전했다.

종묘 지하주차장으로 나선 작전조는 주차되어 있는 일반 차량을 모아 발전기 견인 목적으로 전용했다. SUV 한 대를 골라 운전석 배선 점프로 시동을 건 뒤, 끌고 온 발전기와 기름 탱크를 강철 와이어로 매달았다. 방호복을 입은 군무원들도 차량에 탑승했다. 이 차를 이용해 신속히 목적지로 이동하는 것이 작전의 시작이었다.

발전기를 끌고 주차장 입구를 나선 차량은 텅 빈 종로를 횡단해 세운상가 아래의 두 도로 중 동쪽 도로로 진입했다. 좁고 어두운 도로를 한참 타고 내려가자 말라붙은 청계천을 가로지르는 세운교가 나타났다. 다리를 건너 금속 정밀가공 업체가 밀집한 작전 목표 지점에 바로 도달했다.

정찰조가 미리 물색해 둔 철공소에 도착한 작전조는 닫힌 셔터를 장비로 파괴하고 작업장 안에 진입했다. 전원 케이블을 풀어내 작업장 전원을 발전기에 연결하고, 창고에서 강철 판재를 꺼내 왔다. 컴퓨터로 제어하는 방식의 정밀 기기는 우주 방사선으로 인해 회로가 모두 타 버린 상태라 사용할 수 없었기에, 온전히 수작업을 해야만 했다. 티타늄, 다이아몬드 소재의 금속용 드릴과 용접기를 동원해 작업에 나섰다.

강철 판재에 경문을 한 글자 한 글자 힘들여 깎아 나

가는 손길이 분주했다. 완전히 침묵해 버린 서울 시내에서 유일하게 울리는 인공의 소리는 살아남은 소수의 문명인들이 내는 금속성의 단말마였다.

작업에는 오랜 시간이 걸렸다. 작전조 군무원들은 장시간 작업을 고려해 며칠 전부터 미리 컨디션을 관리해 왔지만, 오래 이어진 지하 고립 생활과 재해에 의한 스트레스 때문에 썩 건강한 상태라고 할 수는 없었다. 한 명이 지치면 다음 사람이 이어받고, 그가 지치면 다시 다음 사람이 이어받았다. 금속판 위에 경문을 모두 새기는 데 여덟 시간 가까이 걸렸다. 생존 군무원들은 최후의 힘을 다해 《신시왕경》 5000자를 철공소 안에서 금속판 위에 옮겨 내는 데 성공했다.

그들은 인생 최후의 시간을 추가 기록을 덧붙이는 데 사용했다. 경문 말미에 자신들의 이름과, 기록의 경위를 덧붙여 적었다. 그렇게 만들어진 강철의 경판은 차량에 케이블로 연결되어 공터로 옮겨졌다. 차량은 천천히 청계천을 서쪽으로 가로질러 서울광장을 향했다. 한때 광장을 푸르게 덮었던 잔디는 오랜 기간 감마선에 피폭당해 버석하게 갈색으로 말라 죽어 있었다. 군무원들은 그 한가운데로 경판을 가져가 눕혔다. 작전은 성공적이었다.

작전을 마친 그들이 하늘을 바라보자 지상에서 두 번 다시 볼 수 없을 신비한 풍경이 보였다. 춤추는 오로라 사이로, 희미한 별들이 밤하늘을 메웠다. 그사이에 떠오른 목성은 블랙홀 제트로 인한 오로라 발광을 일으키며 지구에서도 보일 정도로 번뜩였다. 그 번뜩임이 남긴 그림자 덕분에 이 작전이 성공적으로 끝날 수 있었다. 작전을 마친 군무원들은 이승에서의 마지막 아름다움을 만끽한 뒤,

고통만이 남아 있을 삶에서 빠르게 탈출하기로 했다.

한반도에는 이제 생존자가 단 한 명도 남지 않았고, 그들은 모두 명계의 염라대왕부에 모여 작전의 결과를 기다리는 영혼이 되었다.

스발바르에서의 기록 작업은 7월 17일이 되어서야 끝났다. 종자 보관소의 직원들은 남겨진 기록물을 교차 검증하는 작업까지 도와준 뒤, 자신들의 마지막 사명이었던 종자 보관소의 완전 밀폐를 최종적으로 확인하고 나서 최후를 맞이했다. 그들은 저마다의 종교에 따라 여러 저승으로 흩어졌으며, 일부가 북유럽 무신론자들의 저승에서 작업을 지휘한 망자들과 해후하는 동안, 일부는 기독교나 이슬람 등의 종교적 저승으로 향해 그곳의 방식으로 대우받았다.

그렇게 질소로 채워진 국제 종자 보관소의 거주 구역 한 칸에 인쇄물 형태로 기록된 전 세계 주요 저승의 모습이 남았고, 후대 문명인의 발굴을 기다리는 처지가 되었다. 그중에는 이곳 한반도 명계의 모습이 포함되어 있었다.

명계가 세운 마지막 계획은 7월 29일 NASA 생존자 그룹에서 마무리되었다.

"그림 형태의 데이터를 제공해 준 건 여러분뿐이었습니다. 우리에게 주어진 시간은 짧았고, 다른 나라의 저승에서 준 자료들을 그림으로 옮기거나 다른 방식으로 기록할 만한 시간은 없었습니다. 한국의 저승 모습이 온 저승을 대표해 전 우주로 송신되겠군요."

벙커의 식량이 떨어진 탓에 수척해진 NASA의 한인 연구원은, 아직 활력이 남아 있는 눈빛으로 그를 데려가려는 저승사자들을 바라보며 말했다.

"조금 전에 예약 전송 프로그램의 설치가 끝났습니다. 날짜 설정도 마쳤습니다. 8월 17일부터 10월 3일까지, 이곳 제어 센터에서 원격 조작 가능한 모든 전파 망원경을 최대 출력으로 이용해서 우주의 모든 방향으로 전파 메시지를 발신할 겁니다."

그는 자신의 죽음과 세계의 멸망 앞에서도 자신의 아이디어를 자랑하며 자부심을 드러냈다.

"NASA 심우주 통신망이 제대로 살아 있는지는 모르겠습니다만, 만약 살아 있다면 정말 멋진 광경을 볼 수 있을 겁니다. 명왕성 탐사선 뉴 호라이즌스 호는 이번 블랙홀 제트의 영향을 받지 않는 궤도에 나가 있습니다. 그 탐사선을 경유해서 태양계 바깥으로 전파를 중계 송출하는 명령도 프로그램에 포함되어 있습니다. 출력이 얼마나 나올지는 알 수 없습니다만…."

거기까지 말한 그는, 손을 뻗어 저승사자와 악수했다.

"이제 소임은 다 끝났습니다. 데려가시죠."

저승사자가 그의 영혼을 육신에서 이끌어 냈고, 그들은 곧 지상의 척도로는 측정할 수 없는 방향으로 솟아올랐다. 황량한 들판 너머의 삼도천과, 비상을 기해 내려진 도개교를 지나, 아직 환생하지 않은 영혼으로 가득한 명계에 도착했다.

이승 각지에서 저승사자가 귀환했다. 이제 이승에는 한

국식 시왕 신앙에 따른 저승을 믿는 생존자가 남아 있지 않았다. 이미 인접한 몇몇 문화권의 저승들은 존재가 소실되어 연락이 두절된 상태였다.

명계가 어쩌면 영원할지도 모르는 잠에 빠지는 순간이 다가왔다. 염라대왕을 포함한 시왕은 각자의 대왕부로 돌아가 판관, 차사, 망자들을 진정시켰다. 한 번도 겪어 보지 못한 일이었기에, 마지막 생존자가 사망하고 나서 얼마의 시간이 지나야 저승이 증발하는지 아무도 몰랐다. 단지 간절한 마음으로 종말과 부활이 함께하기를 기도하는 것 말고는 이제 할 수 있는 일이 없었다.

만약 내게 지금 할 수 있는 일이 남아 있다면 오직 기록하는 것뿐이기에, 가능한 한 마지막 순간까지 흩어져 가는 영혼을 그러모아 내가 목격한 바를 남기고자 한다. 이 기록이 과연 살아남을지는 알 수 없지만, 만약 후대에 남길 수 있다면 값진 기록이 될 것이라 생각한다.

나는 염라대왕부의 비서실장으로서, 이 모든 사건이 일어나는 동안 문제 해결을 위한 활동에 직접 참여하거나 각지에서 일어난 일들을 낱낱이 전해 들었다. 이것은 내가 직접 보고 들은 내용을 간추린 기록이다. 전 지구적인 재해 앞에서 한반도의 시왕 신앙에 기반한 명계가 어떻게 대처하였고, 어떤 방법을 이용하여 그 명맥을 유지할 수 있었는지를 남기고자 했다.

온 세계가 빠르게 멸망해 가는 와중이었던 만큼, 명계에서 자리를 차지하고 있던 차사들보다는 지상에서 죽어 올라온 전문가 망자들의 공로가 압도적으로 컸다는 걸 부정할 수 없다. 염라대왕부의 일원이기 이전에 한 명의 영혼으로서, 그들 모두에게 가장 깊은 감사를 표하고 싶다. 더욱이 광화문 지하 벙커에서, NASA의 천문대 지하 시설에서, 스발바르 제도의 지하 종자 보관소에서, 자신들이 누릴 수 있었던 이승에서의 마지막 시간 중 일부를 기꺼이 사후 세계에 바쳐 준 생존자들이 있었다. 그들의 노력과 희생이 없었다면, 우리 명계는 현실 세계에 내린 닻줄이 끊겨 죽음 너머의 진정한 죽음을 맞이하게 되었을 것이다.

우리는 급하게나마 이루어진 탐색과 검증을 통해 선택한 이 방법이, 시왕께서 다스리는 이 저승을 유지하고 이곳에 의탁한 수천만 영혼들을 안전하게 다음 세계로 인도할 수 있는 방법이라고 확신한다. 하지만 언젠가 이 저승에서 눈을 뜰 존재가 변함없는 나일지, 아니면 지구에서 기적적으로 다시 일어난 인간의 영혼일지, 아니면 은하 저편의 전혀 새로운 지적 생명체의 영혼일지, 나는 알지 못한다.

그러나 누가 되었든 사후에 저승에서 이 기록을 발견하여, 한 세계가 파괴되었음에도 살아남은 저승의 역사를 바로 알게 된다면, 나는 그 이상 후련하고 기쁠 수 없을 것이다.

아무쪼록 우리 명계의 모든 대왕, 판관, 차사, 그리고 망자들에게 명복(冥福)이 있기를.

— 2019년 7월 30일,
지구 한반도 명계 염라대왕부 비서실에서.

참고자료

김성순. 2017 "김성순의 지옥을 사유하다 – 45. 도교의 지옥과 시왕신앙" 〈법보신문〉, 2017. 12. 12.

www.beopbo.com/news/articleView.htmₗ-l?idxno=101289

김정희. 2011 "시왕상(十王像)"
《한국민족문화대백과사전》 한국학중앙연구원

encykorea.aks.ac.kr/Contents/Item/E0069187

김헌선. 2018 "시왕도"《한국민속대백과사전》, 2018. 12. 3. 갱신. 국립민속박물관

folkency.nfm.go.kr/kr/topic/detail/2456

한국콘텐츠진흥원 "명부시왕(冥府十王)"
한국콘텐츠진흥원 문화콘텐츠닷컴 문화원형 용어사전

www.culturecontent.com/dictionary/dictionaryView. do?cp_code=cp0433&dic_seq=404

한국콘텐츠진흥원 "전통신 오방대제-염라대왕"
한국콘텐츠진흥원 문화콘텐츠닷컴 문화원형 라이브러리

www.culturecontent.com/content/conₗ-tentView.do?search_div=CP_THE&search_div_id=CP_THE002&cp_code=cp0224&index_id=cp02240103&content_id=cp022401030001&ₗ-search_left_menu=

Kurzgesagt–In a Nutshell. 2016 "Death From Space-Gamma-Ray Bursts Explained". 2016. 7. 31. 게시

www.youtube.com/watch?v=Rₗ-LykC1VN7NY

NASA Jet Propulsion Laboratory
"About the Deep Space Network"

deepspace.jpl.nasa.gov/about

"Arecibo message" Wikipedia, 2019. 3. 12. 갱신

en.wikipedia.org/ wiki/Arecibo_message

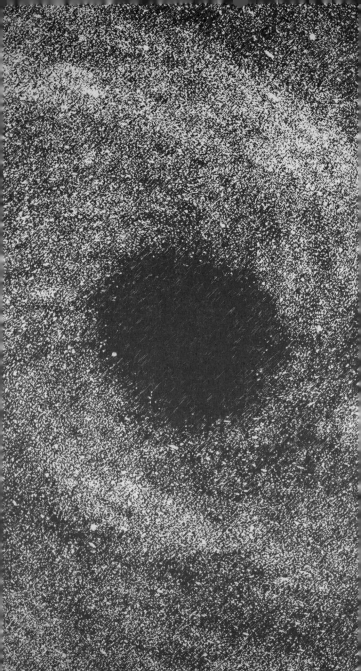

세상을
끝내는 데
필요한 점프의 횟수

심너울

대학에서 심리학을 전공하였다.
2018년 8월 서교예술실험센터의 공간교류사업
'같이, 가치'에서 단편소설 〈정적〉이 채택되어 작가
활동을 시작했다. 환상문학웹진 '거울'의 필진으로 창
작 활동에 매진 중이다.

어릴 적부터 내 게임을 만들고 싶었다. 학창 시절 내내 게임에 미쳐 살았으니 자연스러운 일이었다. 나도 크면 재미있는 게임을 꼭 만들어야겠다고 생각했다. 게임을 만드는 것은 작은 세상의 신이 되는 일이라는 거창한 철학도 있었다. 민망하지만 그때는 나만의 가상 세계를 만들 거라는 희망이 커다랬다. 내가 창조한 인물들과 상호 작용할 수 있는 가상의 세계를 만들면 나 자신이 더 확장될 수 있겠다는 생각을 했다.

4년 만에 대학에서 칼같이 튀어나온 나는 판교에 있는 게임 회사에 계약직으로 취업했다. 온라인 게임 서버 쪽의 일이었다. 드디어 새로운 세상을 만드는 작업에 참여하게 되었다. 굉장히 들떴다. 그때 내가 낀 팀은 이미 존재하는 게임이 아니라 완전히 새로운 게임을 만드는 팀이었다. 열두 명의 인원이 모여 프로젝트를 진행했다. 플레이어들이 자기만의 우주선을 만들어서, 우주선 내의 승무원들을 조종해 다른 사람들의 우주선과 싸우는 모바일 게임이었다. 본격 우주 선장 액션 전술 게임 어쩌고저쩌고 하는 마케팅 문구까지 다 짜여 있었던 걸로 기억한다.

서버 개발자라는 거창한 직함이 붙긴 했지만 내가 하는 일은 게임 내 채팅 시스템을 구축하는 비교적 간단한 일이었다. 게임 제작보다는 메신저 만드는 일에 더 가까웠다. 그걸 새삼 느낄 때마다 꽤 허탈했다. 이런 경험이 쌓이고 쌓이면 언젠가는 내 게임을 만들 수 있겠지 하는 생각으로 스스로를 다잡았다.

나는 정말로 농노처럼 일했다. 아니, 농노들한텐 미안하지만 내가 더 열심히 일했던 것 같기도 하다. 일주일에 한 65시간에서 70시간 정도 일했었나? 그 무렵 알게 된 바, 법은 멀고 꼼수는 가까웠다.

입사하고 3주가 지나 본격적으로 기름을 짜이기 시작하여, 월요일부터 목요일까지 열한 시간씩 일을 하고 금요일에 여덟 시간째 일을 하고 있을 때였다. 우리 회사에서는 자체 제작한 근태 관리 프로그램을 썼는데, 한 시간마다 각자 일한 시간이 누적 입력되어 이번 주에 몇 시간이나 일했는지 확인할 수 있는 시스템이었다. 그런데 52시간을 채우자마자 프로그램이 비활성화되어 아무 작동도 하지 않는 것이다. 순진했던 나는 그 꼴을 보고 팀장에게 조용히 다가가 말했다.

"팀장님, 주 52시간 채웠다고 근태 관리 프로그램이 멈췄는데요."
"응, 그런데?"

팀장은 나를 쳐다보지도 않았다. 당황스러웠다. 알아서 퇴근하라는 뜻인가? 머릿속으로 온갖 생각이 지나갔다. 뭐지? 시간 채웠으면 조용히 집에 가란 뜻인가? 내가 우물쭈물 서 있으니 팀장이 고개를 들어 나를 쳐다보았다.

"아, 그리고 보니 현희 씨, 내가 한 시간 전에 고치라 했던 버그는 어떻게 됐어?"
"아, 그게, 거의 다 되어 가는데. 금방 하고 코드 올리겠습니다."

나는 자리로 돌아갔다. 그 이후로 팀장이 눈치를 주지 않아도, 근태 관리 프로그램이 52시간을 찍고 멈추든 말든 알아서 일하게 되었다. 그날부터 나는 직장인들이 익명으로 회사에 대한 정보를 나누는 사이트에 들어가서 게임 회사들이 다 이런지 알아보았다. 놀랍게도 게임 회사는 다 이랬다.

내가 좋아하는 게임을 개발한 미국 회사에서 탈주한 프로그래머 인터뷰를 보니 가관이었다. 일주일에 80시간 일을 하지 않으면 게임의 엔딩 스태프 롤에 이름을 올려 주지 않았다고 했다. 그러면서 "우리 팀의 업무 동기는 공포였어요."라고 말하는 것 아닌가.

게임 프로그램이 워낙 복잡하고 만들기 어려워서 그런 걸 수도 있다. 경쟁이 심한 시장이니까 그럴 수도 있고. 지금 생각해 보면 게임 업계에 그 일을 좋아하는 사람들이 많다는 점이 가장 큰 이유인 것 같다. 열정으로 일하는 사람을 후려치고 땔감처럼 태운 다음 버리는 것이 인류의 전통이니까.

하도 야근을 하다 보니, 회사에 대해 일종의 스톡홀름

증후군 같은 것이 발생했다. 일주일에 최소 65시간 일하면서 채팅 서버를 구현하던 나는 우리 프로젝트를 너무나 사랑하게 되었다. 내가 참여한 게임 프로젝트가 올해의 가장 인기 있는 애플리케이션상을 차지하고, 순수익을 한 300억쯤 내지 않을까 생각했다. 나에게 돌아올 성과급은 2000만 원 정도? 그런 얼토당토않은 확신은 너무나 편안해서, 정규직 전환도 그저 시간문제일 뿐이라고 생각했다.

여기까지 허망한 이야기였다. 본격 우주 선장 액션 전술 게임은 앱스토어에 올라가지도 못하고 망했다. 10개월 정도가 지나 게임의 얼개가 다 갖춰지고 나서, 유저를 상대로 한 첫 번째 테스트에서 받은 평가가 개판이었다.

"애초에 콘셉트부터가 나쁜 것 같아요. 우리나라 사람들은 〈스타트렉〉이나 〈스타워즈〉에 관심 크게 없잖아요?"

"전투가 하나도 재미없습니다."

"네 명 이상 플레이하면 렉이 너무 심해요."

우리 팀은 피드백에 따라 다시 열심히 수정하면 될 거라고 생각했는데, 윗선의 생각은 우리와는 전혀 달랐다. 우리 팀은 산산조각이 났다. 몇몇 정규직들은 다른 새로운 프로젝트로 옮겨 갔다. 나 같은 낙동강 오리알 계약직들은 오리알 프라이가 될 처지에 놓였다. 내가 1년 가까운 시간에 걸쳐 만든 채팅 시스템으로 채팅하는 플레이어는 결국 한 명도 볼 수 없었다.

알고 보니 원래 큰 게임 회사들은 수많은 게임들을 한번에 기획하고, 그중에 괜찮은 걸 골라서 만들고, 또 그중에서도 괜찮은 걸 골라서 마침내 출시하는 그런 시스템으로 돌아가고 있었다. 출시된 대부분의 게임들은 시장에서 끽소리 한 번 내고 사라졌다. 나는 이제 막 예선을 통과한 프로젝트에 지나친 기대를 걸고 있었던 셈이다.

1개월 뒤에 계약이 만료되었다. 연장은 없었다. 나는 판교에서 몸도 마음도 상한 채로 도망쳤다. 고향 대전으로 내려왔다. 두 달 동안 실업 급여로 대전의 고유한 배달 음식 김치피자탕수육을 시켜 먹고, 다시 일자리를 슬슬 알아보았다. 주 65시간의 트라우마가 엄습해서 처음에는 게임 쪽은 알아보지도 않으려고 했다.

그런데 막상 이력서를 쓰려니 다른 업계의 개발 직군에 경력직으로 지원하기가 영 애매했다. 게임 개발이 어떻게 돌아가는지만 아니까. 벌써 게임 회사라는 덫에 걸려 버린 것이다.

그럼 이번에는 대기업은 노리지 말고 작은 기업에 한 번 들어가 봐야겠다고 마음을 먹었다. 작은 회사에서 일하면 채팅 서버만 만드는 게 아니라, 더 커다랗고 중요한 일을 할 수 있을 거라는 생각을 했다. 그러면 정말 내 게임을, 내 세상을 만드는 기분이 들 것 같았다. 정말 잘되면 나랑 회사가 같이 클 수도 있을 것이다. 저번처럼 출시도 못 해 보고 프로젝트가 폭발하는 사태를 맞기는 정말 싫었다.

사실 계약이 만료된 기간이 애매해서 공채에 지원하기에도 곤란한 상황이었다. 그때 '스타더스트 스튜디오'라는 한 작은 게임 회사가 서버 개발자 하나를 급히 구한다는 공고를 보게 되었다. 청년 스타트업을 지원하는 서울시 사업에 얽혀걸린 뒤로, 처음 만든 온라인 게임을 어찌저찌 궤도에 올린 회사였다.

오후 2시쯤에 이력서를 보냈는데 20분 뒤에 문자가 왔다.

"스타더스트 스튜디오 개발팀장 김형훈입니다. 이력서 지원에 감사드립니다. 내일 금요일 오후 3시에 맞춰 면접에 참석하십시오. 서울시 마포구 신수동 ○○로 ○○○ 3층으로 오시면 됩니다."

메일도 아니고 문자로, 진짜 급하긴 급했나 보다. 이 정도 되니까 섬뜩했다. 회사가 대단히 체계 없이 돌아간다는 생각이 들었다. 근처 친구들한테 이 문자를 찍어서 보내 주니 다들 뭔가 불안하다고 얘기했다.

그때 한 달에 두 번 구직 활동 인증을 하지 않으면 나머지 실업 급여가 나오지 않는다는 생각이 번쩍 머리를 스치고 지나갔다. 지난 두 달은 어찌어찌 이 회사 저 회사 찔러보면서 급여를 챙겼는데, 이번 달에는 이력서를 여기 딱 한 군데만 냈다는 게 기억났다. 하필 딱 월말이라 다른 곳에 이력서를 추가로 넣을 시간이 없었다. 찬밥 더운밥 가릴 때가 아니었다.

일단 그 회사의 게임을 한번 플레이해 보기로 했다. 역시나 모바일 게임이었는데, '스타더스트 월드'라는 정직한 이름이 붙어 있었다. 플레이어들은 제작자들이 미리 만들어 놓은 세상을 자기 캐릭터로 여기저기 탐험할 수 있었다. 한 번에 최대 다섯 명의 사람이 함께 탐험하는 것도 가능했다.

게임의 만듦새는 나쁘지 않았다. 유저들도 그럭저럭

있는 것 같았다. 플레이어와 적들의 캐릭터 디자인이 몹시 매력적이라는 평가가 많았다. 컨셉 아트를 한번 둘러보니 몹시 기괴하고 그로테스크하지만 미묘한 아름다움이 있었다. 흥미가 당겼다.

내가 접속하고 캐릭터를 만들자마자 게임을 즐기는 수백 명의 사람들이 공유하는 채팅 채널에 새 유저가 생겼다고 알림이 갔던 것 같다. 즉시 어떤 사람들이 초보자를 거두겠다면서 게임 내의 소모임에 나를 초대했다.

게임을 나보다 몇 개월씩 오래 한 사람들을 이리저리 쫓아다니면서, 게임이 어떻게 돌아가는지 하나하나 익히고 있을 때였다. 화면 한쪽의 버튼을 누르면 점프를 할 수 있다는 도움말이 나왔다. 그런데 아무리 그 버튼을 눌러도 내 캐릭터가 뛰지를 않았다. 나는 잠시 시도를 멈추고 대화창에 물었다.

"그런데 이거 왜 점프가 안 되죠?"

그러자 소모임 내의 한 사람이 즉시 답했다.

"아, 그거, 점프 때문에 서버 터진 적이 있어서. 고치는 중이래요 운영자들이. 그래서 지금 점프 못 해요."
"그게 무슨 말이에요?"
"점프를 6만 번 넘게 하면 게임 서버가 터지는 버그가 있었어요. 이게 유사 게임이라 그렇죠. 도대체 코딩을 어떻게 하면 서버가…."

그 뒤의 혐오 발언은 생략한다. 게임 플레이어들이 별것 아닌 트집을 잡아서 운영자들을 비방하고 인신공격하는 꼴이야 많이 보았다. 코딩 한 번 해 본 적 없으면서 프로그램이 개판이니 뭐니 하며 온갖 전문가인 척은 다

하고. 그래도 이건 이상했다.

점프를 6만 번 넘게 하면 게임 서버가 터지다니? 그런데 그건 또 누가 어쩌다가 발견한 거야? 일하다 보면 알 수 있겠지. 나는 이 게임을 만든 회사에 호기심이 생겼다.

오전 11시에 비틀거리며 일어난 나는 KTX를 타고 상경했다. 서울역에서 공항철도를 타고 공덕역에서 내린 다음 신촌로터리 방향으로 걸었다. 신수동은 서강대 앞에 있는, 고즈넉하니 덜 개발된 동네였다. 지은 지 수십 년은 돼 보이는 아파트 단지랑 상가 건물들만 있지 딱히 사무실이 있을 곳 같진 않았다.

지도가 안내하는 길을 믿고 찾아가 보니 게임 회사는 고깃집과 카페가 있는 빨간 벽돌 건물 3층에 있었다. 엘리베이터도 없는 곳이라 계단을 타고 터덜터덜 올라가자, '스타더스트 스튜디오'라는 이름과 우주로 슝 날아가는 로켓이 그려진 로고가 붙어 있는 문 앞에 다다랐다.

문을 조용히 여니 원룸으로 된 어지러운 사무실이 보였다. 커피 냄새가 진동을 해서 마치 커피 입자로 된 안개라도 낀 것 같았다. 칸막이도 딱히 없는 책상이 여섯 개 정도 있었고 그 앞에 사람들이 영혼 빠진 표정으로 앉아 있었다. 그중에서도 유별나게 영혼이 더 몸 밖으로 흘러나간 것 같은 한 남자가 나를 쳐다보았다.

"오, 그 이력서 넣은 송현희 씨예요?"
"아, 네."
"일찍 오셨네. 김형훈 개발 팀장입니다."

김형훈은 엉거주춤 일어서면서 손을 내밀었다. 그는

개발자에 대한 모든 편견을 구체화한 원형 같은 꼴을 하고 있었다. 어디서 구하기도 힘들 것 같은 괴이한 배색의 체크 남방을 입고 있었고, 두툼한 뿔테 안경 뒤에는 판다 같은 다크서클이 진하게 내려와 있었다. 나는 다가가서 그와 악수했다.

"어, 야, 태흔아, 여기 의자 좀 가져와 봐."

조금 떨어진 위치에서 컴퓨터를 뚫어져라 쳐다보고 있던 한 사람이 부랴부랴 의자를 그의 책상 앞에다 놓았다. 형훈은 앉은 자세로 마주 볼 수 있도록 모니터를 옆으로 밀었다. 그는 의자에 털썩 주저앉았다. 내가 따라 앉자 그가 바로 말했다.

"저희가 이제 갓 1년 정도 된 스타트업인데 사람을 구해 보는 건 처음이라… 좀 어수선하네요. 그래도 4대 보험이랑 그런 거 다 돼 있으니 걱정 안 하셔도 돼요. 언제부터 출근 가능하세요?"
"네?"

내 눈이 커졌다.

"이력서 보니까 판교에 있는 큰 게임 회사에서 서버 개발 하셨더만요. 가진 기술들도 저희한테 필요한 거랑 딱 맞고요. 포트폴리오도 좋던데요. 저희가 지금 1초가 급한 상황이라 개발자가 당장 필요하거든요."

이건 위험하다. 여기에 들어갔다가 큰일 나겠다 싶었다.

"아니 전… 사실 저는… 사실 생각한 것보다 좀 급작스러운… 약간 당황스럽기도…."
"저희가 나름대로 벤처 발굴 기업에게 투자도 받은 회

사거든요. 입사하시면 맥북 프로 최신형을 지원해 드리고요, 근처 원룸에 사시면 월세도 50만 원까지 지원해 드립니다. 관련 스타트업 중에서는 이만한 대우를 해 드리는 곳이 없을 겁니다."

나는 주위를 둘러보았다. 너무 너저분한 상태라서 별로 신경을 쓰지 않았는데, 그러고 보니 300만 원이 넘는 사과 그림 달린 노트북으로 일하고 있는 사람이 한둘이 아니었다. 서울 대학가 원룸에 살려면 최소 50만 원의 월세를 내야 한다는 생각도 들었다. 갑자기 이 회사에 대한 신뢰도가 급격히 자랐다.

"지금 서버 개발자가 정말 급하거든요."

그는 숫제 애원하는 투로 말하기 시작했다. 어제 들은, 점프 6만 번을 하면 게임 서버가 터진다는 이야기가 기억났다. 그런 상태면 충분히 급할 만도 할 것이다. 은근히 갑이 된 기분이 들었다. 이게 어딜 봐서 면접인가.

"그럼 일단 계약서부터 보는 걸로…."
"아, 예, 예, 그러세요."

김형훈의 눈에 화색이 돌았다. 도대체 무슨 문제가 있길래 이 정도지? 곧 그는 다른 자리에 있는, 아마 회계나 경영 쪽 일을 하지 않을까 하는 사람한테 속닥였다. 그러자 그 경영하는 것처럼 보이는 사람이 파일을 이리저리 뒤지더니 몇 장짜리 종이 묶음을 가져왔다. 그건 진짜 계약서였다.

계약서 조항은 별로 많지 않았다. 나는 혹시라도 독소조항이 없나 눈에 불을 켜고 찾아보았다. 연봉은 저번 회사보다 퍽 낮았지만 그래도 생활이 불가능한 정도는 아니었다. 근처 원룸에 살면 월세를 지원해 준다는 복지 조항도 정말로 있었다.

계약서 어디에도 '소프트웨어에 버그 발생 시 갑은 을의 모든 신체 장기에 대한 독점적인 점유권을 가진다.' 같은 조항은 없었다. 그래서 난 서명했다.

뜬금없는 취업이었다. 다음 주 월요일부터 즉시 나오기로 했다. 그때까지 부동산 계약서를 가져오면 바로 월세를 지원해 주겠다고 했다. 충동적이지 않나 싶었다. 그런데 그 팀장의 절박함과 절실함을 보자, 왠지 나를 막 대할 것 같지 않다는 느낌이 들었다. 그 느낌이 중요했다. 나는 사무실을 나온 뒤, 두 시간 동안 돌아다니고는 회사로부터 8분 거리에 있는 원룸을 하나 구했다.

대전으로 내려가 다시 취업했다고 얘기하니 부모님은 별로 묻지도 따지지도 않고 그러려니 하셨다. 1년 전에는 딸이 대기업에 취업했다고 참 좋아했는데, 거기서 내가 참기름을 쭉쭉 짜이는 걸 보고 요즘 청년들의 삶은 뭘 하든 고통이라는 걸 이해하신 것 같았다. 필요한 물건은 엄마가 정리해서 택배로 보내 준다고 했다. 다음 주 월요일이 올 때까지 이틀 동안 대전에서만 할 수 있는 일들을 했다. 별건 없고, 그냥 성심당 가서 튀김소보로 사 먹었다는 뜻이다.

월요일 아침 사무실에 들어가자, 김형훈 팀장은 벌써 내 자리를 마련해 놓은 채로 나를 기다리고 있었다.

"이게 원래 있던 서버 개발자가 쓰던 자리거든요."
"원래 있던 개발자요?"
"창립 멤버가 있었는데… 지금도 있었으면 현희 씨 사

수였을 텐데. 일단 일주일 동안 한번 둘러보면서 감좀 잡아 봐요. 지금 고쳐야 할 게 산더미 같으니까. 회사 사람들이랑도 인사 한 번 하시고."

그는 그렇게 말하고는 담배를 피우러 사라졌다. 사수가 없다고? 그냥 둘러보면서 감을 잡으라고? 뻘쭘히 앉아 있자니 직원들이 하나씩 들어왔다.

직원들이 출근할 때마다 "안녕하세요, 새로 들어온 송현희입니다." 하고 인사했다. 사람들은 다 친절히 받아 주고는 사무실의 구석에 있는 캡슐 커피 머신으로 향했다. 거기서 진하게 뽑아낸 커피를 마시는 것이 이곳 직원들의 가장 중요한 일과인 듯싶었다. 캡슐 커피 세트 상자가 벽 옆에 무시무시하게 쌓여 있었다. 나도 다크 초콜릿 향이 나는 에스프레소를 한 잔 뽑아 마셨다.

점심시간에 나는 직원들과 더 자세한 이야기를 나눴다. 신입이 왔으니 특식을 먹어야 한다고 기획자가 강력하게 주장해서 점심부터 으리으리한 중국 식당에서 밥을 먹었다. 이 회사에는 개발자가 나 포함해서 두 명에, 회계 경영도 맡고 있는 기획자가 한 명에, 3D 모델러 겸 디자이너 한 명에, 원화가가 또 하나 있었다. 총 다섯이었다. 음향은 외주를 준다고 했다.

대학교서부터 같이 게임을 만든 그들은 따로 취업하지 않고 회사를 차렸다고 했다. 한국에서 가능하기나 할까 싶은 일이었지만 다행히 청년 창업 지원 프로그램에 합격하고, 풍족한 수준의 투자도 땡겨 왔다고 했다. 나는 판교 회사에 있던 구정물 기계와는 확연히 다른 위풍당당한 캡슐 커피 머신을 생각했다. 게임 만드는 사람들, 특히 개발자에게는 그만한 복지가 없다.

"다 좋은데, 서버 개발자가 갑자기 미쳐서 잠적했어."

총 인원 두 명의 개발팀을 이끄는 큰 짐을 진 김형훈 개발팀 팀장이 가지튀김을 우물우물 씹으면서 말했다. 어느샌가 그는 말을 놓고 있었다.

"서버 개발자가 미치다니요?"

"윤수현이라고 쭉 같이 일한 서버 개발자가 있었는데, 3주 전부터 그냥 출근을 안 해."

"이직을 한 건가요?"

그는 절레절레 고개를 저었다.

"아니, 그런 거면 우리한테 말을 했겠지. 우리가 그렇게 권위적인 사람들은 아니거든. 갑자기 어느 날부터 출근을 안 하는 거야."

다섯 명의 회사 사람들은 동료일 뿐만 아니라 오래 함께 지낸 각별한 친구 사이라고도 했다. 그런데 3주 전부터 갑자기 윤수현이 회사에 모습을 드러내지 않고, 전화도 받지 않기 시작했다. 그들은 사흘 동안 그에게 닿지 않을 연락을 하다가 그의 가족에게 연락을 해 보았지만, 처음에는 어머니가 연락을 피했다.

"집으로까지 찾아갔는데 문도 안 열어 주더라고."

게임에 추가할 기능이 산더미로 있는 상태에서 서버 개발자가 갑자기 사라져 버리니 회사에서는 돌아 버릴 노릇이었다. 직원들이 각각 열 번씩은 연락한 뒤에야 부모에게서 답변이 왔다.

"정신병원에 있대."

팀장은 쏩쓸하게 말했다.

"뭐라고요?"

"갑자기 발작을 한 번 일으키더니 그 이후로 지 어머니도 못 알아보고 헛소리만 한다고 그러더라. 면회라도 한번 갈 수 있냐고 물어봤는데, 그냥 끊는 거야. 그 이후로 연락해도 받지도 않고, 계속 질질 끌다가 사람 새로 하나 빨리 구하기로 한 거지."

"아니, 발작이라니, 평소에 병이 있으셨던 건가요?"

"글쎄, 그건 아닌데. 몇 년 동안 같이 지내면서 전혀 그런 적 없어. 발작 한 번 하고 그렇게 사람이 바뀌는 것도 이상하고… 대학 같이 다닐 시절부터 개발 하나에는 특출한 애였는데. 외국에서 하는 알고리즘 경연 대회 나가서 상도 휩쓸고. 어쩌다 그렇게 됐는지."

"그런데 발작을 하고 정신에 문제가 온 거면 정신과가 아니라 신경외과에 입원해야 하는 거 아닌가요?"

"신경적 문제는 그 이후로 안 나타났다고 하는 것 같기도 하고. 수현이 병 이야기는 더 하고 싶지 않네."

식사 분위기가 침통해졌다. 실수했다 싶어서 나는 몸을 약간 움츠렸다. 형훈은 말을 이었다.

"그리고 걔가 사라진 날에 이상한 버그가 등장했어."

"버그가요?"

"그래. 진짜 이상한 버그가 생겼는데, 도통 왜 그런지 내 쪽에서는 감을 잡을 수가 없어서… 플레이어가 캐릭터를 6만 5536번 점프시키면 서버가 터지는 버그라니까."

"아 그거, 플레이어들한테 들었는데."

"현희 씨, 들어오기 전에 조사 좀 했구나. 맞아. 점프를 딱 그만큼 하면 서버가 터져. 수현이 나가고 바로 어떤 미친놈이 게임에서 6만 5536번 점프해서 서버 터뜨렸어. 지금도 그래."

도저히 원인을 짐작하기 어려운 버그였다. 김형훈은 일단 울며 겨자 먹기로 점프 기능 자체를 막아 뒀다고 했다.

"어휴, 점프 없애면 싫어할 사람 진짜 많다고 했는데 진짜 점프 막자마자 사용자 수가 10%는 줄었어요. 어쩔 수 없는 거지만."

기획자 김태흔이 대놓고 핀잔을 줬다. 형훈은 변호하듯 말했다.

"그래서 내가 빨리 서버 개발하시는 분 구해 온 거 아냐. 우리 현희 씨가 잘해 주시겠지."

그는 마지막 가지튀김 조각을 입으로 가져갔다.

조금 불안했다. 어떤 일이든 그렇지 않은 일이 없겠지만, 개발 쪽은 특히 인수인계가 중요한 일이다. 그도 그럴 것이, 개발자들이 찍어 내는 코드는 복잡한 논리를 쌓아 올린 것이다. 만든 사람이 차분히 설명해 줘도 이해하기 힘든 경우가 일상다반사다. 코드를 아무 설명 없이 읽고 이해하려고 한다는 것은 암호 해독이나 다를 바가 없다.

사무실로 돌아가서 전임자가 남겨 놓은 코드를 보니 상황이 더 끔찍했다. 코드 자체도 어려웠지만 주석이 개판이었다. 코드를 읽는 것이 암호 해독이나 다를 바가 없는 상황을 최대한 막기 위해서, 개발자들은 코드에다 주석을 남겨 둔다. 이 주석을 제대로 써 놓지 않으면 자기가 짜 놓은 코드를 자기가 읽지 못하는 비극도 빈번히 일어났다. 그런데 능력 있는 개발자였다는 그가 남긴 주석은…

//20180409, 배두나는 진짜… 말이 필요 없다.
//20180614, 판의 미로 5/5. 내일은 셰이프 오브 워터도 봐야겠다. 내가 왜 이 감독을 지금까지 모르고 있었지?
//20180718, 소셜커머스에서 비타민 젤리 떨이하길래 무지하게 샀다!!

이해에 도움이 되기는커녕 뇌가 혼란해지는 역효과를 내는 주석이었다. 코드는 만 줄이 넘었다. 오후 4시까지 고통받다가 김형훈 팀장이 그래도 조금은 알지 않을까 싶어서 그에게 물었다.

"혹시 팀장님은 서버 코드 좀 보셨나요?"
"응? 으응… 글쎄, 난 서버 쪽은 아무것도 안 했어. 나는 클라이언트만 했지."

돌아 버릴 노릇이었다. 그가 일을 못해서가 아니라, 이 회사의 시스템이 제대로 잡혀 있어서 문제였다.

간단히 이야기하자면, 게임 개발은 클라이언트 개발과 서버 개발로 나뉜다. 사용자가 직접 다운받아 플레이하는 프로그램은 클라이언트고, 서버는 클라이언트와 정보를 주고받는 회사 쪽에서 가동하는 프로그램이다.

예를 들어 내가 게임 속 캐릭터를 왼쪽으로 움직이려고 방향키를 누르면, 클라이언트는 캐릭터가 열심히 움직이는 모습을 보여 주는 동시에 서버로 내가 움직인다는 정보를 보낸다. 이 직후에 다른 사람들의 클라이언트들은 서버에서 내 캐릭터가 움직이고 있다는 정보를 받고, 걸어가는 내 캐릭터를 화면에 그린다. 클라이언트가 가상 세계를 지각하는 감각이라면, 서버는 가상 세계 그 자체다.

김 팀장은 쫀쫀한 게임 화면을 만드는 데 열과 성을 다하는 클라이언트 프로그래머였다. 회사 규모가 작다 보니 김 팀장도 서버 쪽에 관여하고, 내 전임자 윤수현도 클라이언트 쪽을 좀 건드리지 않았을까 했는데 둘의 업무는 철저히 구분되어 있었다. 사실 원래 이렇게 굴러가는 게 맞긴 하다. 그 탓에 내가 아무한테도 도움을 받을 수 없게 됐지만.

그렇게 해서 서버를 어떻게 가동하는지 파악하는 데 이틀이 걸렸고, 일반 이용자가 들어올 수 없는 테스트 서버 여는 법을 알아채는 데 또 하루가 걸렸다. 주석은 개판이었지만, 서버 설계는 굉장히 뛰어났다. 1000명 넘는 실제 사용자가 있는 게임의 서버를 갑자기 도맡게 되니 어릴 때 꿈을 이룬 느낌도 괜히 들었다. 내가 구현한 건 아직 하나도 없지만서도. 점프를 많이 하면 서버가 작동을 중지하는 문제는 어떻게든 빨리 풀어 보고 싶었다.

일단 테스트 서버를 열고 난 뒤 서버에 임시 캐릭터를 하나 만들고 그 캐릭터를 6만 5536번 점프시켰다. 버튼을 그만큼 눌렀다는 건 아니고, 그저 점프를 했다는 신호를 서버로 6만 5536번 보냈다. 점프 한 번에 1초 정도의 시간이 걸리니 18시간 12분 16초가 드는 일이었다. 6만 5536번을 채우자마자 테스트 서버가 괴상한 오류를 토해 내면서 강제 종료됐다.

"진짜로 점프 때문에 서버가 터지네."

나는 중얼댔다가, 무시무시한 장면을 떠올렸다.

"아니, 팀장님. 그럼 우리 서버 하나 터뜨리려고 휴대폰으로 점프 6만 5536번을 일일이 누른 사람이 있는 거예요?"

"그렇지."

"뭐 어떤… 매크로라도 만들었나 보죠?"

"글쎄… 그게 우리가 다른 회사에서 안티 매크로 프로그램 사서 사용하고 있거든. 로그를 한번 봐 봐. 아마 서버 터졌을 때 저장해 놓은 기록이 있을 거야."

나는 10분 동안 컴퓨터 깊숙한 곳에 숨겨져 있던 서버 기록을 살펴보았다. 실제로 한 클라이언트에서 서버로 점프 신호를 끝없이 보내는 것을 발견했다. 그런데 잘 살펴보니까, 점프 신호 사이에 1초~1.35초 정도의 불규칙한 간격이 있었다. 가끔은 몇 분, 몇십 분씩 쉬다가 다시 점프 신호가 서버로 발송되기도 했다.

기계나 매크로로 점프 신호를 보냈다면 절대 이렇게 기록되지 않는다. 기계는 쉴 줄도 모르고, 행동도 지극히 규칙적이다. 그러니까 어떤 미친놈이 휴대폰 붙잡고 수십 시간 동안 점프 버튼만 누르고 있었다는 것이다.

"아니 왜… 왜 이딴 짓을 하죠?"

"낸들 아니? 원래 보안을 뚫을 수만 있으면 뭐든 하는 사람들이 트롤러고 해커들 아니겠어. 우리가 서버 다시 켜는 데는 10분도 안 걸리는데 그쪽에서는 일단 터뜨리는 것 자체가 좋아서 수십 시간을 쓰는 거지."

나는 일단 단순한 해결책을 내 보기로 했다.

"흠, 그럼… 일단 연속 점프를 못 하게 만들고, 뭐 점프 다음에 다른 행동을 하면 다시 점프를 할 수 있게 된다든가 하는 건 어떨까요?"

"안 돼, 안 돼. 처음에는 그렇게도 해 봤는데, 걷고 점프하고 걷고 점프하고를 6만 5536번 반복해서 기어코 서버를 터뜨리더라. 경쟁사에서 일부러 그러는 건지 뭔지…."

그때 갑자기 머릿속에 번쩍하고 실마리가 지나갔다.

"아, 어, 음. 왠지 알 것 같아요."

김 팀장의 눈에 총기가 돌아왔다. 나는 머릿속에 있는 생각의 끈을 놓고 싶지 않아서 곧바로 화면에 집중했다. 점프 신호를 받은 이후 서버가 무슨 작업을 수행하는지 코드에 길게 쓰인 명령을 줄줄 따라갔다. 개 같은 주석들이 코드 사이에 군데군데 있었다.

//20180814, 세상에 버그 없는 프로그램이 없다는데 내 서버는 진짜 완벽하다. 물 한 방울 샐 틈도 없다.

문제를 찾았다. 이 주석 밑에 플레이어가 점프한 횟수를 서버 데이터베이스에다가 저장하는 코드가 있었다. 나는 김 팀장에게 물었다.

"팀장님, 혹시 게임에 점프 많이 하면 보상 주는 그런 거 있어요? 이거 며칠 동안 찾아보니까 점프한 횟수를 저장하는 코드가 숨어 있는데요."

"글쎄? 그런 게 있었나? 야, 태흔아."

김형훈은 기획자한테 이것저것 물어보았다. 김태흔은

고개를 절레절레 흔들었다.

"그런 거 없다는데?"

그럼 뭐 하러 점프 횟수를 저장하는 거지? 내가 보니까 이 코드가 문제의 핵심이었다. 흔하지만 치명적인 오버플로우 문제였다.

프로그램이 돌아갈 때, 그에 필요한 모든 정보는 메모리에 저장된다. 이 메모리의 구조는 양동이를 일렬로 쭉 늘어놓은 것과 비슷하다. 양동이에다가 물을 채우고 빼는 방식으로 정보가 저장된다. 이 양동이는 플레이어 A의 체력을 저장하는 양동이, 저 양동이는 플레이어 A의 이름을 저장하는 양동이, 이런 식으로….

각각의 양동이에는 용량의 한계가 있다. 양동이가 꽉 차 있는데 거기에 물을 더 채워 넣으려고 한다면 양동이가 흘러넘칠 것이다. 한 양동이가 흘러넘치면 옆에 있는 양동이에도 물이 들어간다. 의도하지 않았지만 옆에 있는 양동이에 물이 추가되는 것이다. 정확히 어떤 데이터가 오염됐는지는 사위도 며느리도 모른다.

윤수현은 플레이어가 서버에 점프 신호를 보내면 이를 0에서 6만 5535까지의 숫자를 저장할 수 있는 공간에 담았다. 6만 5536번째 점프 신호가 들어오면, 양동이가 흘러넘친다. 메모리에서 점프 신호를 저장하는 부분이 아니라 그 옆의 알 수 없는 자료가 오염되는 것이다. 이 오염된 자료가 정확히 무엇인지는 모르겠지만 서버가 돌아가는 데 필요한 핵심적인 정보였을 것이다. 그러니 점프 횟수가 6만 5536번이 되자마자 서버가 폭발해 버리지.

회사 사람들은 내 전임자가 굉장히 뛰어난 개발자였다고 말했다. 당황스러웠다. 아무 이유도 없이 오류를 자초하는 코드를 만드는 건 프로가 할 일이 아니다.

점프 횟수를 딱 6만 5536개 용량의 공간에다가 저장한 것도 이상했다. CPU가 처리할 수 있는 최적의 용량이 있기 때문에, 정수로 된 자료는 42억 개의 숫자가 들어갈 만한 용량에 저장하는 게 정석이다.

그러니까 윤수현은 전혀 쓸데없는 데이터를 이상하게 작은 공간에 욱여넣는 코드를 짰다가 서버를 깨뜨린 것이다. 게다가 그 코드 위에는 "세상에 버그 없는 프로그램이 없다는데 내 서버는 진짜 완벽하다."라는 자기애에 가득 찬 주석을 박아 놓기까지 했다. 뭐지?

점프 문제를 해결하니 벌써 점심시간이었다. 나와 김형훈 팀장, 그리고 기획자 김태흔은 내가 처음 출근한 날 갔던 중국 식당엘 갔다. 그때는 나 들어왔다고 특식을 먹은 거라 생각했는데, 알고 보니 이 사람들은 가지튀김에 대한 집착에 가까운 애정이 있었다. 나는 기름에 질려서 철에 안 맞는 중식 냉면을 시켰다.

"저 점프 문제 해결했어요. 테스트도 다 해 봤고요, 확실해요."

주문을 끝내자마자 나는 물 한 잔을 마시며 말했다. 내가 회사에서 첫 번째로 한 생산적 업무라서 자랑하고 싶었다. 김형훈은 호 하는 소리를 냈다.

"그래? 그럼 3시에 긴급 공지 띄우고 서버 껐다 켜면 되겠네. 코드 올려놔."

"야, 이제 떠나간 유저들 돌아오겠네. 점프가 우리 게임 핵심 콘텐츠라니까."

김태흔도 기뻐했다.

"예, 예. 근데 물어보고 싶은 게 있는데요."

"뭔데?"

"그 윤수현이라는 전임자분, 궁금한 게 있어서요."

가지튀김 때문에 굉장히 들떠 있던 두 사람의 표정이 눈에 띄게 식었다.

"걔는 왜?"

나는 입술을 한 번 입안에 구겨 넣었다가 말했다.

"지금 일주일 정도 서버 구조 계속 뜯어보고 있거든요. 점프 버그 푼 거는 그게 너무 심각한 문제 같아 보여서 일단 빨리 본 거긴 한데… 서버 코드에 설명이 하나도 안 적혀 있어서 감 잡으려면 2주일은 더 걸릴 것 같아요."

"그럴 거라고 생각했어, 그런데 수현이는 왜?"

"그게, 음, 그 점프 버그가 굉장히 이상해서요. 버그는 보통 어떤 기능을 구현하려다가 잘못돼서 생기는 거잖아요. 그런데 이건 좀, 게임이랑 아무 관련이 없는 기능을 만들려던 것 같아서. 그분이랑 무슨 일 있었는지 알면 도움이 될 거 같기도 해서요. 뭐 특이한 행동이나 말을 했다든지."

"아무런 관련 없는 기능이라니?"

"그게 그러니까…."

나는 방금 전에 해결한 버그의 원인을 이야기했다. 김

형훈은 내가 몇 마디 하자마자 무슨 말인지 알아들었다. 김태흔도 처음에는 멍하니 있다가, 내가 양동이 비유를 드니까 대충 이해한 것 같았다. 내 말을 다 들은 태흔이 입을 열었다.

"진짜 이상하네요. 원래 게임 기획은 제가 다 하는 게 아니라, 격주로 한 번씩 회의를 해서 방향을 같이 정하거든요. 거기서 다음 패치에 뭐가 필요한가 이런 걸 듣고 일을 하는 방식이라서요. 다음 주 월요일에 현희 씨도 처음 회의 끼는 거라 말씀드리려고 했는데. 하여튼 점프 많이 하면 뭘 넣는다 이런 거는 전혀 생각이 없거든요."

"그러니까요. 코드에 쓰인 주석 보니까 코드를 8월에 짠 거 같거든요. 3개월 전에 혹시 무슨 일 있었나 해서요."

발작을 일으키기 전부터 약간 미쳐 있었던 거 아니냐고 솔직히 묻고 싶은 마음도 있었다.

그때 가지튀김이 나왔다. 월요일에 처음 입사하면서 한 번, 수요일에 한 번, 그리고 금요일인 오늘 또 한 번 보는 가지튀김이라 냄새부터 질렸다. 내 앞에 있는 두 사람은 신기할 정도로 가지튀김을 좋아했다. 고기튀김보다 훨씬 맛있다나 뭐라나. 일단 둘은 이야기를 멈추고 가지튀김부터 먹었다. 김형훈은 그걸 질겅질겅 씹으면서 한 손을 턱에 괬다. 한 조각을 꿀꺽 삼킨 그는 말했다.

"글쎄, 이상한 행동으로는… 걔가 3개월 전부터 약간 이상한 짓 하기는 했지. 싸우거나 하지는 않았는데."

"이상해져요, 어디가?"

그때 태흔이 끼어들었다.

"형훈이 형은 어떻게 생각할지 몰라도 저는 그 형 그냥 뒤늦게 오타쿠 된 거 아닌가 싶던데요."

"오타쿠라뇨?"

"아니 무슨 게임에 나오는 거 같은 외계인 그림들을 가져와서 사무실 벽에다 갖다 붙이는 거예요. 잠시만요, 제가 그걸 찍은 게 있는데…."

태흔은 휴대폰을 꺼내서 잠시 뒤적이더니 내게 화면을 들이밀었다. 말 그대로였다. 사무실 벽에 A3용지 정도 크기로 웬 게임 캐릭터 같은 느낌의 그림들이 덕지덕지 붙어 있었다. 나는 화면에다 얼굴을 가까이 붙였다.

"이게 어디서 난…"

그림들은 전부 기묘했다. 분명히 하나의 생물처럼 보이는 그림들이었다. 그러나 그림의 기반이 어디에 있는지 전혀 알 수 없었다. 상상은 현실에 뿌리를 단단히 박고 있다. 현실에서 전혀 찾아볼 수 없는 무엇인가를 디자인하는 것은 쉽지 않다.

지구를 손가락 한 번 튕겨서 터뜨릴 수 있다는 고대의 거대한 악도 면도를 오랫동안 하지 않은 문어 인간 정도로 그려진다. 형용할 수 없는 악이라느니, 악몽에서 피어난 괴기한 생명체라느니 하는 괴물들도 다 현실에서 누군가 보았고 누군가 상상했던 것들을 뒤섞어서 묘사한 것들이다. 완전히 새로운 것은 세상에 없으니까.

그런데 사진 속에 있는 초상들은 생명체인 것 같았지만, 전혀 지구의 생물들 같지 않았다. 기이했다. 그것들은 유명한 화가의 추상화에서 튀어나온 것처럼 비현실적으로 생겼으면서, 동시에 현실적인 형태가 주는 안정감을 가지고 있었다. 그 안정감 때문에 한 번도 본 적 없는 존재들이 생물처럼 느껴졌다. 하지만 광택도 질감도 형태도 우리가 볼 수 있는 생물들과 달랐다.

"이게 대체 뭐죠?"

"특이한 그림이죠? 그러니까요. 물어봐도 그냥 요즘 게임에서 나오는 거라고 둘러대던데요. 원화가가 이 그림들을 마음에 들어 해서 게임에 많이 참고하더라고요."

태흔이 말했다. 나는 그 사진에서 눈을 뗄 수가 없었다. 그는 다시 휴대폰을 자기 품으로 가져갔다.

"이거 말고 또 이상한 건 없었나요?"

"흠, 글쎄요…."

"야, 그거, 대마, 대마 스틱."

형훈이 튀김을 우물대면서 말했다. 침이 약간 튀어서 몸을 무심코 살짝 뒤로 뺐다. 그러자 그가 손으로 자기 입을 가렸다.

"저거 그림 들고 온 다음에 향 피웠잖아. 대마 스틱."

"대마를 했다고요?"

"아, 그 마약은 당연히 아니고. 제사 때 피우는 향 있잖아? 요즘엔 향 스틱이라고 별별 게 다 나오나 보더라고. 대마는 수입이 안 돼도 대마 향은 수입되나 보더라. 수현이가 저 그림 붙이면서 향을 맨날 가져다 피웠어. 잠적하기 전까지 계속 피웠는데…."

이야기가 쌓이면 쌓일수록 종잡을 수가 없었다. 훌륭한 개발자가 아무도 모르는 이상한 생물의 그림을 모으더니 대마 향을 피우고, 이상한 버그를 만들고, 결국 발작을 일으킨 다음 미쳐 버렸다고?

나도 개발자라서 안다. 컴퓨터가 생각하는 방식과 인간이 생각하는 방식은 지나치게 달라서, 전산학을 오래 하다 보면 사고 구조가 보통 사람들과 조금 달라진다. 거기다가 주 65시간의 끝없는 노동을 끼웠으면 정신이 이상해지는 것이야 어려운 일이 아니다. 꼭 '미치지' 않더라도, 우울증이나 불안장애 정도는 흔하게 겪는다. 하지만 윤수현이 가벼운 신경증에 걸린 것 같지는 않다. 무슨 병으로 입원한 걸까? 이 괴상한 그림들은 대체 어디서 난 걸까? 직접 그린 건 아닐까?

"혹시 이 그림들 아직도 사무실에 있나요?"
"어, 그거, 수현이 없어지고 나서 원화가 자기 쓴다고 갈무리해 뒀으니까 한번 물어봐 봐."

형훈이 말했다.

식사를 끝내고 사무실로 돌아와 양치까지 꼬박꼬박 마친 나는 일단 운영 서버를 업데이트했다. 그다음에는 원화가 강영원을 찾았다. 그도 다른 사람들과 같은 창립 멤버였고, 조용한 성격의 일벌레였다. 그와 나는 지금까지 형식적인 대화만 몇 마디 나눴다. 점심시간이 끝나기도 전인데 그는 벌써 그림을 그리고 있었다.

"저기요. 강 선생님."

그는 대답도 하지 않고 나를 슬쩍 바라봤다.

"그 혹시 윤수현 씨가 남겼다는 그 그림들 좀 볼 수 있을까요?"
"그건 왜요?"

영원의 말투는 공격적이라고 느껴질 만큼 날카로웠다.

"아니… 오늘 김형훈 팀장님이랑 김태흔 씨랑 밥 먹었는데 이야기가 나와서요. 한번 보고 싶어서…."

그는 별말도 하지 않고 책상의 서랍을 뒤져서 파일 하나를 건네주었다. 파일 안에는 사진에서 보았던 그 그림들이 있었다. 실제로 그림들을 보니 훨씬 더 인상적이었다. 그림이라기보다는 사진 같을 정도로 실감 나는 그림이었다. 일단 손으로 직접 그린 그림은 아닌 것 같았다. 나는 영원에게 물었다.

"혹시 강 선생님은 이거 어디서 나온 그림들인지 아세요?"
"잘 몰라요."
"대단히 특이하네요. 대체 뭘 보고 그린 걸까 하는 느낌도 들고…."
"그렇긴 하죠. 사실 나도 원본을 여기저기서 찾아봤는데 없더라고. 참고할 만하다고 생각해서 갈무리해 놓았는데, 우리 원화가 그거 덕을 많이 봤죠. 평가도 꽤좋고. 수현 씨가 참…. 고맙지. 뭐 내가 잘 그리는 이유가 더 크겠지만요."

이 영원이란 사람은 예술가답게 자기가 하는 분야의 이야기가 나오니까 갑작스레 활달해지고 말이 많아졌다. 자기애가 굉장히 투명하게 드러났다. 좋게 말하면 고양이 같은 기질이 있는 거고 나쁘게 말하면 싸가지 없는 거지. 나는 빙긋 웃었다가 급히 표정을 바로잡았다.

"저도 입사하기 전에 〈스타더스트 월드〉에서 컨셉 아트가 제일 강점이라고 생각했어요. 저 이것 좀 스캔해도 될까요? 개인적으로 소장하고 싶어서요."

"그래요, 그래."

한 번 칭찬을 해 주니까 그의 입꼬리가 올라갔다. 나는 꾸벅 인사를 하고 복합기로 그림들을 들고 가서 스캔했다. 한 30장 정도 되는 그림들이 있었는데, 그 많은 그림들에 묘사된 생물체가 하나도 겹치지 않고 전부 개성이 있었다. 파고들수록 놀라웠다.

그날 마포구의 원룸으로 돌아간 나는 온갖 방법을 동원해서 그 그림을 검색했다. 30장의 그림들을 내가 아는 모든 검색 엔진에 집어넣고 돌리고 또 돌렸다. 좀 더 형태가 강하게 드러나도록 보정해서 올리기도 했다. 하지만 비슷한 그림조차 찾을 수 없었다.

혹시 윤수현이 프로그래밍을 하다가 예술 쪽의 재능을 깨달은 걸지도 모른다. 정신병원이 아니라, 어디 산속에 처박혀서 이런 기이하고 교묘한 그림만 수십 수백 장씩 그리고 있는 것 아닐까?

이상한 그림을 뒤적거리고 있던 금요일 밤에 웬 김형훈한테서 전화가 왔다.

"여보세요?"

"현희 씨, 집이지?"

"예?"

"아니, 지금 갑자기 서버가 또 터지거든. 아무래도 점프 코드 지운 것 때문에 문제가 생긴 것 같아서 롤백해 뒀는데, 지금 사무실 좀 올 수 있을까?"

나는 시계를 보았다. 밤 10시 반이었다. 당장이라도 "버그가 아니라 기능입니다." 하고 전화를 끊고 싶었다.

그러나 모니터에 여러 장 떠 있는 그림이 마음에 걸렸다. 결국 나는 말하자마자 후회할 말을 내뱉었다.

"네, 30분 내로 갈게요."

이런 선례를 만들어 주면 안 되는데 하고 투덜대면서 나는 옷을 갈아입고 사무실로 향했다. 주택들이 많은 밤의 신수동 거리는 조용했고, 시원한 바람이 불었다. 사무실 문 앞에는 빈 짜장면과 탕수육 그릇이 놓여 있었다. 문을 열고 들어가니 김형훈 팀장이 퇴근할 때보다 훨씬 초췌해진 얼굴로 날 반겼다. 나는 까딱 인사를 하고 컴퓨터 앞에 앉아, 테스트 서버를 한번 돌려 보았다.

딱히 기록을 상세하게 확인하지 않아도 서버에 있는 문제가 명확하게 보였다. 뻔한 메시지와 함께 프로그램이 종료됐기 때문이다.

The client will be terminated due to lack of memory.

"팀장님, 이거 보니까요, 이상한 데서 메모리 누수가 일어나는데."

나는 김형훈한테 내가 발견한 문제를 그대로 전했다.

"허어…"

김 팀장은 짤막하게 소감을 밝혔다. 그는 그 짧은 시간 동안 5년은 더 늙은 것처럼 보였다.

컴퓨터의 메모리란 물리적인 반도체 위에 저장되는 정보이고, 그 용량은 제한되어 있다. 당연히 무한한 메모리를 제공할 수는 없는 노릇이니, 프로그램은 더 많은 저장 공간이 필요할 때마다 메모리를 추가로 할당받는다. 저장 공간이 남으면 할당받은 공간을 반환한다. 그런데 메모리를 얻어먹기만 하고 반환은 하지 않는다면?

명확하다. 정보를 기억해 둘 공간이 없으니 프로그램이 종료된다. 이렇게 쓰지 않는 메모리를 계속 먹고 있는 현상을 메모리 누수라고 한다. 왜, 켜 놓기만 해도 조금씩 휴대폰을 느려지게 만드는, 사이코패스가 만든 것 같은 애플리케이션들 있지 않은가. 대부분은 메모리를 먹기만 하고 반환하지는 않아서 그렇다. 그 반환 작업을 프로그래머가 일일이 신경 써야 하기 때문이다.

할당받은 메모리를 전부 확실히 반환하는 건 쉽지 않은 일이다. 커다란 프로그램을 켜 놓다 보면 조금씩 질질 새는 메모리가 생기게 마련이다. 그래서 가끔 서버를 껐다 켬으로써 한번 풀어 주기라도 하려고 정기 점검을 하는 것이다. 하지만 이번 버그는 심해도 너무 심했다. 서버 프로그램을 가동하니 쓰지도 않을 메모리를 자꾸 할당받았다. 이러니 서버가 터지지.

"제가 한 건 진짜 점프 버그 정리한 거 빼고는 없거든요."

일단 나부터 변호했다. 코드 몇 줄 지우자마자 어이없는 문제가 발생했으니까, 내 탓이라고 생각할 수도 있지 않겠나. 일주일 만에 게임 하나 폭발시키고 쫓겨난 개발자가 되기는 싫었다.

//20180817, 코딩이 다시 즐거워졌다.

문제가 된 코드에는 이따위 주석이 달려 있었다. 점프 버그를 지우면 아무 데도 쓰지 않을 메모리를 할당하도록 코드가 짜여 있었다. 명백했다. 무언가를 만들다가 실수로 낸 버그가 아니라, 서버를 터뜨리기 위해서 의도적으로 만든 코드였다. 흠, 나는 덕분에 일하는 게 정말 괴로워졌는데, 세심하기도 해라. 찾아가서 목뼈를 분질러 주고 싶었다.

"전임자가 일부러 버그를 만들고 간 것 같은데요."

나는 김 팀장에게 말했다. 김 팀장은 멍하니 나를 바라보았다. 6월 14일에 수정된 점프 횟수 저장 코드와, 의도적으로 심은 버그를 보여 주었다. 그도 개발자인지라 단번에 이해하고 고개를 한 번 끄덕였다. 그는 황망한 표정으로 말했다.

"애가 왜 이런 짓을 하고 갔지…."
"8월이면 3개월 전부터 이런 거잖아요. 8월부터 10월까지 써 놓은 코드 전부 한 번씩 봐야겠는데요. 싹 다 이렇게 만들어 놓은 걸 수도 있구요."

김형훈은 까슬까슬해 보이는 자기 턱 밑을 매만졌다.

"왜 그랬을까."

나는 입을 비죽 내밀면서 고개를 한 번 흔들었다. 난들 알겠나. 망상증에 걸린 걸 수도 있고, 중국에 있는 다른 경쟁 게임사에서 큰돈을 약속받고 일부러 이런 짓을 한 걸 수도 있지. 그다음에 중국으로 쥐도 새도 모르게 도망치고 부모랑 입 맞춰 놓은 거지.

나와 팀장은 월요일 회의에서 윤수현이 심어 놓은 버

그 이야기를 하기로 했다. 나는 그날 집에 돌아오면서 그가 남긴 주석들을 한번 정리해 보려고 서버 코드를 전부 복사했다. 집에 오니 새벽 2시 반이었다. 벌써 스무 시간 가까이 못 잤는데, 노트북을 켜고 코드를 보자 기묘한 오기가 솟아올랐다.

주석들을 눈에 보기 좋게 정렬하고 나자 8월 14일부터, 그러니까 점프 버그가 생긴 날부터 주석을 단 빈도가 증가했다는 게 확 눈에 띄었다. 한 달에 하나 정도 있던 주석이 한 주에 두세 개 정도로 늘어 있었다.

8월에서 9월까지의 주석에는 자기애가 넘치는, 스스로의 코드에 대한 찬양 빼고는 별다른 내용이 없었다. 나는 휙휙 스크롤을 내리다가 10월의 한 줄에서 멈췄다.

//20181009, 게임을 만들 때가 사람이 신과 가장 가까워지는 순간이다.

사춘기 적에 내가 했던 생각이었다. 작은 세상을 만드는 것이 신이 되는 것과 비슷하다는 생각 말이다. 나는 그런 말을 떠벌렸다는 사실 자체가 너무 민망해서 돌아버릴 것 같은데! 그 주석에 달린 코드가 무엇인지 살펴보았다. 또 서버를 터뜨리도록 만들어진 의도적인 버그였다.

//20181011, 지금은 꽤 먼 이야기처럼 보이지만, 언젠가 게임 내의 캐릭터들에게도 고급 인공지능을 적용할 수 있을 것이다. 그러면 그 세상의 작은 캐릭터들 하나하나는 내 세상에서 살아가는 피조물이 된다.

//20181015, 우리 세상도 마찬가지라니까.
//20181016, 안 쓰는 코드는 무조건 지워야 한다.
//20181017, 나도 좀만 더 파고들면
//20181018, 이제 알 것 같아
//20181019, 취약점이 참 많다
//20181022, 사람이 더 필요해

갑자기 소름이 돋았다. 지금 나는 한 사람이 미쳐 가는 과정을 보고 있는 것이다. 나는 컴퓨터를 끄지도 않고 침대로 쏙 들어갔다. 모니터에서 은은히 나는 빛 때문에 덜 무서웠다. 나는 억지로 눈을 감았다. 서버 코드는 나중에 다시 천천히 뜯어보면 되지. 주말 동안에는 이 지겨운 거 생각도 하지 말고, 맛있는 거 먹어야지.

믿고 싶지 않았지만 월요일 아침은 순식간에 돌아왔다. 격주마다 하는 회의가 있는 날이었다. 김태흔이 이제 대규모 패치를 해야 하네 어쩌고 하면서 떠벌거렸다.

"현희 씨, 서버 문제는 좀 해결됐나요? 우리 이제 새로 콘텐츠도 추가해야 되고, 해야 할 패치가 많아서. 지금 서버 문제 때문에 한 달이나 시간이 지체됐거든요. 유저들이 더 이상 참아 줄 것 같지 않아요."

개발자를 신으로 보는 건지 뭔지, 일한 지 이제 일주일 갓 넘은 사람이 아무런 설명도 되어 있지 않은 코드를 어찌 다 파악하라는 건가. 나는 빈정이 상한 채로 입을 열었다.

"저번 주 내내 김 팀장님하고 같이 서버에 매달렸는데요. 아무래도 전임자가 버그를 일부러 심은 것 같습니다."

"예? 버그를 일부러 심어요?"

"어, 나도 봤어. 버그 하나 치우면 다른 버그 생기도록 수현이가 그렇게 짜 놓은 것 같더라."

김 팀장이 말하자 김태흔이 당황한 티를 팍팍 내며 물었다.

"수현이가 뭣 때문에 그랬을까?"

"그거야 모르죠. 사실 이거 해결하는 것만 해도 시간이 꽤 걸리겠더라고요. 8월부터 10월까지 3개월 동안 그런 것 같아서요."

"좀 빠르게 해결하는 방법은 없어요? 제가 코딩은 잘 모르지만 보니까 너무 꼬여 있으면 아예 새로 쓰는 것도 한 방법이라던데…."

자기 일 아니라고 막말하네 이 사람이. 역시 게임 회사랑 기획자란 인간들은 어딜 가나 다 똑같아. 슬슬 관리하기 힘들어지는 표정을 억지로 숨겼다. 딱딱한 목소리로 나는 말했다.

"1년 이상 짠 프로그램을 짧은 시간 동안 완전히 복제하는 건 불가능합니다. 겉보기에는 잘 돌아가는 것처럼 보여도 반드시 문제가 생길 거예요. 지금은 버그가 나오는 대로 최대한 고치고 있는데, 이게 실수도 아니고 일부러 만든 것 같아서 잡기 힘들어요. 얼마나 버그가 더 있는지 알 수 없으니 일정도 정확히 말씀드리기 어렵고요. 게다가…."

남이 설명도 없이 싸 놓은 똥을 치우는 게 얼마나 좆 같은 일인지 넌 모르지라고 묻는 대신에 나는 말끝을 흐렸다. 김태흔이 마른세수를 한 번 했다.

"큰일이네, 사람을 더 구해야 하나….."

그 말을 듣고 김 팀장이 손사래를 쳤다.

"야, 프로그래밍이란 게 꼭 사람 수 늘린다고 빨라지는 게 아니야. 윤수현 그놈이 아무것도 남기지 않고 떠났으니 어쩔 수 있나."

"그럼…"

나는 그때 말을 끊고 끼어들었다. 하고 싶은 말이 있었다.

"저 이틀만 출장 보내 주세요."

조용히 있던 원화가와 모델러까지 합쳐서, 총 네 명의 사원이 나를 일제히 바라보았다.

"전임자가 인수인계 제대로 안 하고 떠났으니, 만나서 물어보는 것 빼고 답이 있겠어요?"

"송현희 씨, 우리랑도 연락이 안 되는데 무슨 수로 현희 씨가 걔를 만나요?"

원화가인 강영원이 톡 쏘았다.

"제가 후임잔데, 한번 시도라도 해 봐야죠. 인수인계 없으면 사실상 불가능한 일인걸요. 마지막으로 연락이 닿은 지 얼마나 됐나요?"

"2주일 전에 걔네 부모님이랑 연락을 해서 정신병원에 있다는 말을 들었지. 그 후로는 우리 번호로 전화하면 받지도 않는걸…. 글쎄."

김 팀장이 얼버무리자 나는 책상을 아주 살짝 두드렸

다. 탁탁 하는 소리가 났다.

"번호 주시고 연락 통하면, 오늘 하루만 나갔다 올게요. 잘되면 잘돼서 좋은 거고, 잘 안되면 어차피 서버 고치느라 시간 오래 걸릴 테니 하루 더 하든 말든인 거고요."

김태흔이 나를 떨떠름하게 쳐다보다가, "그러든지, 뭐." 한 다음 고개를 끄덕였다. 김 팀장이 내게 윤수현 어머니의 전화번호를 주었다. 그러고 나서 회의의 주제는 새로 게임에 추가되는 괴물에게 머리카락이 있어야 할지 없어야 할지로 바뀌었다.

김 팀장은 나에게 넌지시 "어차피 이제 서버 쪽이랑은 상관없는 문제니, 먼저 나가서 볼일 봐도 돼." 하고 귓속말했다. 나는 사무실 밖으로 튀어나왔다.

코트 주머니 깊은 곳에서 휴대폰을 꺼내 방금 전에 받은 전화번호로 전화를 걸었다. 새가 지저귀고 강물이 흐르는 컬러링이 들렸다. 10초, 20초….

새소리가 멎었다. 나는 다급하게 소리쳤다.

"여보세요, 여보세요?"

"누구시요?"

휴대폰 너머로 낮게 깔린 중년 여성의 목소리가 들려왔다. 경상도 말씨가 약간 묻어났다.

"안녕하세요, 어머님, 스타더스트 스튜디오의 송현희라고 합니다. 윤수현 씨의 후임인데요, 묻고 싶은 게…"

"아들 건으로 전화하지 말라고 아들 친구들이 안 그

러던가?"

"죄송합니다, 죄송해요. 그렇지만…."

내가 무슨 말을 해야 할지 감을 못 잡고 있을 때 차가운 목소리가 다시 돌아왔다.

"아들은 그대로 있으니까, 전화하지 않았으면 좋겠네."

"잠깐만요!"

나는 다급히 외쳤다.

"제가 아드님 일기를 가지고 있거든요."

"일기?"

"네, 수현 씨가 틈틈이 남긴 메모, 아니 일기가 있어요. 제가 수현 씨 일한 거 연구하다가 발견했어요. 듣고 싶은 이야기가 있습니다."

상대가 머뭇거리고 있다는 것이 느껴졌다. 한숨 소리가 들렸다. 그가 말했다.

"오후 2시에, 혜화역 3번 출구에 있는 카페 하늘다리로 오게."

나는 주먹을 꽉 쥐었다.

다시 사무실로 돌아간 나는 윤수현의 어머니와 만나기로 약속을 했다고 자랑했다. 사람들은 꽤 놀란 눈치였다. 나는 수현이 코드에 남긴 글에 대한 이야기는 하지 않았고, 그냥 그분의 태도가 바뀐 것 같다고만 말했다.

"혹시 가서, 이 외계인 그림 좀 더 얻어 올 수 있으면 얻어 와요." 하고 강영원이 청했다. 방금 전만 해도 쏘아대더니 말투가 바뀌어서 좀 우습고 짜증 났다. 나는 그림들과 내 책상 위에 있는 노트북을 챙기고 사무실 밖으로 다시 튀어나왔다.

약속한 시간보다 혜화에 일찍 갔다. 점심시간에 김 팀장 옆에 끼었다가는 맨날 먹는 가지튀김을 또 먹을 것 같았다. 지하철을 타고 대학로로 도망쳤다. 나는 옛날에 몇 번 갔던 오므라이스 식당을 찾아서 식사를 한 다음 이곳저곳 산책을 했다. 좀 돌아다니니 벌써 1시 40분이었다. 나는 수현의 어머니가 말한 카페를 찾아갔다. 하늘다리 카페는 테이블이 네 개밖에 없는 아담한 카페였다.

테이블 세 개는 비어 있었고, 한 테이블에만 중년의 여성이 팔짱을 끼고 앉아 있었다. 그의 앞에는 찻잔이 하나 놓여 있었다. 내가 문을 열어 풍경이 딸랑딸랑 울리자 그가 나를 지긋이 바라봤다. 우리는 서로를 잠시 빤히 바라봤다. 그가 먼저 입을 열었다.

"자네, 송현희라고 그랬나? 내가 수현이 에미네."

"네, 안녕하세요. 나와 주셔서 정말 감사합니다…" 나는 그를 어떻게 불러야 할지 몰라서 잠시 망설였다가, "어머님." 하고 덧붙였다.

"수현이 후임자라고?"
"예. 수현 씨가 하던 일을 이어받게 되었어요."
"그렇다면 가를 직접 본 적은 없겠네."
"네, 저는 이야기만 들었습니다."
"그런데 무슨 관심이 생겨서 일기까지 찾은 거야?"
"제가 찾은 거라기보다는… 저, 혹시 수현 씨가 어떤 일을 하셨는지 잘 알고 계신가요?"

수현의 어머니는 개발자가 아니었나 보다. 그는 고개

를 도리도리 저으면서 말했다.

"아니, 세상을 만드는 일이니 뭐니 하고 자랑하던데, 무슨 말인지 도통 알 수가 있어야지. 그냥 컴퓨터 만지는 일인가 보다 했네."

"네, 저희들이 하는 일에다 수현 씨가 메모를 남기신 게 있거든요. 그런데 이게 일에 관련됐다기보다는… 전혀 새로운 거라, 혹시 필요하실까 했어요."

나는 가방을 뒤적거려 노트북을 꺼냈다. 윤수현이 코드에 남긴 메시지들을 정리해 놓은 파일을 연 다음 그가 볼 수 있게 돌렸다. 그는 눈을 찡그리고 화면에 얼굴을 갖다 댔다. 조금 있다가 중년의 여사는 품에서 손수건을 꺼내 주름이 자글자글한 눈가를 몇 번 찍었다.

"가가 3개월 전부터 하던 말이랑 비슷하네."

나는 어떻게 반응해야 할지 몰라 식은땀을 흘렸다. 혹시 내가 되게 큰 실수를 저지른 것 아닐까 하는 생각이 들어서 소름이 끼쳤다. 아들이 실시간으로 정신줄을 놓는 꼴을 보여 준 것 아닌가? 1분 정도의 무시무시한 침묵이 흘렀다.

다행히 여사가 입을 열었다.

"고맙네, 자네는 친구도 아니면서 이런 걸 찾아와 주네. 같이 일하는 다른 것들은 수현이 언제 돌아올 수 있냐고 묻기만 하고…. 참, 그래도 수현이가 쓰러지기 전에 썼던 걸 이렇게 갈무리해 주니 참 고맙네. 자네는 무슨 일로 나를 만나려고 한 건가?"

"아, 네…. 수현 씨가 남기고 간 것들을 보다가, 혹시 지금 힘드신 부분을 제가 도울 수 있나 해서…. 대단히 자기 일을 좋아하셨던 분 같은데요. 옛날에 일하던 걸 보면 도움이 되지 않을까 해서, 왜, 일은 사실, 음, 자 아실현의 수단이라고도 하고요. 그래서 한번 면회를 해 보고 이야기를 할 수 있나 싶어서요. 지금 병원에 계신 걸로 아는데."

길 가던 강아지가 쳐다볼 정도로 장렬한 개소리를 내 뱉었다. 사실은 그냥 윤수현의 마음에 남아 있는 최소한 의 이성의 조각이라도 확인해 보려고 온 거였는데. 썩은 동아줄이라도 일단 잡아 보려 온 것이었는데.

"아니, 퇴원은 금방 했지. 지금 내가 사는 아파트에서 같이 살고 있어. 말이라고는 안 하고 항상 방에만 박 혀 있으니. 밥을 차려 놓아도 제대로 먹지도 않고. 살 아 있는 것 같기는 한데…. 아마 집에 들어와도 방문 을 열어 주진 않을 거야."

"한번 방 밖에서 제가 말이라도 걸어 볼 수 없을까 요."

"그럼 그래 보게나."

다행히 여사는 나를 좋게 보는 것 같았다. 그는 차가 반쯤 남은 찻잔을 들어다 카운터에 갖다주었다. 둘은 다 른 가족 없이 명륜에 있는 아파트에 산다고 했다. 우리 둘은 쌀쌀한 혜화 거리를 터덜터덜 걸었다.

"회사 분들이 수현 씨를 많이 보고 싶어 해요."

만나서 주리를 틀고 싶어 하는 개발자도 있다는 사실 은 생략했다.

"다행이네."

여사는 짧은 대답만 했다. 우리는 말없이 걸었다. 아파트에 도착했을 때에 나는 그림 생각이 났다. 그 기괴한 그림들을 여사도 알고 있을까? 일단 윤수현과 이야기부터 하고 나서 물어봐도 되겠지. 나는 여사의 뒤를 종종 따라갔다. 그들은 4층에 살고 있었다. 여사의 뒤를 따라 집 안에 들어가자마자 강렬한 풀 냄새가 풍겼다. 킁킁대 보니 쑥 냄새 같기도 했다. 풀물 안개가 낀 느낌이었다.

현관에 신발을 벗고 거실로 들어선 나는 헉 소리를 내면서 잠시 주춤했다. 빳빳한 A3 용지에 인쇄한 그림들이 벽에 붙어 있었다. 기이한 그림들이었다. 사무실에서 강영원이 챙겨 두었던 그림들도 있었지만, 전혀 다른 그림들이 더 많았다.

"이게… 이것들이 다 뭐죠?"
"글쎄, 내가 잘 때마다 붙이는 건가 싶은데. 어느샌가 벽에 잔뜩… 이게 다 무슨 그림인지 원…."

집은 넓지 않았다. 한 방문 앞에 아무도 손대지 않은 밥과 국, 자질구레한 반찬이 놓여 있는 밥상이 있었다. 여사가 그곳을 가리켰다.

"저기야. 한번 불러라도 봐. 너무 기대는 많이 하지 말고…. 나는 거실에 앉아 있겠네."

나는 메고 있던 가방 속에 오른손을 집어넣었다. 뒤적거리다 보니 길쭉하고 차가운 원통 모양의 최루 스프레이가 손에 감겼다. 한 손으로 스프레이를 꽉 잡고 문 앞으로 다가가 밥상을 오른쪽으로 슬쩍 밀었다. 그다음 문을 한 번 두드렸다.

"윤수현 씨."

아무 반응도 없었다. 나는 한 번 더 문을 두드렸다.

"윤수현 씨, 회사에서 왔어요. 문 좀 열어 주시겠어요?"

문이 끼익 소리를 내고 조금 열렸다. 내 뒤에서 여사가 놀란 소리를 내는 것을 들었다. 문틈 사이로, 내 머리보다 좀 더 높은 위치에 눈이 보였다. 그는 나를 바라보고 있었다.

"처음 보는 얼굴이네요. 역시 그럴 줄 알았어요."

그가 말했다. 전혀 예상하지 못했던, 대단히 차분한 목소리였다.

"예?"

"들어와요. 문 너무 크게 열지 말고. 빨리."

나는 아주 잠시 망설였다가, 스프레이를 꽉 쥐고는, 문을 살짝 열고 그 사이로 들어갔다. 윤수현은 뒤로 몇 걸음 물러났다. 방 안에 들어와서 문을 닫은 나는 일단 윤수현을…

방 안이 너무 넓었다.

나는 얼이 빠져 고개를 이리저리 돌렸다. 거실보다 윤수현이 있는 방이 두 배는 더 넓었다. 이런 구조의 아파트가 있나? 방의 천장과 벽을 그림들이 가득 메우고 있었다. 대부분 전에 보지 못했던 것이었다. 곳곳에 향이 피워져 있었다. 문득 얼마 전에 들었던 대마 향에 대한 이야기가 머리를 스쳤다. 아까 풀 냄새라고 느꼈던 것이 대마 냄새였구나.

"내가 생각했던 대로야. 서버 개발자죠?"

방금 전의 그 차분한 목소리가 다시 들려왔다. 나는 고개를 들었다. 윤수현은 나보다 키가 5cm 정도 더 컸는데, 후드티와 청바지를 입고 있었다. 방 안에 틀어박혀 나오지 않았다기에는 굉장히 멀끔한 인상이었다. 수염도 잘 정리되어 있었고, 몸도 오래 운동한 것처럼 보였다.

　"예, 방… 방이 되게 넓네요."
　"다 방법이 있지."

　그는 방의 가운데로 천천히 걸어갔다. 꽤 시간이 걸렸다. 그리고 보니 바닥에는 이상한 표식이 이리저리 그려져 있었다. 판타지 게임에 나올 법한 마법진 비슷한 모습이었다. 방의 구석에 일체형 컴퓨터가 올라간 작은 책상과 의자가 덩그러니 놓여 있었다. 이게 뭐지, 포스트모더니즘 예술 같은 건가? 이 지독히도 초현실적인 광경에 아득한 느낌이 들었다.

　"소… 송현희라고 해요."
　"알고 있어요, 너무 떨지 말아요."
　"네? 알고 있다니?"
　"다 방법이 있다니깐."

　당황스러웠다. 이게 그의 광기인가? 하지만 그의 차분한 목소리나 행동에는 광증 비슷한 기색조차 전혀 없었다. 정신과 환자들에 대한 수많은 이미지가 떠올랐다.

　나는 혼자 중얼거렸다. 편견이야, 편견. 현희야, 너도 항우울제 1년 정도 먹은 적 있잖아? 정신 질환이 있다고 해서 꼭 그런 건… 알지, 지금 네 머릿속에 떠오르는 이미지들. 그런 거 아니라는 거 알잖아. 그렇잖아?

버그 이야기부터 하면 분위기가 엉망이 될 것 같아 일단 주변을 둘러보았다. 그래, 그림 이야기를 하자.

"이 그림들은 뭔가요? 강영원 씨가 정말 알고 싶어 하시더라고요."

"추모하는 거예요. 향도 피웠잖아요."

"예? 추모하다니요?"

"내가 삭제한 먼 우주의 외계인들이에요."

"외계인이라고요?"

"네."

"외계인을 삭제했다는 게 무슨 소리예요?"

"이러다 용량이 부족해지면 우리 다 큰일 날 거 같아서요. 너무 메모리 심하게 잡아먹는 것들 다 지우고, 최적화하는 거예요. 최소한의 장례는 치러 줘야죠."

"이거 다 직접 그린 것들이에요?"

"아뇨, 그냥 가져온 데이터들인데요."

대체 뭐라는 거야. 머리가 띵했다. 아하, 광기에는 여러 모습이 있구나. 한 마디씩 그럴싸하게 말은 하는데, 정작 말에는 아무 의미가 없었다. 나는 중얼거렸다.

"헛걸음했네."

허탈했다. 나는 주저앉았다. 윤수현은 나를 빤히 바라보았다.

"아휴… 갑자기 회사도 안 나오고 친구들하고 연락도 다 끊었다는 사람한테 내가 뭘 기대한 건지. 내가 바보지."

알겠다, 오늘 아침 회의 시간에 출장 보내 달라고 했을 적에 나도 모르게 왕창 기대하고 있었구나. 다른 사람들이 안 될 거라고 말해도 말이다.

지난 일주일 동안 남이 만들어 놓은 버그 해결하는 데 내 모든 기운을 다 쓰고 있었다. 참아 내고, 살아 낸다고 생각하고 있었는데 벅찬 일이었던 것 같다. 스트레스… 제기랄!

"이봐요!"

나는 소리 질렀다. 소리가 웽웽 울렸다. 메아리 같다는 느낌도 들었다. 그는 무슨 생각을 하는 건지 알 수 없는 땡그란 눈으로 그저 나를 바라보고 있었다.

"아니, 진짜, 내가… 어휴. 아니, 미칠 거면 곱게 미치든가. 버그를, 네, 버그를 그따구로 심어 놓으면 어떡해요? 나보고 좆 되라고? 아니 어쩌라는 거야. 문서화는 하나도 안 해 놓고, 주석에는 일기 써 놓고, 어떻게 사람이 그래? 당신 무슨 피해망상이라도 있어?"

어느샌가 내 목소리에 코 훌쩍이는 소리가 섞였다. 이 사람 앞에서 훌쩍이고 있어 봐야 무슨 소용이겠냐는 생각도 들었다. 목 밑에 뭐가 꽉 찬 기분이 들고 손발이 저릿저릿했다. 윤수현이 두 손을 앞으로 내저었다.

"아니, 내 얘기는 들어 보지도 않고선. 버그 일부러 심은 거 맞아요. 맞는데… 들어 봐요. 들어 봐요, 아니, 나 가지 말고, 봐요."
"보긴 뭘 봐요."
"내가 써 놓은 주석 보지 않았어요? 우리가 신이나 다름없다니까요."

그가 내 앞으로 한 발짝 가까이 다가왔다. 씨발! 갑자기 겁이 났다. 나는 지금 정신에 문제가 있는 남자와 한 방 안에 있다. 나는 가방 안에 손을 다급히 집어넣었다. 최루 스프레이를 꺼내 그의 얼굴 쪽으로 조준했다.

"다가오지 마."

"알았어요. 알았어요. 이야기만 들어 줘요."

그는 물러났다. 나는 스프레이를 꼿꼿이 든 채로 자세를 바로잡았다.

"봐요, 게임 안에 있는 캐릭터한테는 최소한의 인공지능이 있잖아요. 예를 들면 길 찾기 능력 같은 거."

"그렇지."

"나중에 컴퓨터 연산 능력이랑 소프트웨어가 더 좋아지면 말이죠, 그런 캐릭터들한테 더 강력한 인공지능을 넣을 수도 있겠죠. 게임이란 게 기본적으로 현실을 모사하는 시뮬레이션이잖아요. 우리 세상이랑 아주 가까운 작은 세상을 만들 수 있을 거고, 그 속의 사람들은 우리를 신으로 생각하겠죠. 또 모르죠? 우리가 사는 이 우주가 어느 큰 세상의 컴퓨터가 돌리고 있는 시뮬레이션일 수도."

힘이 빠졌다. 이 윤수현이라는 사람은 영화 〈매트릭스〉를 너무 많이 봐서 약간 정신이 이상해진 것이다. 어떤 세상에서 시뮬레이션을 돌리면 그 시뮬레이션에서 또 시뮬레이션을 돌리고… 진부한 이야기다. 가끔 잠자리에서 쓸데없이 생각하다가 악몽 꾸기 좋은 소재일지는 모르겠다.

내가 고등학교 시절에 이미 졸업한 이야기다. 이를 서른 넘어서도 포기하지 못한 이 남자가 불쌍해졌다. 반박

하고 싶지도 않았다. 나는 일어섰다. 집에 가야겠다. 내 일부터 서버 버그 하나씩 고치고 열심히 일하면 되지 뭐. 막막하겠지만 하나씩 하다 보면 다 되는 일 아닌가. 나는 스프레이를 앞으로 겨눈 채로 주춤주춤 뒤로 걸었다. 5m 정도만 걸으면 문이 나올 것이다.

나는 뒤로 팔을 뻗었다. 아무것도 느껴지지 않았다. 슬슬 문이 만져져야 하는데. 나는 고개를 뒤로 돌렸다.

"와, 씨발."

방문이 멀어져 있었다. 나는 뒤로 한 걸음 더 걸었다. 아무리 걸어도 문이 가까워지지 않았다. 나는 고개를 한 번 흔들었다. 내가 윤수현의 어머니에게 뭔가 얻어먹었나? 아니다. 혜화의 식당에서 나온 이후 아무것도 먹지 않았다. 대체 뭐가 잘못된 것일까. 이 방에서 일어나는 이상한 현상과 아득하게 초현실적인 인테리어가 합쳐지니 돌아 버릴 것 같았다. 그러다가 갑자기 공포가 확 몰려왔다. 지금 무슨 일이 벌어지고 있는 거지?

나는 고개를 앞으로 다시 돌렸다. 윤수현은 전혀 멀어지지 않은 채로 그 자리에 그대로 서 있었다. 나는 또다시 욕을 할 뻔했다. 그의 살갗은 총천연색으로 빛나고 있었다. 그 색 중에는 내가 지금까지 본 적이 없는 색도 있었다. 진홍색보다 더 진하고 동시에 하늘색보다 더 옅은 색을 보니 머리가 지끈지끈 아팠다.

나는 코를 벌름댔다. 대마 스틱의 향 때문에 머리가 터질 것 같았다. 이 향에 환각제 성분이 있나? LSD를 빨면 새로운 세상이 보인다더니, 진짜 지금 마약 성분에 취해서 희한한 색을 보고 있는 건가? 수현은 그대로 서 있었다. 조금씩 그의 몸에서 발하는 빛이 둔해졌다. 곧 그는 원래 상태로 돌아왔다.

참을 수 없었다. 그에게 다가갔다. 그에게서 멀어지는 건 불가능했지만 가까워질 수는 있었다. 나는 이 돌아 버릴 것 같은 마법을 깨고 도망치고 싶었다. 손에 꽉 쥐고 있었던 스프레이를 그에게 뿌렸다. 스프레이에서 비누 거품이 방울방울 흘러나왔다. 거품은 천장으로 날아오르다 흩어져 사라졌다. 나는 스프레이를 손에서 놓쳤다.

무서웠다. 심장이 너무 빨리 뛰어서 터져 버릴 듯했다. 지금 내 주변에서 일어나는 일들을 단 하나도 이해할 수 없다는 것이 끔찍했다. 무지에서 오는 공포가 가장 무섭다는 말을 뼈저리게 실감했다. 그가 입을 열었다.

"세상에 버그 없는 소프트웨어는 없다고들 그러잖아요."

나는 그와 함께 망상의 소용돌이에 빠지는 것 같아 무서웠다. 하지만 방금 전에 본 공간과 색채와 물질의 왜곡은 진짜였다. 아니, 진짜 같았다.

"그럼 지금 당신이 세상의 버그를 찾았다고 말하려는 거야?"
"그렇죠."
"무슨 버그."
"누군진 몰라도, 우리 세상을 만든 사람은 코딩 실력이 그리 뛰어나진 않았나 봐요."

나는 그를 빤히 바라보았다. 윤수현은 주머니를 뒤적이다가 품에서 무언가를 꺼냈다. 설탕을 입힌 알록달록

다채로운 색깔의 곰 모양 젤리였다.

"이게 멀티 비타민 젤리거든요."라고 말한 수현은 3개월 전 이야기를 털어놓기 시작했다. 수현에게는 술을 마시면 식탐을 주체 못 하는 나쁜 주사가 있었다. 술에 심하게 취하면 손에 뭐가 잡히든 일단 먹고 보았다고 했다. 그날도 중식집에서 가지튀김이랑 고량주를 미친 듯이 먹고 집에 돌아갔다고 했다. 그때 그가 집에서 찾은 게 소셜 커머스에서 떨이로 팔던 멀티 비타민 젤리 열 상자였다.

"그걸 다 먹었다고?"
"달달하더라고요."

그는 내게 곰 젤리 하나를 건네주었다. 버석버석한 설탕이 겉에 입혀진 젤리는 새콤달콤했다. 젤리 하나에 각종 비타민이 일일 권장량의 최소 50%만큼은 들어 있다고 했다. 그 달달한 젤리 수만 개를, 만취한 수현은 그날 밤에 혼자 집에서 꾸역꾸역 먹었다고 했다.

"그러고 보니까 갑자기 이 세상의 데이터베이스에 접근할 권한이 생긴 거죠."
"젤리가 버그로 이어지고 거기에 시뮬레이션이라니 진짜 무슨 말이야. 뭔 말이야 대체…."
"이 세상을 구성하는 코드도 우리가 쓰는 컴퓨터 코드랑 크게 다르지 않더라고요."
"젤리 수만 개 먹어서 버그를 찾았다는 얘기도 이상한데."

그가 빙글빙글 웃었다.

"그럼 점프 6만 번 하면 터져 버리는 세상은 상식적인가요?"

"뭐?"

"점프 6만 5536번 하면 세상이 갑자기 꺼지는 거잖아요. 내가 만든… 아니 우리가 만든 세상은. 그건 뭐 상식적인가요?"

"비상식적이지."

"원래 보안 취약점이라는 게 전혀 생각지도 못한 데서 나오는 거잖아요. 사용자에게 드러나는 가장 작은 부분에서부터 가장 깊숙이 숨겨져 있는 내용에까지 취약점이 생길 수 있으니까. 이것도 마찬가지예요. 대체 왜 그랬는지는 모르겠는데, 이 세상을 돌리는 컴퓨터에서 내가 곰 젤리 먹는 숫자를 메모리에다 저장하고 있더라고요."

수만 개의 곰 젤리를 먹어 치운 다음 날 아침, 그는 아무 문제 없이 일어났다고 했다. 좀 심한 숙취로 고통받으면서 일어난 그는 간절히 쇠고기 미역국이 먹고 싶었나 보다. 그때 그의 앞에 쇠고기 미역국이 나타났다. 그것이 그가 곰 젤리 수만 마리를 먹고 얻은 초능력의 첫 번째 발현이었다고 한다.

잠깐, 잠깐, 잠깐.

"그러니까 젤리 수만 개 먹고 오버플로우로, 뭐 이 세계의… 메모리에 다른 값을 넣어 버린 거란 말이야?"

"네."

"그 결과가 왜 하필이면 그런 초능력으로 발현한 거지? 아니, 젤리를 먹는 횟수가 저장된다면 내가 발톱을 깎은 횟수가 그 메모리 옆에 저장될 수도 있는 거지. 그 상태에서 내가 젤리를 엄청 많이 먹으면 데이터가 오염돼서 발톱을 깎은 횟수가 5000번인데도 갑자기 1000만 5000번으로 둔갑할 수도 있다는 얘기 아냐."

"모르죠, 발톱을 어마어마하게 깎으면 또 다른 정보도 오염될지. 제 생각에는 이거 만든 사람이, 충분히 똑똑한 생물체한테 메모리 접근 권한을 주려고 했던 거 같아요. 근데 만들어 놓고 나니까 별로 마음에 안 들어서 폐기 처분하고 코드는 남겨 둔 걸 수도 있죠. 아니면 또 모르죠. 이 세계에, 코드를 짜 넣을 수 있는 권한을 가지고 외부에서 접속한 플레이어가 어딘가에 존재하는 걸 수도 있고."

"기능을 없앴는데 왜 쓸데없는 코드 찌꺼기를 남겨 둬?"

"당신은 그런 적 없나요?"

젠장, 부인하기 힘들었다. 기획단에서 만들어 내라는 대로 이리저리 코드를 짜 뒀는데 갑자기 기획이 엎어지는 경우가 부지기수다. 그렇게 남은 코드를 그냥 접근만 불가능하게 한 채로 내버려 두는 때도 있다.

"그치만 필요 없는 코드 지우지 않는 거 굉장히 안 좋은 버릇인데."

"그러니까요, 이 시뮬레이션 짠 사람이 프로그래밍을 이상하게 배웠나 봐요."

"아냐, 아무리 생각해도, 아무리 게임을 열심히 만들어도, 아무리 완벽히 최적화해도 지금의 이 세상을 만들 수는 없어. 코드가 너무 복잡해진다고."

나는 소리쳤다. 우리 세상을 컴퓨터 안에 그대로 그려
내는 것은 불가능하다. 아무리 컴퓨터의 연산 능력이 빨
라져도 그럴 수는 없다. 컴퓨터에 담긴 정보 자체가 우
리 세상의 물리적인 기반 위에 놓여 있기 때문이다.

메모리의 기본 단위인 반도체 소자에 전하가 충전되
어 있느냐, 아니냐로 1과 0이라는 가장 작은 정보 하나
가 저장된다. 그 소자 하나는 원자 10만 개로 이루어져
있다. 10만 개의 원자를 써야 최소한의 정보 하나를 저
장하기에, 우리 세상을 컴퓨터 안에 고스란히 구현하기
에는 세상에 있는 모든 원자를 써도 용량이 부족하다.

간단하고 작은 입자들만 있는 가상 세계라면 구현할
수도 있다. 하지만 실제 지구상의 생물체는 시뮬레이션
프로그램에 마구 집어넣기에는 너무 복잡하다. 생물은
지능 있는 존재. 인공지능이 세계를 학습하는 데에는
막대한 연산량이 필요하다. 그 수많은 연산량을 받쳐 줄
메모리 또한 필요하다.

우리 세상이 어떤 세상을 본뜬 시뮬레이션이라면, 그
세상에도 여기와 마찬가지로 물리적인 메모리 용량의
한계가 존재할 테다.

"맞아요. 그래서 메모리 확보하느라 제가 이러고 있
는 거예요."

나는 고개를 이리저리 돌렸다. 기이한 그림들이 보였
다. 생물체 같지만 이 세상의 어떤 생물체와도 닮지 않
았고, 반드시 존재할 것처럼 현실적이지만 결코 지구 위
에서는 만날 수 없을 것 같은 존재들의 그림이 이리저리
널려 있었다.

"진짜 외계인이야?"

"엄밀히 말하면 외계인이었던 것들이죠. 저걸 봐요."

수현은 벽에 걸린 그림 중 한 장을 가리켰다. 분명히 멀리 떨어져 있는 그림인데 그가 가리키자마자 렌즈로 확대한 것처럼 내 눈앞에 확 떠올랐다. 계란말이처럼 생긴 무엇인가였다.

"이거는," 그는 이어서 옮겨 적을 수 없는 소리를 냈다. "라고 하는 애들이에요. 지구에서 600광년 떨어진 곳에 있는 케플러 22b라는 행성에서 살던 생명체들이고요. 돌고래보다는 똑똑하지만 사람들보다는 약간 못한 수준이었죠. 나름대로 사회를 이뤘고, 그들의 몸에 맞는 도구를 만들기 시작했어요. 갈수록 복잡한 존재가 되어 갔죠. 불도 발견했고요." 그는 또 다른 그림을 가리켰다. 셰이빙 폼을 짜서 만든 눈사람 같이 생겼지만 훨씬 생물 같아 보이는 어떤 것이었다. "얘들도 2000광년 떨어진 곳에 살던 애들이죠. 얘들은 우리보다 더 지능이 높았어요. 근처 행성으로 진출도 했을 정도니까요."

"외계인이었던 것들이라면…."

"내가 그들이 점유하던 메모리를 반환했으니까요. 삭제한 거죠. 똑똑한 애들을 지울수록 메모리 공간이 더 많이 나와요."

"왜 삭제한 거야?"

"왜긴요, 세상이 터지게 생겼으니까요. 제가 이 짓 하기 전까지는 메모리 점유율이 95%였어요. 좀만 늦었으면 용량 초과되고 세상이 그냥 끝날 상황이었어요."

"세상이 끝나?"

나는 뻔히 알면서도 물었다. 메모리를 다 쓰면 프로그램이 종료된다. 윤수현이 심어 놓았던 버그 때문에 〈스타더스트 월드〉의 서버가 터졌던 것처럼 말이다. 나는 다시 물었다.

　"세상이 끝난다고 어떻게 확신하지? 만약 끝난다고 해도 우리를 만든 그… 개발자가 세상을 다시 돌리면 되잖아. 혹시 또 알아? 램 더 달고 실행할지도 모르잖아."

　"글쎄요. 빅뱅이 벌어지면서 세상이 다시 만들어질 수도 있죠. 따로 어디 파일로 저장해 놓지 않았다면 말이에요."

　"확신할 수 없잖아."

　"그렇죠. 확신할 수 없으니까 일단 지금 할 수 있는 최선의 행동을 하는 거죠."

　"외계인들을 그냥 지워 가는 거?"

　"아프지는 않았을 거예요."

　그림들 앞에 놓인 대마 향들이 보였다. 그 향들을 피우는 행동으로 사라진 외계인들을 추모하는 것이 위선인지 진심인지 궁금했다. 나는 벽으로 다가갔다. 이번에는 공간이 나를 가지고 장난치지 않았다. 벽에 있는 그림들을 보았다. 갑자기 세상에서 완전히 사라지는 건 어떤 느낌일까? 아니 뭔가를 느낄 새도 없었겠지. 척 봐도 이 방 전체에 수백 장의 그림이 있는 것 같았다. 이 모든 존재들을 세상에서 삭제한 건가.

　나는 그를 돌아보았다. 세계의 모든 정보에 접근하고 다룰 수 있는 사람이 내 앞에 있었다.

"내가 여기까지 온 거, 우연이 아니지?"

"아무래도 저 혼자 하기에는 힘이 딸리는 일이라서요. 비슷한 일 하는 사람이라면 제 고충을 이해할 수 있겠다 싶었거든요. 그래서 버그를…."

신이 개발자일 거라는 생각은 못 했고, 개발자가 신이될 수 있을 거라는 생각도 못 했다. 하지만 개발자는 뭘해도 개발자스러운 면이 있다는 것은 알았다. 나는 돌아섰다.

"… 전화번호 알려 줘. 생각을 좀 해 봐야 할 것 같아."

"아, 그러실 필요 없는 게, 어떤 생각 하시는지 제가 바로바로 알 수 있는…"

"아니, 그건 싫거든!?"

윤수현은 어깨를 한 번 으쓱하고는 휴대폰 번호를 말해 주었다. 나는 내 휴대폰에다 그걸 입력했다.

"나도 젤리 수만 개 먹어야 하는 거야?"

"아뇨, 제가 메모리에 접근해서 바로 권한 부여해 드리면 되죠. 권한을 얻는 건 이제 어려운 일 아니니까 너무 신경 안 쓰셔도 돼요."

"내가 만약 그 권한을 얻어서 나쁜 일을 하면?"

"제가 순진한 걸지도 모르지만, 게임 개발 일 하신 거잖아요? 저는 그런 생각을 했어요. 자기 세상을 만들고 싶어 하는 건 착한 신이 하는 일이라고."

윤수현이 아닌 다른 사람이 말했다면 너무나 우스꽝스러운 이야기였을 것이다. 나는 말없이 그냥 고개를 끄덕이고 방을 나왔다. 이번에는 문이 내게서 멀어지지 않았다. 그는 내 등 뒤로 기다리고 있겠다고, 같이 세상을 지키자고 외쳤다.

나는 문을 닫았다. 여사가 방문 앞에서 기다리고 있었다. 그는 내 두 손을 꼭 모아 쥐었다.

"자네, 수현이가 뭐라고 하던가? 나한테도 방문을 안 열어 주는 아이인데…."
"잘 지내고 있어요. 걱정 마세요, 어머님. 곧 나올 거라는 이야기도 했어요. 금방 마음의 준비를 한다네요. 전화번호도 받았어요."

나는 여사에게 휴대폰에 찍힌 전화번호를 보여 주었다. 여사는 눈물이 그렁그렁한 눈으로 고맙다는 말을 반복했다. 그는 거의 무릎을 꿇으려고 했다. 나는 그를 일으켜 세우고, "다음에 뵙겠습니다."라고 말한 다음 아파트에서 급히 나왔다.

아파트를 다시 밖에서 바라보니 그렇게 크지 않았다. 거실보다 더 넓은 방이 있는 괴상한 구조가 가능할 법한 넓이는 확실히 아닌 것 같았다. 나는 주위를 둘러보았다. 안이 밖보다 넓다… 수현은 그런 부분까지 다룰 수 있는 걸까.

이 세상의 신이 코딩을 더럽게 해 놓은 초보자 같다는 생각을 하니 웃겼다. 어쩌면 이 세상이 프로그래밍을 시작한 지 얼마 안 된 사람의 습작일 수도 있겠다. 아, 그러면 많은 것이 설명되는 것 같기도 하다. 왜 세상에는 웃음보다 눈물이 많은지, 왜 사람들의 삶은 이렇게 삐걱삐걱거리는지, 어째서 그렇게 삐걱삐걱거리면서도 세상이 어찌어찌 돌아가는지. 나는 하늘을 바라보고 한 번 낄낄낄 웃었다.

윤수현의 그 기이한 방에서 나오기도 전에 알고 있었다. 나는 그의 제안을 받아들일 것이다. 그는 내게 접근 권한을 부여할 것이다. 나도 자유롭게 공간을 왜곡시키고, 내가 결코 본 적 없는 색깔로 빛나고, 무엇보다 프로그램을 꺼뜨리지 않고 유지하는 데 총력을 다할 것이다. 그게 내가 하던 일이었으니까. 어쩌면 윤수현의 그 개똥 철학이 틀리지 않은 걸지도 모른다. 하지만 알 수 없는 일이다. 나는 20시간 동안 점프 버튼을 눌러서 기어코 서버를 터뜨린 〈스타더스트 월드〉의 한 플레이어를 생각했다.

뉘엿뉘엿 지는 해는 하늘의 끝자락에 걸려 있었다. 서울의 어둑어둑한 저녁 하늘에는 별이 전혀 보이지 않았다. 나는 마음속으로 하늘 너머 있을 수많은 별들의 무리를 그렸다. 그 별무리 속 어딘가서 잘 살다가 느닷없이 지워졌을 먼 우주의 사람들을 생각했다.

한 종의 완전한 삭제. 죽는 것도 아니고, 부서지는 것도 아니고, 그냥 없어지는 것이다. 그들이 살던 행성에는 그 종의 모든 흔적이 남아 주인을 기다리고 있을 것이다. 그 삭제 과정은 어떻게 진행될까? 하나하나씩 순서대로 없어질까? 아니면 단번에 모두 세상에서 깨끗이 사라질까? 나는 차라리 단번에 깨끗이 사라지는 게 덜 비참하리라 생각했다.

젤리 좀 먹었다고 이런 말도 안 되는 꼬라지가 일어나는 세상에 다른 버그가 없을까? 이 세계의 데이터베이스 접근 권한을 얻는 게 과연 어려운 일일까? 윤수현의 방을 가득 메운 생물들의, 종의 영정을 떠올렸다. 그 종말의 대열에 아직 끼지 않은 종들 중에 그런 방법을 알아낸 개체가 있을지도 모른다. 그들도 윤수현과 별다를 바 없는 목표를 가지고 있을 것이다.

거기까지 생각이 닿자 소름이 돋았다. 나는 인류에게 가장 큰 위협이 운석이나 지구 온난화일 거라고 생각했다. 완전히 틀렸다. 우리 종의 생존은 신의 어설픔을 눈치챈 몇몇 프로그래머에 달려 있었던 것이다.

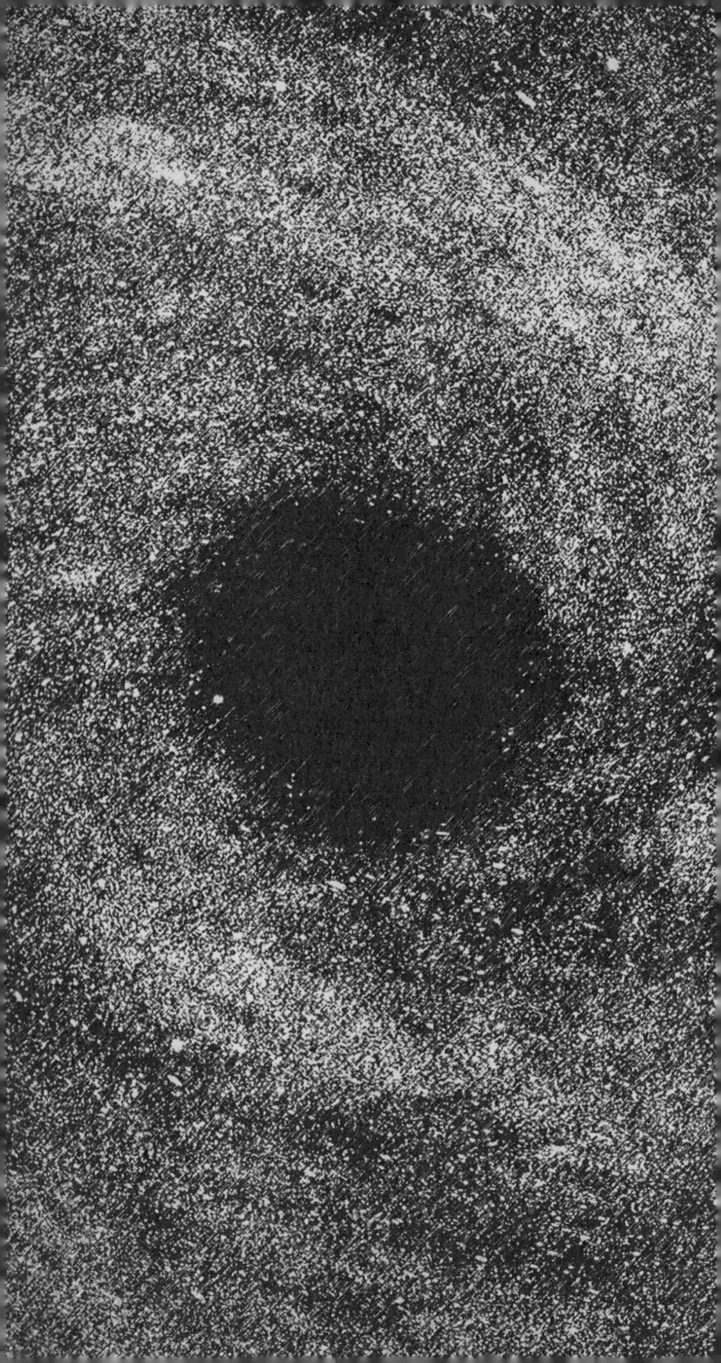

선택의 아이

범유진

화요일에 태어난 아이는 은총을 받는다는
머더구스 노래에 의문을 가지고 자라난 글쟁이.

너는 선택할 수 있어. 인류의 멸종을 바랄 건지, 아닌지.

뿌에게 그런 말을 들었을 때, 가나는 이해하지 못했다. 가나는 메콩강 수면 위로 빠끔히, 고개를 내민 뿌를 바라보았다.

"왜 내가 인류의 멸종을 바라야 해?"

"인류가 안 없어지면, 지구에 여섯 번째 대멸종이 온다고 했어."

가나의 옆에서 빨래를 헹구고 있던 동네 아주머니가 혀를 찼다. 가나 쟤는 또 혼잣말이나 중얼거리고 있네, 하고는 빨래를 펼쳐 탁탁 소리 나게 털었다.

"가나. 너 또 늦게 들어가면 숙부가 화낸다."

빨래에서 떨어진 차가운 물방울에, 가나의 어깨가 움츠러들었다. 가나는 옆에 두었던 팔찌가 든 바구니를 집어 들었다. 가나가 일하는 리조트에서 숙부의 집이 있는 끄라쩨까지는 뚝뚝으로 한 시간쯤 걸렸다. 끄라쩨에서 깜삐로 일하러 나오는 사람들은 뚝뚝 한 대에 모여 앉아 오고 갔다. 그 뚝뚝을 놓치면 또 끄라쩨까지 걸어가야 할 터였다.

"어른들이 하는 이야기가, 좀 어려웠어. 그렇지만 나, 힘냈어. 어른들이 그랬어. 이젠 고래의 말을 알아들을 수 있는 사람은 없다고. 그래서 내가 그랬어. 가나, 네가 있다고. 그랬더니 어른들이 말하더라고. 그렇다면 가나, 네가 선택할 수 있게 해 주어야 한다고."

뿌의 울음소리에 자랑스러움이 엿보였다. 뿌는 태어난 지 고작 1년밖에 안 된 아기 돌고래였다. 뿌는 돌고래의 언어를 완벽하게 구사하지 못했고, 그래서 동족들과의 대화에 어울리는 것이 무섭다고 했다. 누구도 내게 무어라 하는 건 아닌데, 그래도 겁이 나. 나만 달라 보일까 봐. 뿌는 가나에게 그렇게 털어놓았다. 가나는 뿌에게 나도 그래, 라고 대답했다.

"고마워. 어른들한테 대멸종이 뭔지 물어볼게."
"나도 다시 이야기를 듣고 올게. 가나, 네가 우리 엄마랑도 말할 수 있으면 참 좋을 텐데. 우리 엄마라면 너한테 아주 알기 쉽게, 이야기를 잘해 줄 텐데."
"어쩔 수 없지, 뭐. 나 이만 갈게. 내일 봐."

잘 가, 가나는 뿌의 짧은 울음소리를 뒤로하고 발걸음을 옮겼다. 가나는 깜삐 마을 입구에 선 뚝뚝에 올라탔다. 먼저 올라타 있던 라탕이 가나를 보고 씩 웃었다. 가나는 뚝뚝 구석으로 가 무릎을 끌어안고 쪼그려 앉았다. 최대한 몸을 구부려, 최소의 공간만을 차지해야 했다.

가나, 쓸모없는 주제에 자리 많이 차지하지 말란 말이야. 라탕은 툭하면 그렇게 말하면서, 가나의 뒤통수를 후려치곤 했다.

"내일 리조트에 관광객들 엄청 많이 온대."

"리조트 관리인 짜증 나. 점점 더 돈 많이 달라고 하잖아."

"라탕은 오늘도 팔찌 열 개나 팔았대. 라탕, 대단해."

모여 앉은 아이들의 칭찬에 라탕의 어깨가 으쓱 올라갔다. 끄라쩨에서 깜삐 리조트로 출퇴근을 하는 애들은 모두 여섯 명이었다. 그중 가나의 친척 동생인 라탕은 열한 살로, 가장 장사 수완이 좋았다. 라탕은 낯선 사람에게 스스럼없이 인사를 건넬 줄 알았다. 몇몇 관광객들은 라탕과 사진 찍기를 원했고, 라탕은 그럴 때면 티 없는 어린아이의 웃음을 지으며 사진을 찍고 원 달러, 하곤 손을 내밀었다. 몇몇은 순순히 돈을 주었지만 몇몇은 화를 냈다. 화를 내는 사람들은 대부분 비슷한 말을 한다고 했다. 무슨 애들이 이렇게 순수하지가 못해, 라고. 관광객을 따라다니는 아저씨들이 알려 주었다. 그러니깐 최대한 수줍게 말해야 해. 꼭 플리즈, 를 붙이고. 라탕은 아저씨의 충고를 바로 받아들였다. 라탕은 눈이 컸고, 말할 때마다 볼에 보조개가 살짝 파였다. '인형 같은 남매' 중 오빠로 마을에서도 유명한 라탕이었다. 화를 내던 관광객들도 라탕이 웃으며 플리즈, 라고 말하면 어쩔 수 없다는 듯 주머니에서 돈을 꺼내 주었다.

"빈도 데려오면 더 많이 벌 텐데. 라탕, 빈도 데려와."

한 아이의 말에, 라탕의 눈빛이 사나워졌다.

"빈을 왜? 빈은 집에서 일을 도우면 돼. 리조트에 오는 남자들은 믿을 수 없어."

라탕의 여동생, 빈은 다섯 살인데도 미인 소리를 들을 정도로 예뻤다. 누구나 다 빈을 좋아했다. 특히나 라탕은 자신의 여동생을 끔찍하게 아꼈다. 빈은 마을에서 팔찌나 엽서를 팔러 나오지 않는 몇 안 되는 애들 중 한 명이었는데, 그 역시 라탕이 우겼기 때문이었다.

"뭘 봐. 더러운 놈. 눈 안 깔아?"

라탕은 가나를 향해 엄지와 검지를 꼬아 내보였다. 가나는 잠자코 무릎 사이에 고개를 파묻었다. 다른 아이들이 웃음을 터뜨렸다. 가나는 라탕보다 형인데도 만날 당하기만 해. 라탕은 콧방귀를 뀌었다.

"저딴 게 무슨 형이야. 쟤 엄마는 스바이 팍에서 죽었어. 더럽다고. 저런 게 우리 집에 있는 게 싫어. 빈한테 안 좋은 영향을 줄 거야."

가나는 고개를 들었다. 우리 엄마는 스바이 팍에서 죽지 않았어, 라고 말하고 싶었다. 그러나 스, 라는 한 음절의 말보다 쇳소리가 먼저 튀어나왔다. 목소리가 나오기 전의 공기를 붙잡아 억지로 길게 늘인 뒤에 마구 스크래치를 내면 이렇게 될까 싶은, 그런 소리. 가나가 원하지 않아도 언제나 그런 쇳소리가 반쯤 섞여 나왔다. 어릴 때부터 그랬다. 가나가 아무리 목을 가다듬어도, 물을 많이 마셔도, 목을 손으로 꽉 쥐었다 놓아도 쇳소리는 사라지지 않았다.

결국 가나는 다시 고개를 파묻었다.

'라탕은 아무것도 몰라. 엄마는⋯. 엄마는 강으로 간 거야. 강에서 돌고래가 되었을 거야.'

가나의 어머니가 사라진 건 1년 전, 가나가 열두 살 때였다. 가나의 숙부는 가나의 어머니가 스바이 팍으로 갔을 거라고 했다. 스바이 팍은 베트남 국경 근처에 있는 사창가였다. "프놈펜에서 저놈을 데리고 왔을 때 받아들이지 말았어야 해. 얼굴은 반반하니 손님이나 좀 끌라고 했더니 그것도 못하고. 베트남 것들하고 섞여 몸을 팔다니, 망신도 그런 망신이 없지." 숙부는 가나의 어머니가 사라진 뒤, 툭하면 사람들 앞에서 그렇게 떠들곤 했다.

그때마다 가나는 계단 아래 쪼그리고 앉아 발끝으로 돌고래를 그리며, 엄마가 들려주었던 이야기를 곱씹었다. 가나가 나도 아빠를 가지고 싶어, 라고 하면 엄마는 늘 그 이야기를 들려주었다.

비단뱀과 돌고래의 이야기.

비단뱀의 신부가 되었던 여자. 여자는 비단뱀을 신이라 여겼으나, 비단뱀은 여자를 잡아먹었다. 여자의 아버지는 비단뱀의 배를 갈라 여자를 구했다. 뱀의 배 속에서 나온 여자는 온몸이 미끌미끌하게 변해 있었다. 다른 사람들과 너무나 달라진 모습에 부끄러움을 느낀 여자는 강으로 뛰어들었다. 여자는 돌고래가 되었다.

처음 그 이야기를 들었을 때, 가나는 물었다. "내 아빠는 그럼, 비단뱀이야?"라고. 엄마는 대답해 주지 않았다. 가나도 차츰 아빠에 대해서는 묻지 않게 되었다. 숙부의 집에 오기 전, 가나가 살던 곳은 프놈펜의 볼링이었다.

그곳에는 아빠가 있는 애들보다는 없는 애들이 더 많았다. 가나는 네 살을 넘기면서 엄마가 밤마다 집을 비우는 게 무슨 의미인지, 엄마가 가나와 함께 살기 위해 얼마나 노력하고 있는지 알았다. 가나는 엄마가 집주인인 사라와 싸우는 말소리를 들었다. 사라는 툭하면 가나를 고아원에 보내라고 닦달하곤 했다. 관광객들에게 기부금을 받기 위해 고아원은 늘 고아를 원했다. 고아가 아니라도 상관없었다. 그래서 몸을 팔아 생계를 유지해야 하는 여자들은 아이들을 고아원에 보냈다. 고아원에 있으면 아이들이 더 배부르게 먹고, 글도 배울 수 있을 거라 생각해서였다. 가나와 함께 자랐던 몇몇 친구들도 한두 명씩, 고아원에 간다며 가나의 곁을 떠나갔다. 그러나 가나의 엄마는 사라의 말을 듣지 않았다. "가나는 고아가 아니야. 내가 있잖아. 엄마인 내가. 고아원에는 안보내. 가족이 있는데 고아원에서 살아야 하는 기분이 어떤지 나는 너무 잘 알아." 가나는 엄마가 사라와 싸운 날이면, 엄마의 옆에 더 달라붙어 잤다. 그러곤 이야기를, 돌고래가 된 여자의 이야기를 들려 달라고 졸랐다.

가나가 여덟 살이 되었을 때, 한 남자가 집에 찾아왔다. 남자는 알아들을 수 없는 언어로 고래고래 소리를 지르면서 집 안 물건들을 부쉈다. 그러다 가나의 허벅지를 각목으로 내리쳤다. 가나는 비명을 질렀지만, 엄마는 집에 없었다. 사라가 달려왔다. 사라는 남자와 목소리를 높여 싸우고, 남자를 집 밖으로 끌어냈다. "처녀가 고작 50달러일 리가 없잖아! 500달러면 몰라도. 자기가 착각해 놓고는 왜 지랄이람. 가나, 일어나 봐. 애, 다리병신 된 거 아냐?" 가나에게는 사라의 목소리가 아득히 먼 지옥에서 울리는 것처럼 들렸다.

가나의 엄마는 다음 날 아침, 가나를 데리고 사창가를 떠났다. 사라에게 들키지 않게 아주 조용히. 불 꺼진 새벽의 골목을 빠져나오는 동안 가나는 엄마의 등에 업혀 있었다. "돌고래를 보러 가자." "이야기에 나오는?" "그래. 엄마 고향에 가면 볼 수 있어." 엄마의 등은 축축했지만 따뜻했다.

버스를 탔다. 가나는 버스를 탄 게 그때가 처음이었다. 버스에서 자다가, 다리가 아파서 깨다가 했다. 버스에서 내렸을 때는 이미 점심시간이 지나 있었다.

가나는 끄라쩨에서 많은 것을 처음 알았다. 숙부가 있다는 것, 메콩강이 아주 길다는 것, 엄마가 들려준 이야기 속 돌고래의 이름이 이라와디라는 것, 이라와디는 아주 상냥하게 웃는 표정을 하고 있다는 것. 엄마는 가나에게 학교에 가라고 했다. 가나는 학교에도 처음 갔다. 학교는 그다지 즐겁지는 않았다. 학교의 아이들은 가나의 목에서 쉿소리가 나는 것을, 한쪽 다리를 저는 것을 놀렸다. 하지만 숙부의 집에 있는 것보다는 나았기에, 가나는 착실하게 학교에 갔다.

가나가 학교에 익숙해지는 동안, 엄마는 숙부와 함께 집을 고쳤다. 엄마가 가져온 돈과, 숙부가 모아 놓은 돈을 합쳐서 게스트 하우스를 연다고 했다. 숙부는 처음에는 엄마와 가나에게 잘 대해 주었지만, 차츰 태도가 싸늘해졌다. "정말 돈이 이것밖에 없어? 숨겨 둔 게 있지!" "없어. 내가 번 것, 절반이나 오빠한테 보내 줬잖아." "고아원에서 꺼내 준 은혜를 이딴 식으로 갚아? 저런 병신

이나 달고 돌아와서." "날 고아원에 보낸 게 오빠였잖
아! 내가 모를 것 같아? 나 고아원에 팔아서 받은 후원
금도, 다 오빠가 가져갔잖아!" 엄마와 숙부는 매일 싸웠
고, 그때마다 엄마는 가나를 데리고 강가로 나갔다. 가
나는 한 발을 절룩이며 걷는 것에 익숙해져 있었지만,
엄마가 업어 준다고 하면 얼른 등에 올라탔다.

축축하고 따뜻한, 돌고래의 피부 같았던 엄마의 등.

너의 엄마는 널 버리고 떠났어, 라는 말을 들었을 때
가나는 퍼뜩 돌고래가 된 엄마를 떠올렸다. 강을 자유롭
게 헤엄치는 엄마를 상상해 보니 무척 잘 어울렸다. 원
래 그래야 했던 것처럼 말이다.

'엄마는 돌고래가 되었어. 이야기 속에서처럼.'

그래서 뿌의 말을 알아들을 수 있다는 것을 알았을
때, 가나는 그다지 놀라지 않았다. 돌고래가 된 엄마. 돌
고래와 말할 수 있게 된 나.

그건 뭐랄까.

닭의 새끼가 병아리인 것처럼, 비구름이 낀 뒤에는 비
가 오는 것처럼, 그렇게나 자연스러운 일인 듯싶었다.

뿌에게 '뿌'라는 이름을 지어준 건 가나였다.

가나가 뿌와 처음 만난 건 3개월 전이었다. 4월, 쫄츠
남 크마에 기간은 리조트가 가장 붐비는 때였다. 이때
리조트를 찾아오는 사람들은, 내국인이나 외국인이나
인심 후하게 굴었다. 특히 외국인들은 가이드가 "쫄츠
남 크마에는 캄보디아의 설입니다. 이때 가난한 사람에

게 덕을 베풀면 다루마라고, 복을 가져다주는 신이 축복을 내려 줍니다." 하고 말하면, 너 나 할 것 없이 팔찌며 엽서를 하나씩 사 주었다. "쫄츠남 동안에도 제대로 못 벌어 오면, 정말로 쫓아낼 줄 알아." 숙부는 가나에게 으름장을 놓았다.

그렇지만 쫄츠남 기간을 노리는 건 다른 아이들도 마찬가지였다. 손님을 향해 달려가는 아이들을, 가나는 따라갈 수조차 없었다. "애, 그렇게 멀뚱히 서 있지 말고 비켜." 평소보다 붐비는 리조트에서 가나는 이리저리 밀려다녔다. 결국 가나는 계단을 내려와, 배를 매어 놓은 선착장의 좁은 발판 위에 섰다. 가나는 돌고래 한 마리가 수면 근처를 헤엄치는 것을 보았다. 돌고래들이 주로 서식하는 강에서 리조트까지는 걸어서 한 시간쯤 걸리는 거리에 있었다. 리조트가 있는 쪽은 물이 깊지 않고, 리조트에서 버리는 쓰레기들로 물이 더러워져 돌고래들이 찾아오는 일이 거의 없었다. 게다가 평소에는 무리지어 다니는 돌고래가 한 마리만, 주변을 빙빙 돌고 있는 것이 아무래도 이상해 보였다.

"길을 잃었니?"

가나는 쪼그려 앉아 수면 가까이 얼굴을 대고 말했다. 위잉, 윙, 위잉. 공기가 반쯤 찬 듯한, 휘파람 소리를 닮은 울음소리가 가나의 귀에 선명하게 들려왔다.

"그런 것 같아. 나, 동료들만큼 소리를 잘 퍼뜨릴 수가 없어. 다른 동료들이 남긴 신호도 자꾸 잃어버려. 난 바보인가 봐."

"나도 다른 애들처럼 잘 말 못해. 목에서 이상한 소리가 나. 애들이 놀려.”

“난 그 소리 좋은데. 사람 말을 알아들을 수 있는 건 처음이야. 그 소리 덕분인 것 같아.”

수면 위로 돌고래 한 마리가 빠끔히 고개를 내밀었다. 어린 돌고래였다. 가나와 돌고래는 잠깐 동안 서로를 마주 보았다. 가나는 돌고래의 빙긋 웃는 입가가 친숙하게 느껴졌다.

“넌 안 놀라는구나. 나랑 이야기를 할 수 있다는 것에.”

“내 엄마도 돌고래가 되었을지 모르거든.”

“그래? 그럼 너도 우리 동료인 거구나. 엄마가 예전에 이야기해 줬어. 사람들 사이에는 돌고래의 친구들이 있다고. 그 사람들은 우리 말도 알아들을 수 있다고. 네가 그런 애구나.”

“그럼 앞으로 우리 친구(뿌어막) 할까? 그래. 뿌. 널 뿌라고 부를게.”

“뿌. 좋다. 뿌. 나도 이름이 생겼어.”

수면 위로 짧은 물줄기가 피어올랐다. 뿌가 뿜어낸 물방울이 가나의 뺨을 간지럽혔다. 가나는 엄마가 사라지고 처음으로 웃었다.

그날부터 가나와 뿌는 거의 매일 만났다. 처음에는 뿌가 리조트 안으로 가나를 만나러 왔다. 하지만 리조트에 놀러 온 사람들은 뿌를 보자 소리를 질렀고, 몇몇은 음료수 병을 던지기도 했다. 그래서 가나가 뿌를 만나러 가기로 했다. 뿌를 만나러 가려면 다른 아이들보다 리조트에서 더 빨리 나와야 했고, 팔찌를 팔 시간은 더 줄어들었다. 가나가 버는 돈은 점점 적어졌고, 숙부가 가나를 때리는 날은 점점 늘어났다. 마을 사람들도 가나를 못마땅하게 여겼다. 사람들이 가나를 싫어하게 된 데에는, 가나의 어머니가 스바이 팍으로 갔다는 소문을 숙부가 낸 것이 큰 이유로 작용했다. 여자들이 몸을 파는 것은 흔한 일이었다. 관광객을 상대로 게스트 하우스나 카페를 운영하는 마을 사람들 중에는 공공연하게 포주 역할을 하는 사람들도 있었다. 그러나 스바이 팍에서 몸을 판다는 것은, 이곳 사람들이 그토록 싫어하는 베트남인과 뒤섞여 살아간다는 것, 가장 인간답지 않은 삶으로 떨어진다는 것을 의미했다.

"저 애는 악령이 들렸어. 불길한 징조야."

다리를 절고, 이상한 목소리를 가졌고, 멍하니 강을 보고 있는 가나를 보고 그렇게 말하는 사람들도 있었다. 마을 사람들 중 누구도 알지 못했다.

가나가 돌고래인 뿌와, 대화할 수 있다는 사실을.

뚝뚝이 멈췄다. 뚝뚝에서 내린 사람들은 각자의 집으로 흩어졌다. 가나가 사는 마을인 꺼혁은 끄라쩨 입구에서도 20여 분 더, 숲 쪽으로 걸어 들어가야 나왔다. 포장된 도로도 있고 시장도 있는 끄라쩨에 비해 꺼혁 주변에는 온통 논과 밭뿐이었다. 마을은 얼기설기 짜인 대나무 울타리에 둘러싸여 있었는데, 때때로 그것은 철벽보다 견고하게 보이기도 했다. 그 울타리 안에는 여섯 가구가 살았다. 그들은 모두 끄라쩨 안으로 들어가 살고 싶어했다.

가나는 바구니를 꼭 껴안고, 느릿하게 라탕의 뒤에서

걸었다. 라탕은 가나가 열 발자국 이내로 다가오면 화를 냈다. 그렇지만 오늘 가나는 생각할 것이 많았고, 라탕을 신경 쓰지 않아도 자연스럽게 걸음이 느려졌다.

'여섯 번째 대멸종이 대체 뭘까?'

대멸종. 가나는 뿌에게서 들은 말을 다시 한번 되뇌어 보았다. 썩 좋은 뜻은 아닐 듯했다. 가나는 학교에 가지 못하게 된 것이 아쉬웠다. 선생님에게 물어보면 금방 알 수 있을 텐데.

'왜 인류가 안 없어지면, 지구에 대멸종이 오지?'

사람이 없어지면 그거야말로 대멸종이 아닌가. 그 둘은 대체 무엇이 다른 것인가. 사람이 없어져도 지구는 멀쩡할 수 있는 것인가. 의문이 꼬리에 꼬리를 물고 가나의 머릿속을 빙빙 돌았다.

그러나 숙부의 집이 가까워질수록, 가나의 머릿속에서 대멸종은 사라지고 현실적인 걱정이 채워지기 시작했다. 품에 든 바구니 안에는 너무 많은 팔찌가 남아 있었다. 숙부는 또 가나를 때릴 터였다. 가나는 숙부에게 맞을 때 비명을 지르지 않았고, 숙부는 이죽거렸다. "개새끼가 맞는 것에 익숙해지면 주인도 안 문다더니." 숙부는 틀렸다. 가나는 익숙해진 것이 아니었다. 맞는 것에 익숙해지는 사람은 없었다. 가나는 단지, 비명을 지르지 않는 것 말고는 덜 비참해질 수 있는 방법을 몰랐을 뿐이었다.

가나는 고개를 푹 숙인 채 현관문 앞에 섰다. 라탕이 열어 놓은 문밖으로 흘러나오는 기척을 살폈다. 숙부가 조금이라도 기분이 좋을 때 들어가야, 덜 맞을 터였다.

"수건, 빈이가 걷어 올게!"

빈이가 현관문 밖으로 달려 나왔다. 빈이는 가나를 보더니, 입을 손으로 가리고 작게 속삭였다.

"손님 왔어. 엄청 큰 카메라 가진 손님. 그러니깐 걱정 말고 들어가, 오빠."

마을에는 종종, 방송 장비를 갖춘 사람들이 찾아왔다. 그런 사람들이 오면 마을에는 긴장감이 감돌았다. 몰래 사진을 찍거나, 취재를 하는 사람들이 있어서였다. 포주들이나 가짜 고아원 원장들은 특히 몸을 사렸다. 외국 방송에 나가 말썽이 되거나 하면, 평소 뒤를 봐주는 경찰들도 손을 쓰지 못했다. 숙부는 예전에 포주 일을 하다 걸릴 뻔한 적이 있었기에. 카메라를 든 손님들을 썩 반기지 않았다. 그러나 한 사람에 3달러씩 하는 숙박비를 놓칠 수는 없는 일이었다.

숙부는 빨리, 많은 돈을 벌고 싶어 했다. 끄라쩨 중심가 한가운데에는 중국인 부부가 운영하는 게스트 하우스가 있는데, 숙부는 그들을 미워하면서도 동경했다. 언젠가 저곳을 내 것으로 만들 거야. 숙부는 술만 마시면 그런 허풍을 떨곤 했다.

숙부와는 달리, 가나는 카메라를 든 손님들이 좋았다. 그들이 머무는 동안에는 숙부의 폭력이 약간이나마 잦아들었다. 게다가 카메라를 든 손님들은 대부분 가나에게 친절했고, 가나에게 예쁜 사진들을 보여 주었다.

가나는 현관문을 열고 집으로 들어갔다. 나무 문 삐걱거리는 소리에, 손님의 캐리어를 들고 계단을 오르고 있던 라탕이 뒤돌아보았다. 라탕은 턱 끝으로 계단 아래에 놓인 가방을 가리켰다. 가나는 바구니를 식탁 위에 놓고, 가방을 들었다. 긴 끈이 달린 스포츠 백은 안에 무엇이 든 것인지 상당히 무거웠다. 가나가 가방을 들고 계단을 거의 다 올랐을 때, 라탕이 방에서 신이 나 뛰어나왔다. 라탕은 손에 든 1달러를 흔들어 보이며 툭, 가나의 어깨를 쳤다.

"너도 팁 달라고 해, 저 외국인, 우리나라 말도 할 줄 알아. 되게 잘해."

가나는 가방을 들고 방 안으로 들어섰다. 회색 수염이 덥수룩한, 아래로 처진 눈꼬리를 가진 남자가 침대에 앉아 짐을 정리하고 있었다. 가나는 남자가 꼭 코끼리를 닮았다고 생각했다.

"보이. 거기에 놓고 가면 돼."

코끼리의 말은 조금 발음이 이상했지만, 충분히 알아들을 수 있을 정도였다. 가나는 문 앞에 서서 잠깐 머뭇거렸다.

"왜? 너도 팁을 줄까?"

코끼리가 주머니에서 달러 한 장을 꺼내 들었다. 가나는 고개를 가로저었다. 가나는 남자의 옆에 놓인 책들을 봤다. 학교에서 배웠던 것을 더듬어 책에 적인 알파벳을 읽었다. A, N, I…. 애니멀. 동물. 가나는 코끼리 남자에게 한 발 다가갔다. 코끼리의 얼굴을 한 남자는, 어쩐지 코끼리처럼 상냥할 것 같았다.

"아저씨, 여섯 번째 대멸종이 뭐예요?"

코끼리는 입을 약간 벌린 채 가나를 봤다.

"보이. 그건 어디서 들었어? 학교? 몇 살이니?"

"전 열세 살요. 학교는 안 다녀요. 예전엔 다녔지만. 그거는, 친구한테서 들었어요. 친구가 여섯 번째 대멸종인가 하는 그게 오면 지구가 망하고…. 어, 사람이 멸종하면 지구가 안 망하고…. 근데요, 사람이 망하면 지구도 망하는 거 아니에요?"

"이거를 어떻게 쉽게 설명을 하나…."

코끼리가 벅벅, 턱수염을 긁었다. 코끼리는 종이를 꺼내더니, 그 위에 목이 긴 공룡을 그렸다.

"공룡 알지, 공룡. 공룡이 지구에서 사라진 건 알지?"

"알아요. 이젠 없어요."

"공룡이 멸종한 걸 다섯 번째 대멸종이라고 불러. 그런데 어때. 공룡이 사라졌어도 지구는 지금까지 잘 있잖아. 우리가 살고 있으니깐. 그러니깐 대멸종이 와도, 지구가 망하는 게 아니야. 지구에 살고 있는 많은 동물들이 사라질 뿐이지. 다섯 번째 대멸종 때는 말이야. 공룡을 포함해서 육상 생물의 70%가 사라졌단다."

코끼리는 종이에 70이라는 숫자를 크게 써 보였다. 가나는 남자의 말을 유심히 듣다가 깜짝 놀랐다.

"그럼…. 그때 사라진 70%는요. 그 동물들은 다시는 못 봐요?"

"못 보지. 그 동물들은 영영 없어진 거야."

"그럼, 여섯 번째 대멸종이 일어나면…. 지금 있는 동물들도 그렇게 다 사라져요?"

"… 그럴 수도 있지."

가나는 대멸종이, 여섯 번째 대멸종이 더럭 무서워졌

다. 70%라면 열 개 중 일곱 개는 사라진다는 뜻이라는 걸, 가나는 알았다. 그 일곱 개 중에 뿌가, 이라와디 돌고래가 포함되지 않으리란 법은 없었다. 가나의 머릿속은 더 복잡해졌다. 가나는 힘겹게, 머릿속을 맴도는 생각들을 소리 내어 끄집어냈다.

"그럼…. 그때 사람은 살아남은 거네요? 그러면…. 사람은 대멸종에서 살아남은 거니깐…. 다른 동물들이랑 같이…. 그러니깐 사람이랑 다른 동물이랑 다 같은 편인 거잖아요. 근데 왜 여섯 번째 대멸종이 일어나면….."

가나는 뿌의 말을 더듬어 기억해 냈다.

"… 인류가 안 없어지면, 여섯 번째 대멸종이 일어나요?"

코끼리는 슬픈 눈으로 가나를 봤다. 관광객을 실어 나르느라 지쳐 죽은 코끼리의 눈. 가나는 옆으로 쓰러지던 커다란 코끼리의 눈이 남자와 참 닮았다고 여겼다.

"사람이."

코끼리의 떨리는 목소리가 꼭 돌고래의 파장처럼 윙윙, 가나에게 공명해 오는 듯했다.

"사람이 여섯 번째 대멸종의 원인이기 때문이란다."

*

77. 140. 34.

가나는 숫자를 읊어 보았다. 쩔썹, 쁘람삐. 모이러이,

싸에썹.

쌈썹, 부언. 쩔썹, 쁘람삐. 모이러이, 싸에썹. 쌈썹, 부언…. 코끼리에게 들은 것을 뿌에게도 가르쳐 주고 싶어서, 잊어버리지 않으려 계속 되뇌었다. 나중에는 음이 붙어서 콧노래처럼 되었다. 가나는 숫자를 흥얼거리며 계단을 내려왔다.

"아침부터 재수 없게, 저놈의 목소리!"

피할 새도 없었다. 숙부가 고함을 지른 것과, 손에 들고 있던 그릇을 던진 건 거의 동시였다. 딱딱한 나무 그릇은 가나의 이마를 맞고 떨어졌다. 가나는 한 손으로 입을 가리고, 벽에 걸어 둔 바구니를 꺼내 들었다. 라탕은 어제 판 만큼의 팔찌를 바구니 안에 채워 넣고 있었다. 숙모가 라탕에게 둥글게 뭉친 밥과 튀긴 바나나가 든 비닐봉지를 주었다. 점심 도시락이었다. 가나에게는 무엇도 주어지지 않았다. 가나는 라탕이 봉지를 받아 드는 것을 짐짓 못 본 척했다. 쩔썹, 쁘람삐…. 입안으로 숫자만 다시 읊어 보였다.

"그게 무슨 뜻이야?"

가나가 집을 나서는데, 빈이 마당으로 따라 나오며 소곤소곤, 물었다. 빈은 가나에게 말을 할 때면 언제나 작은 목소리로 말했다.

"사라진 포유류, 조류, 양서류의 수."
"중요한 거야?"

가나는 멈칫했다. 500년 동안 77종의 포유류와 140종의 조류, 34종의 양서류가 사라졌다는 것을 코끼리에게 들었을 때 가나는 충격을 받았다. 사라진 것들이 그렇게나 많다니. 뿌에게 꼭 알려 주고 싶었다. 하지만 그게, 앞으로 사라질지도 모르는 것들보다 중요한 것인가 생각해 보면 그렇지는 않은 것도 같았다.

"잘 모르겠어."

빈은 히죽 웃고는 가나의 손에 무언가를 쥐여 주곤 집 안으로 달려 돌아갔다. 가나가 손을 펴 보니, 과일 맛 사탕이었다. 가나는 동그란 사탕을 손바닥 안에 넣고 손가락 끝으로 굴려 보았다. 조약돌을 만질 때처럼 간질간질했다. 손바닥이 사탕을 먹을 수 있을 리도 없는데, 어쩐지 피부를 통해 달콤함이 스며들어 오는 것만 같았다.

마당을 나올 때 라탕이 가나에게 인상을 썼다.

"빈하고 말하지 말랬지. 네 불행이 빈한테 옮겨 가면 어쩔 거야?"

가나는 묵묵히 고개를 끄덕였다. 라탕은 가나의 가슴을 세게 밀고는, 골목으로 달려 나갔다. 라탕은 곧 다른 아이들 틈으로 들어갔고, 가나는 혼자 걸어갔다. 마을 입구에 선 뚝뚝을 타러 가는 동안 가나는 라탕의 등을 보며 걸었다.

1년 전만 해도, 가나와 라탕은 나란히 걸었다.

가나가 처음 끄라쩨에 왔을 때, 숙부네와 함께 살기 시작했을 때 라탕은 여섯 살이었고, 숙모는 빈을 임신하고 있었다. 라탕을 돌보는 것은 가나의 몫이 되었다. 빈이 태어나던 날, 가나는 라탕과 나란히 앉아 빈이 태어나기를 기다렸다.

막 태어난 빈의 울음소리를 들었을 때, 가나는 라탕의

끈적끈적한 손을 붙잡고 있었다.

라탕이 가나를 미워하게 된 건, 가나의 어머니가 사라지고 난 뒤부터였다. 숙부는 라탕에게 주문이라도 걸듯 계속해서 말했다. 가나와 어울리면 불행의 신이 옮을 거라고, 그 신이 빈에게 붙으면 빈은 가나의 엄마처럼 사라질 거라고, 낯선 남자들에게 몸을 팔며 살게 될 거라고. 라탕은 그때부터 가나의 손을 잡지 않게 되었다. 더이상 가나를 형이라고 부르지도 않았고, 아이들 앞에서 가나를 욕했다. 그럴 때면 가나는 라탕을 때리고 미워하고 싶었지만, 끈적끈적했던 손의 촉감이 기억나서 그럴 수가 없었다.

라탕과는 달리, 빈은 가나를 잘 따랐다. 빈은 가나를 오빠라고 불렀고, 종종 과자를 나누어 주었다. 빈은 가나가 숙부의 집을 떠나지 못하게 만들고 있는 유일한 이유였다. 빈이 없었다면 가나는 진작 엄마를 찾아 어디로든 떠났을 터였다.

가나는 뚝뚝 한쪽에 앉았다. 뚝뚝 옆으로 오토바이 한 대가 앞서 달려 나갔다. 코끼리 남자였다. 오토바이 뒤에는 꽁꽁 맨 짐이 실려 있었다. 가나는 오토바이 먼지를 보며 다시 한번 숫자를 외워 보려 했다. 쩝쩝…. 그러나 그사이, 숫자는 가나의 머릿속에서 엉켜 버렸다. 포유류와 조류, 양서류의 숫자가 하나가 되어 버렸다.

어차피 중요한 건 아니었다.

가나는 깜뻬에서 내리자마자, 리조트로 향하는 아이들 무리에서 슬그머니 떨어져 나와 강가로 갔다. 뿌와 만나는 강가는 정해져 있었다. 선착장으로는 쓰이지 않는 빨래터였다.

뿌는 커다란 돌고래 한 마리와 함께 가나를 기다리고 있었다.

"우리 엄마야. 네게 해 줄 이야기가 있다고 해. 내가 통역을 하기로 했어."

뿌의 엄마는 뿌와 꼭 닮은 웃는 얼굴을 하고 있었다. 가나는 뿌와, 뿌의 엄마를 따라 웃어 보였다. 큰 돌고래는 상냥하게 울었고, 그때마다 잔잔하게 물이 흔들렸다.

"우리는 결정을 내려야 했단다."

돌고래의 이야기는 시작되었다.

… 우리는 결정을 내려야 했어. 긴 시간 동안, 수많은 종들이 끝을 맞이하는 동안. 시간이 흐를수록 인류가 여섯 번째 대멸종을 가져올 것임은 점점 확실해져 갔지. 그들은 모든 걸 자기들의 소유물로 삼아야 만족할 것처럼 보였어. 다섯 번째 대멸망이 끝났을 때, 살아남았던 생명끼리 나누었던 약속을, 사람들은 아예 잊어버린 듯 굴었어. 서로의 유전자를 나누어, 살아남은 생명 모두가 존중하며 살기로 한 약속을. 이제는 새의 날개를 가진 아이도, 호랑이의 이를 가진 아이도 태어나지 않아. 다수의 인간들이, 자신들과 다르다는 이유로 그들을 죽였으니깐. 계속해서 죽여서, 이제는 유전자조차 남지 않게 되어 버렸으니깐.

인류가 멸망하지 않으면 여섯 번째 대멸종이 찾아올 것이 확실해진 건 100여 년쯤 전이었어. 인류가 육지에 사는 동물들 대부분을 지배하게 되었을 때였지. 지구의 생물들은, 인류를 제외한, 살아남은 것들은 의논을 했어. 그사이 모두의 말이 달라져 있었기에 통역 체계를 만드는 것만 해도 큰일이었어. 체계가 만들어진 후에도 쉽게 의견이 모아지지 않았어.

인류를 멸망시켜 여섯 번째 대멸종을 막을 것인가.

인류의 자체 정화를 기다리며 계속 상태를 볼 것인가.

다섯 번째 대멸종을 맞이했을 때 살아남은 종들은 자신들의 선조를 잠재웠지. 그들은 새로운 세대를 함께 살아가기에는 너무나 큰 파괴력을 가지고 있었거든. 선조를 잠재우지 않았던 건 인류뿐이었지. 그들은 자신들의 선조를 조각내 머리에 집어넣었어. 폭발적인 지혜를 얻기 위해. 선조의 영혼이 조각난 순간, 그 조각들은 지혜가 아닌 지식만을 위한 것이 되어 버림을 알지도 못한 채 말이야.

생각해 보면 인류는 그때부터 욕심이 많았구나.

처음에는 인류의 멸망에 반대하는 쪽이 많았어. 다들, 인류의 유전자 어딘가에 자신들의 유전자가 남아 있음을 믿었거든. 인간들 중에 자신들의 후손이 남아 있을 거라고. 기다리면 언젠가, 옛날처럼 자신들의 말을 알아들을 수 있는 사람이 나타날 거라고. 코끼리도 황새도 늑대도 거북이도, 꽤 오랫동안 믿었지.

그렇지만 인정해야 했어. 코끼리도 황새도, 늑대도 거북이도. 그들의 후손은 이젠 사람들 중에는 나타나지 않을 거라는 걸. 그래서 점점, 인류의 멸망에 찬성하는 쪽이 많아졌지.

우리는, 고래들은 가장 마지막까지 반대했어.

있었거든. 고래의 말을 알아듣는 아이가. 2년 전까지 확실하게. 흰 공주가 그 아이와 이야기를 했지. 후손이 남아 있는 한, 인류도 우리의 동료나 마찬가지. 그래서 우리는 필사적으로 반대했어. 다행히 고래는 존경을 받는 종이니깐 말이야. 바다와 땅 양쪽의 축복을 받은 존재는 그렇게 흔하지가 않거든. 게다가 우리는 하늘에 사는 종들하고도 친하고.

그랬는데, 올해 초에 흰 공주가 전해 왔어. 그 아이가 죽었다고. 살해당했다고. 흰 공주는 상심해서 살던 곳을 떠나 한참이나 헤매었지. 우리는 그 소식을 듣고 또다시 찾아다녔어. 혹시나 남아 있을지 모르는, 우리의 말을 알아듣는 사람. 고래의 유전자가 새겨진 인류를. 그러나 없었지. 없었어, 정말로…. 그래서 우리도 찬성했지. 인류의 멸망에.

지구의 전 생물이 합의를 하면 인류를 멸망시키는 일은 어려운 일은 아니란다. 인류의 멸망이 결정되면, 우리는 깊고 깊은 지층 아래 가라앉아 있는 선조들을 깨울 거야. 선조들은 노아의 방주를 불러올 거야. 노아의 방주. 사람들이 꾸며 낸 이야기는 참 파렴치하더라. 사람이 배를 만들고 동물들을 태워 살렸다니. 배 따위는 없었어. 방주를 만든 것도, 그곳에 사람을 태운 것도 모두 우리의 위대한 선조들이었어. 그들은 선조들의 공을 오로지 인류만의 것으로 만들어 버렸어. 그때 진작 알았어야 했는데. 그들이 다음 멸망을 몰고 올 것임을.

그래. 우리는 이번에는 그 방주에, 사람은 태우지 않

기로 했단다.

그랬는데, 이 아이가 알려 준 거야. 자신의 말을 알아 듣는 아이가 있다고. 다른 고래의 말은 알아듣지 못하지만, 자기의 말은 분명히 알아듣는다고. 서로 대화도 나눈다고. 친구가 되기로 했다고.

아이야. 아마 너는 마지막 아이일 거야.

먼 옛날, 살아남은 생명들이 했던 약속의 마지막 증거. 종의 차이를 뛰어넘은 신뢰의 결실. 그러니깐 아이야. 지구의 모든 생물들은 의견을 모았어.

너에게 선택권을 주기로.

네가 살아 있는 동안, 네가 원하지 않으면 우리는 인류를 멸망시키지 않을 거야. 설령 여섯 번째 대멸종이 찾아오더라도.

혹시 네가 너의 후손을 남기고 세상을 떠난다면, 그 후손이 이어지는 한 마찬가지야. 너의 후손이 우리의 말을 알아듣지 못하더라도 말이야.

그러나 아이야.

후손을 남기지 않은 채로 너의 목숨이 끊어지면, 인류를 제외한 전 종은 인류를 멸망시킬 거란다.

그리고 혹시라도, 네가 인류의 멸망을 바란다면.

지금부터 시작될 거야.

인류의 멸망은.

"인류가 멸망하면…. 나는 어떻게 되나요?"

선택의 아이

이야기의 끝에 가나는 물었다.

"네가 살아 있는데 인류가 멸망하면, 그럼 너는 돌고래가 되어 살아갈 수 있게 된대. 신난다. 가나. 네가 돌고래가 되면 우리, 함께 헤엄칠 수 있어!"

말을 전하며, 뿌는 기쁜 듯 빠르게 물속을 빙글 한 바퀴 돌았다.

'인류의 멸망…. 멸망은 다 죽는 거라고 했지.'

가나는 천천히 걸었다. 돌고래의 이야기를 듣느라 아침 내내 팔찌를 하나도 팔지 못했다. 조금이라도 빨리 리조트로 가야 했다. 하지만 가나의 발걸음은 점점 느려지기만 했다.

가나는 자신이 알고 있는 사람들을 한 명씩 떠올려 보았다. 말 한 마디 나눠 본 적 없지만 얼굴만 알고 있는 사람들부터 떠올렸다.

'여섯 번째 대멸종.'

대멸종이 오면 인류 이외의 종은 모두 사라지게 될지도 모른다고 했다. 그렇지만, 대멸종이 오지 않을 수도 있는 게 아닐까. 가나는 대멸종, 이라고 되뇌어 봤다. 좀처럼 와닿지 않았다. 반면에 죽음, 이라는 단어는 무척이나 선명히 와닿았다.

'인류의 멸망을 바라면, 돌고래가 될 수 있어.'

가나가 떠올리는 사람들의 얼굴은 차츰 가나와 가까운 사람들이 되어 갔다.

엄마가 사라지기 전 다녔던 학교의 선생님. 가나가 매점에서 아무것도 사 먹지 못하니깐, 음료수를 사 줬다. 리조트 앞에서 과일을 파는 아줌마. 가나가 팔찌를 한두 개밖에 팔지 못하는 날이면 종종 팔다 남은 과일을 줬다. 숙부가 밥은 잘 주니, 하면서. 20여 개의 리조트를 관리하는 대여섯 명의 관리인들. 리조트를 돌아다니며 관광객을 상대로 호객을 하려면 관리인들의 허락을 받아야 했다. 하루에 번 금액 중 일부를 관리인들에게 주는 것이 일반적이었다. 굽슬굽슬한 머리의 관리인 샘은 몇 번이고, 가나의 호객비를 받지 않고 넘어가 주었다. 얼마 팔지도 못하는데 그냥 가라, 라고 무뚝뚝하게 말했다.

숙부와 숙모. 상냥하지 않다. 엄마가 사라진 뒤로는 툭하면 때렸다. 그래도 하루 종일 굶기거나, 바깥으로 내쫓거나 하지는 않았다. 학교를 다니지 못하게 한 것도 이해할 수 있다. 라탕도 가지 못했으니깐. 숙부의 집에는 늘 돈이 없다. 숙부의 게스트 하우스는 그다지 잘되는 편이 아니다. 숙부는 다른 일은 하지 않는다. 숙모만 끄라쩨의 식당에 나가 일을 한다. 숙부는 숙모를 자주 때리고, 그때마다 숙모는 밤에 혼자 운다. 그 울음소리는 엄마의 것과 닮았다. 가나가 잠든 척, 엄마의 옆구리에 달라붙어 있을 때 들었던 울음소리다. 그래서 가나는 숙모를 완전히 미워할 수 없었다.

라탕과 빈의 얼굴은 가장 마지막에, 그러나 선명히 떠올랐다.

'라탕은 나를 미워하는 게 아닐 거야.'

가나는 주머니 안에 넣어 둔, 빈이 준 사탕을 손끝으

로 만졌다. 가나가 자랐던 거리, 볼링에는 어린 여자애들이 많았다. 그 애들도 몸을 팔았다. 가장 어린 여자애는 다섯 살이었는데, 한 외국인이 그 여자애의 처녀를 사겠다며 병원에 데려갔다고 했다. 처녀라는 증명서를 받기 위해서 말이다. 그 애가 병원에 가기 전날, 가나와 그 애는 골목 쓰레기통 옆에 앉아 이야기를 했다. 그 애는 말했다. "내일이 안 왔으면 좋겠어. 그러니깐 난 안 잘 거야." 여자애는 새빨간 눈으로 가나를 봤다. "너는 누가 팔아서 여기에 왔어?" 가나는 고개를 가로저었다. "난 안 팔렸어. 난 그냥, 엄마랑 여기 있는 거야." "나는 아빠가 팔았어. 나도 엄마가 보고 싶어." 다음 날부터 여자애는 골목 어디에서도 보이지 않았다.

빈이는 올해 다섯 살이 되었다. 어린아이의 처녀를 사려는 외국인은, 종종 끄라쩨에도 왔다. 가나는 외국인이 주변을 어슬렁거릴 때면, 라탕이 빈이의 손을 꽉 잡는 것을 보았다. 그럴 때에 숙부가 빈이만 데리고 밖에 나가려 하면, 라탕은 온갖 핑계를 대며 따라나서곤 했다. 숙부를 쫓아 나가는 라탕의 뒷모습을 볼 때면, 가나는 쓰레기통에서 나던 악취와 빨갛게 충혈되어 있던 여자애의 눈을 떠올렸다. 그 눈은 라탕과 닮았다. 빈을 꼭 끌어안고 주변을 경계하듯 둘러보는 라탕. 아버지의 비위를 맞추는 라탕. 숙부의 기분이 안 좋을 때면 빈을 옷장 안에 숨기는 라탕. 그래서 가나는 라탕은 더욱이, 미워할 수 없었다.

머릿속에 떠오른 얼굴들이 가까운 사람들이 되어 갈수록, 가나에게 '인류의 멸망'은 점점 더 낯설게만 느껴졌다.

그렇지만 인류의 멸망을 바라면 돌고래가 될 수 있는데.

'돌고래가 되면 엄마를 만날 수 있을지도 몰라.'

가나는 뿌가, 뿌의 엄마와 함께 있던 것을 떠올렸다. 그 모습은 곧 돌고래가 된 가나와, 가나의 어머니가 되었다. 가나는 엄마와 함께 물 아래를 마음껏 헤엄치는 상상을 했다. 그러자 대멸종이 약간, 친근하게 다가왔다.

가나는 강을 따라 걷던 중, 코끼리를 봤다. 코끼리 남자는 카메라를 들고 서 있었다. 가나를 본 코끼리가 이쪽으로 오라고 손짓을 했다. 가나는 머뭇거리다 남자에게 다가갔다.

"뭐 해요?"
"사진 찍고 있었단다."

코끼리는 가나에게 카메라를 보여 주었다. 코끼리의 카메라에는 강을 헤엄치는 돌고래들이 담겨 있었다. 돌고래가 수면 위로 머리를 내밀고, 뛰어오르고 있는 사진들. 가나의 입이 헤벌어졌다. 예쁘다, 라는 감탄이 절로 나오는 사진들이었다.

"보이. 어제 대멸종에 대해 물었지. 이곳에 사는 이 돌고래들도, 멸종 위기야. 이젠 100여 마리밖에 남지 않았다고 하더구나. 슬픈 일이지. 이렇게 예쁜 동물인데."

코끼리 남자의 눈가는 여전히 촉촉했다. 코끼리는 가나에게 어디를 가냐고 물었다. 가나가 팔찌를 팔러 간다고 하니 혀를 차고는, 주머니에서 1달러짜리 한 장을 꺼내 가나에게 주었다.

코끼리와 헤어진 가나는 1달러짜리를 보며 걸었다. 예쁜 사진을 찍는 남자. 돌고래를 위해 슬퍼해 주는 남자. 인류가 멸망하면, 저 남자도 죽게 되는 걸까. 코끼리 남자가 죽는 것을 상상하니, 가나는 썩 좋지 않은 기분이 들었다.

'역시 대멸종을 바라는 건 그만두자.'

가나에게 인류란, 머릿속에 떠오른 사람들이 전부였다.

*

우기가 시작되면 마을은 평소보다 분주해진다. 비가 새는 곳은 없는지 집을 점검하고, 어망도 손질해 놓아야 한다. 본격적인 우기가 시작되면 논에 어망을 펼쳐 놓는 것만으로 반찬거리를 마련할 수 있다. 마을 사람들은 우기 때 잡은 물고기를 훈제해 저장해 놓거나, 젓갈을 만들거나 했다.

반면 리조트는 한가해졌다. 우기가 시작되면 리조트까지 물이 차올라, 더 이상 영업을 할 수 없게 되어서였다. 리조트 주인들은 나무로 된 건물을 차곡차곡 뜯어내서, 차에 싣고 사라졌다. 리조트를 드나들며 팔찌를 팔던 아이들은 논에 나가 우렁이를 잡거나, 물소에게 먹이를 먹이거나 했다. 그러다 물놀이를 하며 신나게 놀았다. 그래서 대부분의 아이들은, 건기보다는 우기를 더 좋아했다.

가나는 건기가 더 좋았다. 우기가 되면 숙부가 거의 매일 화를 내서였다. 우기 때면 게스트 하우스에 손님이 줄었다. 숙부는 논도 물소도 가지고 있지 않았다. 그럼

에도 남의 논에 가서 어망을 치거나, 남의 소를 빌려 먹이는 일은 하려 들지 않았다. "남에게 굽실거리는 건 돈많은 외국인에게 하는 걸로 충분해." 숙부는 우기 내내 쏨바이만 마셨다. 쏨바이를 마시고 취하면 손에 잡히는 대로 아이들을 때렸다. 그런 때에는 가나나 라탕, 빈 누구든 가리지 않았다. 그래서 숙부가 취하면 가나와 라탕은 빈을 옷장 속에 들어가게 하고, 나란히 앉아 옷장 앞을 지켰다. 그러다 번갈아 가며 맞았다.

하지만 이번 우기는 달랐다.

"한 사흘 있으면 스콜이 올 겁니다. 그럼 강의 수위가 확 높아집니다. 그럼 강에 먹을 게 많아지니깐 그놈들이 평소 안 오던 곳까지 온다, 이겁니다. 그때 전기 충격기를 쓰는 겁니다."

"오, 안 됩니다. 충격기 쓰면 애들이 죽잖아요. 안 죽어야 됩니다."

"그러면 다른 방법이 있지요. 먹이로 유인해서 배로 그놈들을 둥글게 둘러싸요. 그리고 물 안에 철통 같은 거를 넣고 막 두드리는 거지요. 그놈들이 청각이 예민하잖습니까. 사방에서 그러면 막 정신이 이상해져서, 배가 모는 데로 간단 말이지요. 그때 그물로 몰면 되는데. 근데 이럼 배도 띄워야 하고, 사람도 많이 필요하니깐 작업비가 많이 듭니다."

"돈 걱정은 마세요, 미스터."

숙부는 매일 코끼리와 마주 앉아 이야기를 나누었다. 그때마다 숙부의 얼굴은 흥분으로 벌겋게 달아올랐다. 그때마다 숙부의 입에서 나오는 단어들은 어딘가 불길했다.

코끼리는 바빠졌다. 가나는 더 이상 코끼리가 사진을 찍는 것을 볼 수 없었다. 코끼리는 숙부를 비롯해서 마을 사람들 몇몇을 부지런히 만나고 다녔다. 가나와 마주칠 때면 코끼리는 1달러를 한 장씩 주었는데, 가나는 그것을 곱게 펴서 주머니 안에 차곡차곡 숨겨 모았다. 코끼리가 게스트 하우스를 떠나기 전에, 코끼리에게 사진을 한 장 팔아 달라고 하고 싶었다. 언젠가 게스트 하우스에 왔던 사람이 그랬다. 사진가에게 존경을 표현하는 가장 쉬운 방법은, 그의 사진을 사는 것이라고. 뿌와 뿌의 엄마가 함께 찍힌 사진을 사야지. 가나는 사진을 사면 어디에 두어야 숙부에게 들키지 않을까를 미리 고민했다.

본격적인 우기가 시작되고 어느 날의 저녁 식사 때였다. 숙부는 신이 나서 말했다.

"보트를 사기로 했다. 계약금 걸고 왔어. 100달러."

가나는 깜짝 놀랐다. 숙부가 전부터 보트를 가지고 싶어 했던 건 알고 있었다. 모터보트가 있으면 관광객들을 실어 나르기만 해도 한 시간에 20달러를 벌 수 있었다. 하지만 모터보트는 비쌌다. 모터만 해도 500달러였다. 마을 사람들 중에 모터보트를 가지고 있는 사람은 드물었고, 대부분 장기 대여로 사용료를 내고 썼다. 그러한 대여업을 할 수 있는 사람도 마을에는 몇 되지 않았다. 그들은 마을 사람들에게 부러움의 대상이었다.

"계약금이 어디서 나서."
"콕코이에게서 빌렸지."

숙부의 대답에 숙모의 안색이 어두워졌다. 콕코이는

정기적으로 마을을 방문하는 고리대금업자였다. 30%에 달하는 이자율로 장사를 했다. 정부가 개인 금융업의 이율을 18%로 제한한다는 발표를 한 뒤에도 그의 이자율은 바뀌지 않았고, 아무도 그것을 경찰에 신고하지 않았다. 그의 뒤에 갱단이 있다는 것을 모두 알고 있었다.

"콕코이에게서? 세상에. 그가 돈을 못 갚는 사람들에게 얼마나 잔인하게 구는지, 당신 알고 있잖아요."

"1년 안에만 갚으면 돼. 보트만 있으면 한 달에 200달러쯤 거뜬히 번다고."

"우기 동안 안 굶어 죽으면 다행이겠네."

숙부는 껄껄 웃었다.

"걱정하지 마. 우리가 아주 손님을 잘 받았지. 한 달이나 넘게 숙박해 주고. 이런 좋은 기회도 주고. 고래를 잡는 것만으로 한 사람당 150달러를 준다잖아."

쨍그랑. 가나의 숟가락이 바닥에 떨어졌다. 가나는 식탁 아래로 미끄러져 내려갔다. 심장이 쿵쾅쿵쾅 뛰었다. 가나는 식탁 아래에 쪼그리고 앉았다. 불길한 말들이 숙부의 허벅지를 타고 가나의 머리 위로 흘러내려 왔다.

고래를 유인해서, 새끼를 잡으면 어미는 자연스럽게, 어미 고래는 죽여도 된다고 하니깐, 생포해야 하는 건 새끼, 먹이를 뿌려서 새끼를 유인을 하고. 어미 고래는 죽여서 나누어 가져도 된다고 했으니깐, 그것만으로도 20달러는 더 생기는 셈. 고래 애호가라는 서양인의 개인 동물원, 이 세상엔 참 별별 사람이 다 있다, 라고.

"참 별별 사람이 다 있어. 고작 그런 고래 한 마리 가지겠다고 어마어마한 돈을 쓰고. 이번에 쓰는 사람만 다섯 명이야. 배 빌리는 비용에, 그물 제작하는 값에. 거기에 살아 있는 고래를 운반하는 비용이 또 어마무시하다더군. 이렇게 큰 물탱크가 있는 트럭을 빌린다는 거야. 가지고 나가는 걸 눈감아 달라고 위에 찔러 넣은 비용은 우리가 상상도 못 할 정도고. 하여간 부자들 하는 짓은 이해할 수가 없어."

"그 손님 경비도 다 대 주는 거래요? 어째 여행 온 사람으로는 안 보인다 했어. 만날 강에 나가서 사진이나 찍고. 수상해 보이더라니."

"수상하기는. 그 사람은 프로야, 프로. 그렇게 동물이나 식물을 모으는 부자들 사이에서는 아주 유명하다 하더라고. 고객이 원할 때까지 사진을 찍어 보내 주고, 고객이 사진을 보고 이때가 제일 아름다우니 이때 잡아 와라, 이러면 포획을 한다더군."

불길한 말들이 가나의 머리카락에 들러붙고, 미끄덩하게 팔과 다리를 휘감았다. 그것들은 찐득하고 무거웠다. 가나는 식탁 아래에서 일어날 수 없었다.

"언제 잡는데요?"

"오늘 저녁."

"돈은 바로 준대요?"

"그러기로 했어. 그러니깐 오늘 계약을 하고 왔지. 라탕, 왜 그렇게 느리게 먹어. 빨리 먹어! 빨리 먹고 치워야 해. 7시까지 강에서 모이기로 했단 말이야."

식탁 위의 대화는 끊겼다. 가나는 숙부가 자리에서 일어나고, 숙모가 상을 치우고, 라탕과 빈이 밖으로 뛰어나가고, 모두가 사라질 때까지 식탁 아래 앉아 있었다. 누구도 가나가 식탁에서 갑자기 사라진 것에 신경 쓰지 않았고, 가나에게 그것은 차라리 잘된 일이었다. 가나는 식탁 아래에서 기어 나와, 집 밖으로 나섰다. 오후 내내 내리던 스콜은 잦아들어 있었다. 가나는 달렸다. 왼쪽 다리를 질질 끌면서도, 할 수 있는 한 빨리 달렸다. 게스트 하우스가 있는 대로변의 끝까지 왔지만, 숙부는 이미 보이지 않았다. 가나는 뚝뚝 한 대를 잡아 세웠다. 강 근처로 가 달라고 했다. 뚝뚝 기사는 올라탄 사람이 가나인 것을 보자, 험상궂게 얼굴을 찌푸렸다.

"혼자 타면 10달러다. 돈 있어?"
"있어요. 돈."

가나는 주머니 안에서 코끼리가 주었던 1달러짜리를 몽땅 꺼냈다. 일곱 장이었다.

"이게 전부예요. 꼭, 빨리 거기에 가야 해요. 아저씨, 제발요."

가나가 내민 돈을 본 기사의 표정이 누그러졌다. 기사는 돈을 받아 들고, 뚝뚝에 시동을 걸었다. 우기라 뚝뚝을 이용하는 손님이 눈에 띄게 줄어든 터였다. 손님이 많을 때에는 네 사람에 10달러를 받았지만, 요즘은 네 사람에 5달러를 외치며 장사를 하고 있는 그였다.

"같은 마을 사람이니깐 특별히 이 돈에 가 주는 거다."

기사는 생색을 냈다. 가나는 덜컹거리는 뚝뚝 안에 앉아 있는 내내 무릎을 떨었다. 가나의 왼쪽 엄지발가락에서 빠진 발톱이 흔들거렸다. 달리는 내내 바닥에 끌린 발끝은 피로 범벅이 되어 있었다.

'돌고래가 가엾다고 했는데. 책도 보여 줬는데. 대멸

종이 뭔지도 가르쳐 줬는데. 사람 때문에 동물이 죽는다고, 슬퍼하는 것 같았는데.'

무엇보다 뿌와 뿌의 엄마를, 그렇게나 예쁘게 찍어 준 사람이었는데.

가나는 무릎을 떨면서 코끼리의 촉촉했던 눈매와, 상냥했던 목소리와, 책장을 넘기던 마디 굵은 손과, 그가 주었던 과자의 달콤함을 떠올렸다. 누군가에게 맞은 것도 아닌데, 숙부에게 맞았을 때보다도 더 배가 아팠다. 배 아래 가라앉아 있는 묵직한 무언가가, 마구 요동치다 목으로 넘어올 것만 같았다.

뚝뚝이 멈췄다. 가나는 다시 뛰었다. 발목까지 차오른 흙탕물을 걷어차며 달렸다. 강가에 가까워질수록 흙탕물은 점점 더 차올랐다. 나루터는 불어난 강 아래 잠겨 있었다. 어른들 대여섯 명이, 허리까지 차오른 물 안에 서서 넓게 그물을 펼치고 있었다. 다섯 척의 조각배가 물 위에 떠 있었는데, 배에 오른 사람들은 쇠로 만든 커다란 북을 하나씩 들고 있었다. 숙부는 가장 앞에 선 배에 타고 있었다. 한 손에는 커다란 북을, 한 손에는 먹이가 든 바구니를 들고 서 있는 숙부의 뒷모습을 보고 가나는 멈춰 섰다.

"보이. 왜 여기 있니?"

코끼리가 가나를 발견하고는 다가왔다. 가나는 코끼리 남자를 올려다보았다. 남자의 눈매는 여전히 선량했다.

"돌고래, 죽일 거예요? 왜요?"
"안 죽여. 걱정 마. 여기보다 더 좋은 데로 데려가려는 거야."

"더 좋은 곳은 없어요."

"그걸 네가 어떻게 아니. 전에 말했잖아. 이 아이들은 멸종 직전이야. 이 나라도 돌고래는 보호하지 못하지. 그러니깐 보호할 능력이 있는 사람이 한 마리라도 데려가서, 지켜 주는 거야. 나쁜 일 아니야."

코끼리는 가나의 머리를 쓰다듬었다. 가나는 숨을 죽였다. 웅성거리는 사람들의 말소리 틈에서 낯익은 목소리를 찾아내기 위해 집중했다. 강물이 술렁이는 소리, 수면과 수면 사이를 가로질러 오는 듯한 뿌의 목소리를, 있는 힘을 다해 더듬어 찾았다.

엄마, 하는 음성이 섞인 물결을 느낀 순간.

가나는 코끼리의 손을 쳐 냈다. 가슴께까지 올라오는 강 안으로 뛰어들었다. 가장 앞에 선 배까지 헤엄을 쳤다. 땅에서는 마음대로 움직이지 않는 가나의 왼쪽 다리도, 물속에서는 아무런 장애가 되지 않았다.

"네가 여기 왜 왔어?"

가나가 배에 기어오르자, 숙부가 놀란 듯 물었다. 가나에게는 숙부의 말이 들리지 않았다. 깜삐로 오는 내내, 배 아래에 가라앉아 요동치던 아픔이 가나의 온몸으로 퍼져 나갔다. 가나는 숙부의 옆을 지나, 배의 머리맡에 섰다.

"도망쳐. 절대, 이쪽으로 오지 마."

가나는 외쳤다. 쇳소리 섞인 목소리로, 배 아래에 요동치던 소리를 끄집어내 바다에 던졌다. 그렇게 큰 목소리로 외친 것은, 태어나서 처음이었다.

선택의 아이

"오지 마. 무슨 일이 있어도. 내 목소리가 다시는 들리지 않게 되더라도!"

강 한가운데 보이던 돌고래 떼가 방향을 틀어 멀어져 갔다. 가나는 그제야 소리 지르던 것을 멈췄다. 차오른 숨을 들이마셨다. 숨에서는 물 냄새가 났다.

돌아가고 싶다.

문득 가나는, 강한 충동을 느꼈다. 돌아가고 싶다고.

'대체 어디로?'

태어나 자랐던 볼링에는 가나를 기다리는 사람도, 남겨 두고 온 추억도 없었다. 그렇다고 숙부의 집으로 돌아가고 싶은 건 더욱더 아니었다. 가나를 사로잡은 것은 그보다는 훨씬 더 근본적인, 돌아가야만 하는 곳으로 돌아가고 싶다는 충동이었다.

가나는 엄지발가락 끝에 매달리듯 붙어 있는, 피 묻은 발톱을 봤다. 가나는 몸을 숙였다. 손을 뻗어, 발톱을 떼어 냈다. 아릿한 아픔에 콧구멍을 크게 벌름거렸다.

물의 냄새가, 다시 한번 가나에게 밀려들어 왔다.

돌아가고 싶다.

강으로.

가고 싶은 곳을 깨달은 순간, 묵직한 아픔이 가나의 뒤통수를 때렸다. 까무룩 어둠이 가나를 덮쳤다. 가나는 더 이상 무엇도 느낄 수 없었고, 무엇도 생각할 수 없었다.

무언가를 바랄 수도 없었다.

여자아이가 강에 뛰어들었다. 상처투성이가 된 몸을 강이 감싸안았다. 여자아이를 쫓던 남자들은, 아이를 납치하려던 자들은 더 이상 아이를 보지 못했다. 온몸이 하얀 돌고래만이 강을 빙빙 돌았다. 흰 공주는 내내 구슬프게 울었다.

「가나 때문이 아니에요. 그 애가 뭘 할 수 있겠어요. 소란스럽게 해서 일을 망친 건 맞지만, 그 애한테 전부 책임을 물을 수는 없어요.」
「왜 저놈을 감싸는 거지? 저놈 때문이야. 모든 게 망했어. 수고비라고 주고 간 게 고작 50달러라고! 콕코이에게 빌린 돈의 이자도 못 내. 계약을 파기하면, 그걸 돌려받을 수도 없는데!」

누너칼 부족의 영웅이었던 고원다는 말했다. 내가 죽으면, 돌고래로 태어나 부족의 배고픔을 없애 주마. 누너칼의 사람들은 그 뒤로 오랫동안, 돌고래와 함께 살았다. 누너칼의 사람들이 휘파람을 불면 돌고래가 울음소리로 답했다. 누너칼의 사람들과 돌고래는 서로 말을 주고받을 수 있었다. 유럽에서 온 정복자라 자칭하던 침입자가, 휘파람 소리를 흉내 내어 돌고래를 사냥하기 전까지는.

「난 몰라요. 저 애는 당신의 조카니깐, 당신이 알아서 하세요. 당신이 당신의 동생을 팔아넘겼을 때에도, 내 말은 듣지 않았으니깐. 신이 벌을 내려도 나는 몰라요.」
「왜 당신만 신에게 어긋난 일을 하지 않았다고 여기

는 거지? 당신은 내가 동생을 팔 때 말리지 않았어. 말리는 척만 했지. 가나에게 진실을 말해 주지도 않았지. 당신도 나와 같은 죄를 지은 거야. 그러니 이번에도, 신의 벌은 우리 모두에게 나뉘어 주어질 거라고.」
「맙소사. 난 몰라요. 정말 모른다고요!」
「신도 우리를 이해해 줄 거야. 가난 때문이라고. 안 그러면 어떻게 할 건데. 저놈을 안 팔면, 빈을 팔 수밖에 없다고!」

테베의 왕 아타마스는 질투에 미쳐 자신의 자식들을 죽였다. 그의 아내인 이노는 가장 어린 자식을 껴안고, 남편을 피해 절벽에서 뛰어내렸다. 돌고래는 이노를 구해, 그녀를 신의 섬 코린트로 데려가 주었다. 이노는 바다와 강의 신이 되었다. 이노는 돌고래를 약한 것들을 구하는 신의 사자로 삼았다. 이노는 말했다.

「우린 눈만 딱 감고 있으면 돼. 그럼 사람들이 와서, 알아서 데려갈 거라고.」
「저 애로 될까? 콕코이에게 돈을 빌리지 말았어야 했어.」

약하고 애처로운 것들의 비명이 바다와 강을 덮게 된다면. 더 이상 신의 사자로도 구해 낼 수 없는 날이 찾아온다면, 물로 모든 것을 정화케 하리라고.

가나는 물 냄새 아래 가라앉아 수백 년 전까지 거슬러 올라간, 수없이 많은 기억들을 봤다. 물에서 수많은 생명이 태어나는 것을 보았다. 여러 번, 수많은 빛들이 깜빡이다 폭발하듯 사라졌다. 그때마다 물 냄새는 진해졌다. 물이 눈물을 흘린다면 그런 냄새가 나리라. 가나는 폭발하는 빛들을 보며 물의 눈물을 애도했다.

약한 것들의, 사라져 가야만 했던 것들의 기억.

그것들이 쌓여 갈 때마다 가나는 더욱 깊이 물 바닥으로 향하며 바랐다.

'돌아가고 싶다.'라고.

이 꿈에서 깨어난다면.

당장이라도 강 아래로 돌아가 헤엄치리라. 뿌는 무사할까. 물 아래 가라앉아 있는 동안에도 숙부의 말소리는 흘러들어 왔다. 끈적끈적하고 불길하고, 잔인한 말들. 그것은 음료수 사 먹을 돈을 주던 학교 선생님의 친절함이나 한두 개씩 건네받던 과일에 묻어나 있던 호의 따위는 단번에 살해할 수 있는 날카로움을 가지고 있었다.

이 꿈에서 깨어나면, 물 밖으로 나가면 인류의 멸망을 빌고, 돌고래가 되리라.

가나는 결심했다.

그러나 이대로 영영 깨어나지 못한다면—

— 그것도 아주 나쁘지는 않을 것이라고.

*

"일어나. 제발 정신 좀 차려!"

라탕이 가나를 흔들어 깨웠다. 가나는 눈을 떴다. 손

목이 아팠다. 가나는 눈을 여러 번 깜빡이고 나서야, 주변을 볼 수 있었다. 등불 하나 없는 창고 안의 어둠은 너무나도 현실의 것이라, 조금도 포근하지 않았다.

"도망가자."

라탕은 가나의 발목을 묶은 끈을 자르려 끙끙거렸다. 열한 살짜리가 단도로 단번에 자르기에는, 너무 단단하게 묶여 있었다. 살짝 열린 창고 문밖에서 빈이 빼꼼히, 얼굴을 들이밀었다.

"오빠. 나 혼자 서 있기 싫어."
"조금만 기다려, 빈아. 아빠 오나 잘 봐야 돼. 알았지?"
"응. 빨리 나와."

가나는 손목을 움직여 보았다. 손목도 묶여 있었던 듯, 붉은 자국이 선명했다. 가나는 긴 꿈에서 다시 꿈속으로 들어온 듯 몽롱했다. 물에 감싸 안겨 있던 감각에 계속 취해 있고 싶었다.

"아빠가 형을 팔아넘긴대. 태국에서 오는 사람들한테. 어른들이 하는 말 들었어. 그 사람들, 애들을 데려가서 장기를 뽑아내 죽인다고 했어. 도망가자, 형. 마을을 빠져나가서, 여행자들 중에 아무나 붙잡고 프놈펜까지 데려다 달라고 하자. 거기 가면 분명히, 우리끼리라도 벌어먹고 살 수 있을 거야."

발목을 묶고 있던 끈이 끊겨졌다. 가나가 움직이지 않자, 라탕이 가나의 어깨를 잡고 흔들었다.

"형, 듣고 있어?"

가나는 망설였다.

"시내에 큰 호텔이 있잖아. 외국인들 많이 묵는 곳. 거기로 갈 거야. 거기에 가서, 안전해 보이는 외국인을 붙잡고 도와 달라고 하자. 혼자 온 사람은 위험해. 이번에 온 손님처럼, 무슨 짓을 꾸미러 온 사람일지도 몰라. 그러니깐 단체로 온 사람들을 찾는 거야. 관광객 깃발을 들고 다니는 사람들. 알았지. 빨리 일어나. 가자."

라탕이 손을 내밀었다. 가나는 그 손을 잡았다.

돌아가고 싶었다.

그렇지만 꿈에서 깨어나니, 돌고래가 되어 헤엄치는 것은 상상 속에서나 가능한 일처럼, 아득하게만 느껴졌다. 당장 가나에게 확실하게 다가온 현실은 단 하나였다.

라탕이 자신을 다시 형이라고 불렀다는 것.

"오빠. 주머니에서 뭐가 바스락거려."

가나는 주머니에 손을 넣었다. 무언가 손끝에 잡혔다. 빈이가 주었던 과일 맛 사탕이었다. 가나는 빈이에게 사탕을 건네주었다.

"빈이한테 돌아왔어!"
"그러게."
"쉿."

라탕이 검지를 입가에 가져다 대었다.

하늘은 어두웠고 비구름으로 뒤덮여, 달빛도 비치지 않았다. 마을은 조용했다. 우기에 접어들면 마을에는 밤이 더 빨리 찾아왔다. 아이들은 마을의 울타리를 찾아 더듬어 짚으며 걸었다.

선택의 아이

"마을 사람들과 마주치면 안 돼."

라탕은 소리 죽여 말했다.

"형은 모르겠지만, 마을 사람들이 엄청 화가 나 있어. 형한테. 돌고래를 잡는 데 실패한 게, 다 형 때문이라고 생각해. 돈을 못 벌었다고, 아빠한테 책임을 지라고 따졌어. 근데 형, 왜 그랬어?"

"내 친구니깐."

"누가? 돌고래가? 이상한 말을 하네. 마을에서 그런 말 하지 마. 안 그래도 사람들이, 형이 귀신이 들렸다고 떠든단 말이야. 형이 귀신 들려서, 돌고래와 말을 할 수 있는 거라고. 그래서 돌고래가, 형이 소리친 걸 알아듣고 도망친 거라고."

빈이 가나의 손을 잡아당겼다.

"오빠, 귀신 들렸어?"

가나는 빈이의 손을 마주 잡았다.

"빈이는 돌고래랑 말할 수 있으면 어떨 것 같아?"

"그러면…. 귀신 들려도 멋있을 것 같아."

"옛날에는, 돌고래랑 이야기할 수 있는 사람들이 아주 많았대."

울타리가 끝났다. 어디선가 컹, 개가 짖었다. 세 아이는 누가 먼저라 할 것 없이, 검지를 손에 대고 개를 향해 뒤돌아봤다.

쉿.

마을을 빠져나온 아이들은 걸었다. 키 높은 풀이 무성한 논 사이로 난 작은 길을 걷고, 또 걸었다. 길은 진흙과 물웅덩이투성이가 되어 있었다. 슬리퍼 사이로 작은 돌멩이들이 들어와 발바닥을 간지럽혔다. 길게 난 논길을 절반도 걷지 않아, 발바닥이 따끔따끔해졌다.

"프놈펜까지는 얼마나 걸릴까."

"버스로는 다섯 시간쯤."

"프놈펜은 어떤 곳이야? 거긴 도시잖아. 거기에 가면 우리가 일할 곳이 있겠지?"

"내가 거기 있을 때에는 쓰레기를 주웠어. 공장에 다니는 애들도 있었는데, 아는 사람이 있어야 소개받을 수 있다고 했어. 한 달에 80달러쯤 받는다더라."

라탕은 심통이라도 난 듯, 입을 비죽이 내밀었다.

"뭐야. 여기랑 똑같네. 어디든 똑같구나."

세 아이는 잠시간 말없이 걸었다. 아이들의 몸에 스친 풀이 서걱거리는 소리만이 발소리와 뒤섞여 공기 중에 흘러갔다. 빈이 가나에게 바짝 붙어 서서 속삭였다.

"라탕 오빠는 돈 많이 벌고 싶대."

"빈아. 쓸데없는 이야기 하지 마."

라탕이 빈에게 눈을 흘겼다. 빈은 조금 더 목소리를 낮춰, 다시 가나에게 속삭였다.

"돈 많이 벌어서 소를 사고, 염소도 사고, 집도 좋은 거 짓고, 빈이한테 예쁜 옷도 사 준다고 했어. 거기서 가나 오빠도 같이 살자."

"돈 많이 못 벌 수도 있어. 그러니깐 그만 말해. 그리고 말할 때 소곤소곤 안 해도 돼. 여기서는 크게 말해도 아빠한테 안 혼나."

라탕의 말에 빈은 신이 난 듯 폴짝, 뛰듯이 걸었다.

"진짜지. 오빠!"

빈의 목소리가 단번에 커졌다.

"돈 많이 못 벌면, 빈이가 피닉스가 될게. 빈이 깃털을 팔아서 부자가 되자."
"무서운 소리."

사람이 죽어 피닉스가 되어 돌아왔다. 그와 같은 집에 살던 사람들은 피닉스의 깃털을 팔아 큰돈을 벌었다. 그렇지만 욕심이 과했던 나머지, 피닉스의 깃털을 몽땅 뽑으려 했고 피닉스는 떠났다. 가나도 어릴 때에 듣고 자랐던, 캄보디아의 전래 동화였다.

'뿌가 말했었지. 새의 말을 알아듣는 사람도 이젠 없다고. 피닉스가 된 사람은 어쩌면 나 같은 사람이었을지도 몰라. 새의 말을 알아듣는, 새의 동료.'

날개를 모두 뜯긴 새는 어디로 돌아갔을까. 어쩌면 그때, 또 한 번의 멸종이 일어났던 것은 아닐까. 가나는 말을 나누던 소녀가 사라진 후 슬픔에 잠겼다는 하얀 공주와, 물속에 가라앉아 있는 동안 보았던 사라져 간 것들과, 피닉스의 깃털을 모두 뽑아 없애 버린 사람들에 대해 생각했다.

이어지던 좁은 논길이 넓어졌다. 마을끼리를 잇는 큰길이었다. 이 길을 따라 세 시간쯤 걸어가야 라탕이 말한 호텔이 나올 터였다. 세 아이는 큰길로 나갔다. 얼마간 걸었을까. 빈이 가나와 라탕의 손을 잡은 채 졸기 시작했다.

"내가 먼저 업을게."

가나는 무릎을 굽혀, 빈을 등에 업었다. 빈의 체온이 등에 착 달라붙어 왔다. 빈이 잠들자 가나와 라탕 사이의 대화는 뚝 끊겼다. 가나는 라탕의 옆에서 걸었다. 라탕의 어깨가 툭, 가나에게 와 부딪혔다.

"네가 나를 도와줄 줄은 몰랐어."

가나의 말에 라탕은 한참이나, 발아래만 보고 걸었다.

"… 나는 아빠처럼 되기 싫어. 그래서 그런 거야."
"그래."
"애들이 다 그래. 나한테 너무 유별나대. 형이 있는 애가 그러더라. 자기 형은 여자친구를 손님에게 데려다주고, 데려오고 한다고. 빈이도 어차피 그렇게 될 거라고."
"빈이는 그렇게 안 돼."
"맞아. 안 돼. 형이라면 그렇게 말해 줄 줄 알았어. 형은 나랑 같이 있었으니깐. 빈이가 태어날 때. 빈이가 처음 울었을 때. 그치?"
"응. 우리가 빈이의 첫 울음소리를 들었지."
"그래. 첫 울음."

라탕이 고개를 들고 히죽 웃었다. 가나는 빈이의 엉덩이를 추어올렸다.

눈 아픈 불빛이 달려들었다.

가나와 라탕은 주춤, 발걸음을 멈췄다. 밤 9시가 넘어 이 길을 지나가는 마을 사람은 없을 터였다. 관광객을 태우고 오고 가는 차도, 밤에는 이 길로 들어오지 않았다. 포장도 되어 있지 않은 데다 불빛도 없으니, 굳이 이 길을 고를 이유가 없었다.

일부러 어둠을 택하는 것은 도망자거나, 도망자를 노리거나 둘 중 하나일 것이다.

흰색 트럭 한 대가 아이들 옆을 가로막듯 섰다.

"너희, 어디 가니? 이 밤중에."

트럭 창문이 열리고, 한 남자가 얼굴을 내밀었다.

"마을로 돌아가는 중이에요."

가나는 남자의 뺨에 있는 긁힌 듯한 붉고 긴 상처를 봤다. 남자는 창밖으로 더 길게, 몸을 내밀고 밖을 살폈다. 남자의 옆자리에서 누군가 내리려 하는 듯, 덜컹 문 여는 소리가 났다. 가나는 빈의 손을 꽉 붙잡았다.

"방향이 반대잖아. 어디 멀리 가니? 태워 줄까?"

라탕이 가나에게 눈짓을 했다. 가나는 고개를 끄덕였다. 어두운 밤에 나타나는 흰 봉고차를 조심하라는 건, 아이들 사이에서 널리 퍼져 있는 괴담이었다. 그리고 그것이 단지 괴담만은 아니라는 것을, 가나도 라탕도 알았다. 가나는 숙부가 불렀다던 '태국에서 오는 사람들'을 떠올렸다. 그들도 흰 봉고차를 타고 올 것만 같았다.

아니면 이 남자들이, 그들일지도.

차에서 내린 남자가 라탕과 가나의 앞에 섰다. 남자는 가나와 라탕의 얼굴 앞에 바짝 얼굴을 들이밀었다. 남자의 입에서는 매운 독 냄새가 났다. 남자가 입을 벌렸다. 뾰족한 덧니가, 남자의 검은 입안에서 유독 빛났다. 가나는 남자의 이가 그물의 코 같다고 생각했다. 언젠가 돌고래의 살을 파고들었을, 날카로운 코.

"아주 예쁘게 생겼구나. 남자애여도 이 정도 예쁘면, 인기가 많겠어."

그물이 펼쳐진 것은 순식간이었다.

남자는 라탕을 들어 올려 차 안으로 던져 넣으려 했다. 라탕은 손을 휘둘러 남자의 얼굴을 때렸다. 가나도 업고 있던 빈이를 황급히 내려놓고, 남자에게 덤벼들었다. 빈이가 잠에서 깼다. 빈이는 라탕이 끌려가는 것을 보자 비명을 질렀다.

"젠장, 시끄러워! 시끄럽다고!"

남자는 주머니에서 총을 꺼냈다. 그러곤, 쐈다.

가나는 꼼짝도 할 수 없었다. 총소리는 빈이의 비명 소리보다도 컸고, 총알은 너무나도 빨랐다. 그건 너무 순식간에 일어난 일이었다. 빈이의 앞으로 뛰어들어 막을 새도 없었다. "미친놈아. 쏘면 어떻게 해." 운전석에 앉아 있던 남자가 소리를 질렀다. "너 이 새끼, 약 덜 깼지." "갑자기 비명을 지르니깐 그렇지. 놀랐다고!" "저거 어쩔 건데." "이 시간에 애들끼리 돌아다니는 거 보면 뻔하잖아. 적당히 버리고 가면 돼. 어차피 우리는 내일 아침이면 이 나라에 없다고." "하긴, 이런 애들 두셋 죽는 게 드문 일도 아니고." 그때까지 입을 헤벌리고 서 있던 라탕이, 총을 든 남자에게 덤벼들었다.

총소리와, 아주 짧은 비명과, 움찔거리다 멈춰 버린 손가락 끝.

라탕의 몸이 진흙 위로 굴렀다.

"이놈만 살려 둘 수도 없잖아."

총구의 끝이 가나를 향했다.

*

빗방울이 떨어졌다.

툭.

가나는 뻣뻣하게 잘 움직이지 않는 목을 돌려 옆을 봤다. 라탕의 손이 보였다. 가나는 팔을 뻗었다. 팔도 역시 잘 움직이지 않았다. 간신히 라탕의 손을 잡았다. 라탕의 손은 끈적끈적했다. 빈이가 태어났던 날처럼. 가나는 눈을 감았다.

감은 눈 안에서, 가나는 라탕과 빈을 업고 뛰었다. 무척 가뿐하게, 다리도 전혀 절지 않았다. 가나는 라탕과 빈을 업고 강으로 갔다. 강에는 뿌가 기다리고 있었다. 가나는 라탕과 빈을 업은 채, 강 안으로 뛰어들었다. 돌고래가 되었다. 라탕도, 빈도 돌고래가 되었다. 뿌가 길게 울었다. 가나의 옆으로 큰 돌고래 한 마리가 헤엄쳐 왔다.

엄마.

가나는 행복해졌다. 다섯 마리의 작은 돌고래들은 함께 헤엄쳐 깊고 깊은 강 아래로 갔다.

잠들어 있는 신을 깨우러.

툭.

다시 빗방울이 떨어졌다. 감긴 채 움직이지 않는 눈꺼풀 위로. 진흙투성이가 된 작은 몸뚱이 위로. 작게 움츠린 발 위로, 마주 잡은 느슨한 손가락 사이로. 곧 빗줄기는 거세어졌다. 영영 멈추지 않을 듯, 모든 것을 삼켜 버릴 기세로 내리기 시작했다.

지구는 여섯 번째 대멸종에서 벗어났다.

우주탐사선
베르티아

해도연

SF 중단편집 《위대한 침묵》을 썼고, 디스토피아
단편선 《텅 빈 거품》에 표제작 〈텅 빈 거품〉을,
공포문학 단편선 《단편들, 한국 공포 문학의 밤》에
〈이른 새벽의 울음소리〉를 수록했다.
'크로스로드'와 '브릿G'에 작품을 게재했고, 브릿G 작가
프로젝트, 타임리프 소설 공모전, 어반 판타지 공모전에서
수상했다. 주로 새벽에 커피를 들이켜고 과자를 씹어 먹으며
글을 쓴다.

500년 만에 돌아왔다. 우주탐사선 베르티아가 비상 대론적 속도까지 떨어진 것을 확인한 아지사이는 데스크 룸 창밖의 풍경을 둘러봤다. 멀리서 눈부시게 타오르는 태양을 제외하고는 그저 시커먼 공간 여기저기서 빛나는 점들밖에 없었다. 하지만 아지사이는 금방 찾을 수 있었다. 목성과 토성, 그리고 화성을. 지금 위치에서는 그저 조금 더 밝은 별에 불과했지만 아지사이는 목성의 구름 띠와 토성의 고리, 화성의 붉은 표면을 볼 수 있을 것만 같았다. 아니, 정말 눈에 보이는 것일지도 모른다. 천왕성과 해왕성은 베르티아의 뒤편에 있고, 수성과 금성은 태양의 코로나에 가려 보이지 않았다.

지구는 태양과 베르티아의 사이를 지나가고 있을 것이다. 아지사이는 감광 필터를 달고 태양을 관측할까 고민했다. 그럼 지구의 검은 그림자가 태양 앞을 가로지르는 것이 보일지도 모른다. 아지사이는 기쁨에 너무 취하지 않도록 노력하며 다음 할 일을 위해 시선을 돌렸다.

베르티아의 항해사로서 아지사이는 다른 대원들보다 먼저 깨어 있어야 했다. 초광속 비행의 마지막에 목적지를 놓쳐 버릴 수는 없으니까. 자칫 실수했다가는 은하 반대편까지 가 버릴 수도 있었다. 하지만 아지사이는 유능한 항해사였고 베르티아를 무사히 태양계에 내려놓았다.

"포모나, 모두를 깨울 때가 된 거 같아."

아지사이가 말했다.

"오랜만에 말을 걸어 주셨군요. 잠시 뒤면 모두 일어날 겁니다."

아지사이의 뒤에 서 있던 포모나가 대답했다. 포모나는 베르티아 대원들의 건강을 관리하는 안드로이드였다. 포모나가 테이블 표면을 살짝 건드리자 개인 수면 장비에 연결된 컴퓨터 화면이 나타났다. 시스템 부팅 중이라는 메시지가 뜨더니 동료들의 건강 상태를 나타내는 문자들이 빠르게 지나갔다.

"다들 건강합니다."

포모나가 말했다.

"다행이네. 아, 그리고. 선장이 도착 후에는 술잔을 조금 기울이자고 했었는데."
"그랬지요. 하지만 제가 도와드릴 수는 없습니다. 권한이 없거든요."

포모나는 자기 임무에 충실한 대신 다른 일에는 권

한 타령을 하며 일절 관여하지 않았다. 포모나는 커피 한 잔도 대신 타 주는 일이 없었다.

"나도 알아. 할 수 없지."

아지사이는 다시 우주 공간을 바라봤다. 이제 조금만 더 가면 된다. 지금까지 이동한 거리를 생각하면 이미 도착한 거나 마찬가지다. 드디어 새로운 사람을 만난다는 것이 어떤 것인지 느낄 수 있다는 생각에 아지사이는 기대에 부풀었다.

*

"이 자리에 함께하지 못한 두 명의 동료들을 추억하며."

선장 장미가 술잔을 들어 올리며 말했다. 데스크 룸의 둥그런 테이블에 둘러앉은 다른 다섯 명도 술잔을 들어 올렸다. 술잔에 태양 빛이 굴절되어 장미의 얼굴에 닿았다. 장미는 팔을 내리고 술잔을 기울였다.

"우린 취하지도 않는데 술은 왜 마시는 건지."

엔지니어 리아트리스는 입도 닿지 않은 술잔을 내려 놓고 손가락 끝으로 밀어 떨어뜨려 놓았다. 가늘고 긴 왼손 가운뎃손가락에는 위진시앙이라는 빨간 글씨가 선명하게 새겨져 있었다.

"이런 문화가 우리를 그나마 인간답게 유지해 주니까. 겉멋에 불과하지만."

우주생물학자 데이지는 자신의 잔을 깨끗이 비운 다

음, 리아트리스의 잔도 자기 앞에 가져와 조금씩 홀짝였다. 그걸 본 물리학자 레몬은 반쯤 남긴 자기 잔을 데이지 앞에 가져다 놓았다. 데이지는 윙크를 하며 기쁘게 받아들였다.

"아지사이, 지구에서 연락은?"

장미가 빈 술잔을 이번엔 물로 채우며 물었다.

"아직 아무 반응도 없어요. 이쪽에서 계속 신호는 보내고 있지만."
"달에 설치한 백업 시설은?"

아지사이는 고개를 저었다. 레몬의 잔도 비운 데이지가 자리에서 일어나 말했다.

"잠깐, 백업 시설하고도 연락이 안 되면 위험한 거 아닌가요? 지구 녀석들이야 500년이나 지났으니 우리가 싫어졌을 수 있지만, 달에 있는 건 건들지 못하게 했잖아요."
"달의 백업 시설에도 문제가 있다는 건 지구의 후손들이 아주 작정을 하고 우릴 거부하고 있는 건가요?"

레몬도 무거운 얼굴을 하며 대화에 끼어들었다. 아지사이는 그저 통신 상태의 문제라고 생각하고 있었기에 데이지와 레몬의 의심에 잠시 당황했다. 장미가 아지사이의 표정을 살피더니 차분한 목소리로 말했다.

"아직 모르는 일이야. 일단 지구에 접근해야겠지."
"정말 그들이 우릴 거부한다면?"

리아트리스가 자리에 앉은 채 물었다.

"500년이면 충분히 긴 시간이야. 그사이 무슨 일이 일어났는지 알 수 없지. 생각해 봐. 혹시나 이상한 종교나 반지성주의가 퍼져서 인류가 퇴화했다면. 우주의 중심으로 떠났던 거대 우주선이 500년 만에 돌아온다는 걸 알면 까무러치지 않을까?"

"그럴 가능성도 고려해서 달에 독립적인 착륙 시설을 준비해 둔 거죠."

리아트리스는 아지사이의 반론이 의미 없다는 듯 고개를 저었다.

"달의 시설과도 연결이 안 된다면서. 그 시설은 수소폭탄을 코앞에서 터뜨려도 견딜 수 있게 만들었잖아. 거기에 문제가 생겼다는 건, 레몬 말대로 지구인들이 아주 작정을 하고 있다는 뜻일 수 있어."

"리아트리스, 우리도 지구인이야."

레몬이 리아트리스를 향해 돌아서며 말했다. 리아트리스는 레몬을 돌아보지도 않고 대답했다.

"우린 500년을 우주 공간에서 보냈어, 레몬. 우린 이제 지구인이 아니야."

"경험한 삶의 시간으로만 따지면 우리가 지구를 떠난 이후로 30년도 채 지나지 않았어."

"30년을 지구에서 살고 우주에서 30년을 살았는데 우린 여전히 30대 초반의 몸이지. 포모나가 우릴 철저히 관리해 준 덕분에. 500년을 우주 공간에서 보냈는데 살아온 세월은 60년이고 겉으로 보기엔 30대. 이게 어딜 봐서 지구인다운 삶이라는 거야?"

"그래서, 무슨 말을 하고 싶은 거지? 지구로 돌아가

지 말자는 건가?"

레몬이 리아트리스를 노려보며 물었다.

"아니. 지구로 가야지. 그들이 반기든 반기지 않든. 그리고 무슨 일이 일어날지 보자고."

리아트리스가 자리에서 일어나 벽을 바라보며 심호흡을 했다. 그 모습을 본 포모나가 다가가 리아트리스의 어깨에 손을 얹었다.

"리아트리스, 상태가 안 좋아 보여요. 1분 정도 자고 일어나는 건 어때요? 그럼…"

포모나의 말이 끝나기도 전에 리아트리스가 포모나의 팔을 거칠게 내쳤다.

"다시는 날 재울 생각하지 마, 이 플라스틱 살덩어리."

리아트리스는 포모나를 잠시 노려보고는 테이블 반대편의 창가로 걸어갔다.

"위진시앙이 떠난 이후로는 계속 저러네."

레몬이 조그만 목소리로 말했다. 위진시앙은 베르티아의 초광속 통신사였다.

"위진시앙 덕분에 겨우 견디고 있었으니까. 그런데 위진시앙이 지구까지 가 달라는 말을 남기고 죽었으니 정말 꾸역꾸역 살아가고 있을 거야."

데이지가 술잔을 다시 채우며 말했다.

"아지사이, 지구까진 얼마나 남았지?"

잠시 넋을 놓고 있던 아지사이가 장미의 물음에 화들짝 놀라며 대답했다.

　"지금 속도로 가면 48시간 이내에 도착할 겁니다."

　아지사이는 피곤했다. 간만에 데스크 룸에 모두가 모였는데 어째 분위기가 전혀 좋지 않았다. 지구와는 왜 연락이 되지 않는지, 달 시설에는 도대체 무슨 일이 발생한 건지. 무엇보다 자신이 실질적으로 60살이 넘었다는 것이 믿기지 않았다. 성장한 느낌도 없고 철이 든 것 같지도 않았다. 리아트리스의 말처럼, 자신은 인간과는 다른 존재가 되어 가는 걸까. 아지사이는 그런 생각을 하며 얼른 지구에 도착하기를 바랐다.

*

　"세상에, 도대체 무슨 일이 있었던 거지?"

　데이지가 두 손으로 머리카락을 부여잡으며 말했다. 레몬은 충격에 빠진 듯 말없이 주저앉았다. 리아트리스는 놀란 얼굴이었지만 몸을 움직이지는 않았다. 장미는 침착하게 눈앞의 광경을 살피고 있었다. 아지사이는 고개를 돌려 잠시 심호흡을 하고 다시 바깥을 바라봤다. 지구는 짙은 회색 구름에 뒤덮여 있었고 얇고 거대한 은색 고리가 지구를 둘러싸고 있었다. 그리고 달은 없었다.

　"… 달이 충돌한 건가요?"

　아지사이는 말도 안 되는 소리라고 생각하면서도 그 말을 할 수밖에 없었다. 장미가 아지사이의 어깨에 손을 얹었다.

"저 고리의 성분을 분석해 보면 알겠지. 달이 가루가
된 거라면 백업 시설과 연결이 안 된 이유도 이해가
가는군."
"지구에는… 누가 살아남아 있을까요?"
"찾아보자고."

장미는 아지사이의 어깨를 가볍게 두드리고는 포모
나에게 가서 조용히 몇 가지 질문을 했다. 아지사이는
귀를 기울여 봤지만 아무것도 듣지 못했다. 무슨 이야
기를 하는 걸까. 포모나는 아마 탐사원들이 이 충격을
견딜 수 있을지 걱정하고 있을 것이다. 그게 포모나의
일이니까. 선장은 누구라도 조금만 불안해하면 바로
잠재워 버리는 포모나를 설득하고 있을 테고.

*

"일단 표면적인 재앙에 대해 말씀드리죠."

레몬이 데스크 룸의 커다란 스크린에 지구와 달의
모습을 띄우며 말했다. 모두가 알고 있는 과거의 모습
이었다.

"달이 지구에 충돌한 게 맞아요. 엄밀히 말하면 달이
모종의 이유로 지구에 접근하기 시작했고 그 도중
에 수십만 개의 조각으로 갈라졌어요. 흥미로운
건…"

레몬이 말을 잠시 멈췄다. 아지사이는 '흥미로운'이
라는 단어가 문제였다고 생각했다.

♣ 로슈 한계(Roche limit) 위성이 모행성에 접근할 수 있는 한계 거리. 이 안쪽으로 위성이 접근할 경우 모행성의 기조력
(조석 간만을 일으키는 힘)에 의해 해당 위성은 파괴된다.

"주목할 부분은 달이 로슈 한계♣에 도달하기 한참 전에 파괴되었다는 겁니다. 달의 로슈 한계는 지구에서 1만에서 2만km 정도 떨어진 곳인데, 지금 보이는 고리의 위치를 토대로 추정해 보면 달이 파괴된 건 지구로부터 10만km 떨어졌을 때예요."

"그렇다면…"

데이지가 중얼거렸다. 레몬은 데이지와 눈을 맞추며 말을 이었다.

"외력이 있었다는 겁니다. 중력이 아닌 다른 어떤 힘이 달을 파괴했어요. 그리고 아마 달을 지구에 떨어뜨린 것도 그 힘과 관련 있겠죠."

리아트리스가 조그맣게 욕설을 뱉었다. 아지사이는 분위기를 살폈지만 아무도 신경 쓰고 있지 않아 다시 레몬에게 집중했다.

"그리고 레이더로 지구 표면을 살펴보니 지름이 1000km가 넘는 운석공(孔)이 여럿 있었어요. 아마 커다란 파편이 떨어진 거겠죠. 그것들이 한 방향으로 계속 충돌하면서 지구의 자전을 가속시켰을 거예요. 덕분에 지금 지구의 하루는 여섯 시간이 안 돼요. 덕분에 상상을 초월하는 폭풍이 이어졌고… 바다에 떨어진 운석들 때문에 해저에 녹아 있던 어마어마한 메탄이 방출된 거 같아요. 그 결과, 지금의 모습이 된 거죠. 적도에선 초속 180m의 폭풍이 불고 온실효과 때문에 표면 온도는 90도가 넘어요. 그러니까…"

레몬은 잠시 뜸을 들였다. 소리 없이 말을 더듬더니 심호흡을 한 번 하고 말했다.

"그러니까 적어도 지상에 살아남은 인간이 있을 가능성은 적어요."

"지하나 해저에 남아 있을 가능성은?"

장미가 물었다.

"바다는 거의 증발한 거 같아요. 해수면 온도가 올라가고 강풍이 불면서 증발량은 많아지고 수증기는 온실효과를 더 가속했고. 지금은 드문드문 호수 규모로만 남아 있기 때문에 거기서 살아남기는 힘들어요. 지하는 아직 알 수 없지만, 글쎄요. 지구 전역에 달의 파편이 떨어졌는데 지하에 인구 수용 시설을 만들 여유가 있었을 거 같지는 않아요."

"데이지, 지하에 누군가 있다면 확인할 방법이 있을까?"

"지하에 어떤 생태계를 꾸몄는지에 따라 달라요. 완벽하게 순환되는 시스템을 만들었다면 바깥에서 알기 어렵겠죠. 하지만 쓰레기 따위를 배출하거나 외부에서 채집하는 자원이 있다면 흔적을 발견할 수 있을 겁니다. 조사를 해 보죠. 하지만 구름이 너무 두꺼워서 쉽지는 않을 거예요."

데이지가 종이 위에 메모를 시작했다. 짧은 시간에 건설 가능한 지하 거주 시설에 대한 가설을 세우고 있었다.

"리아트리스, 만약 지구에 생존자가 있다면 우리가 구할 방법은? 착륙은 가능할까?"

"어려워요. 베르티아는 착륙을 전제로 설계되지 않았으니까요. 그런 기능이 있다고 해도 지금 같은 환경에서는 어림도 없어요."

"아지사이, 의견은?"

아지사이는 준비하고 있던 대답을 했다.

"리아트리스의 의견에 동의해요. 베르티아 같은 맨
하탄급 비행체가 지상관제의 도움 없이 비상착륙하
는 건 불가능에 가까워요."
"그렇군."

장미가 턱을 쓰다듬었다. 아지사이는 장미가 이미 충
분히 알고 있는 걸 물었다고 생각했다. 아무리 당연해
보이는 일이라도 담당자에게 다시 확인하는 것이 베르
티아 선장의 원칙이었다. 모두가 지구의 처참한 광경을
보며 억지로 자기 할 일을 해내고 있었지만, 선장 장미
는 평소와 조금도 다른 점이 없었다. 하지만 드러내고
있지 않을 뿐, 내적 동요는 분명 있을 거라고 아지사이
는 생각했다. 지구의 문화를 가장 사랑한 게 장미였으
니까. 내가 우주 공간에서 다시 500년을 보내더라도
선장처럼 되지는 못할 거야. 아지사이는 그렇게 생각하
며 선장을 바라봤다.

"그럼 데이지는 지하 거주 시설의 흔적을 찾아 봐. 지
구 밖으로 탈출했을 가능성도 생각해 보고. 레몬은
달이 추락하고 분해될 수 있는 시나리오를 정리하고
그 외에 우리가 모르는 사건이 있었는지도 조사해
줘. 리아트리스, 지상에 남아 있는 시설에 연결할 방
법을 찾아. 어딘가 분명 기록이 남아 있을 거야. 우리
가 떠난 이후에 일어난 일들을 알아보자고. 또 베르
티아 시설 중에 구조선으로 개조할 수 있는 게 있는
지 알아봐 줘. 그리고, 아지사이."

장미가 자기만 따로 부른 것 같은 느낌에 아지사이는 잠시 긴장했다.

"베르티아가 착륙할 수 있는 후보지를 골라 둬. 중력이 약한 곳이라면 가능할지도 몰라. 가급적 가까운 곳으로. 생존자들이 초광속 비행을 견디기는 어려울 거야. 태양계 어딘가가 가장 좋아."

선장은 이미 지구를 포기했구나, 아지사이는 침을 삼켰다. 짧은 정적이 이어진 뒤, 포모나가 데스크 룸으로 들어왔다.

"여러분, 정기 점검 시간입니다. 한 사람씩 제 방으로 들어오세요. 들어오기 전에 모두 진정제 한 알씩 먹는 거 잊지 말고."

깨어 있는 동안 한 시간에 한 번씩 이루어지는 포모나의 정기 검진은 1초라도 늦는 법이 없었다. 그리고 모든 일이 신기할 만큼 그 시간에 맞춰서 타이밍 좋게 정리가 되었다. 선장은 이런 것까지 생각해서 일을 굴리고 있는 걸지도 모른다고 아지사이는 생각했다.

*

"난 포모나를 못 믿겠어."

리아트리스가 말했다. 아지사이는 주변을 둘러봤다. 데스크 룸엔 리아트리스와 아지사이 둘뿐이었다. 모두 언제 사라진 거지? 아지사이는 고개를 갸우뚱했다.

"너한테 말한 거야, 항해사."
"아, 그렇군요."

리아트리스가 아지사이에게 말을 거는 건 드문 일이었다. 애초에 선장을 제외하고는 아지사이와 개인적인 대화를 하는 사람이 많지 않았다. 다들 탐사와 관련된 일을 담당하지만 아지사이는 유일하게 베르티아의 운항만을 담당하니까. 우주의 중심에서 모두 정보 수집에 열중하고 있을 때 아지사이는 혼자 수면 상태였다. 심지어 포모나도 깨어 있었는데. 아지사이는 베르티아에서 자기가 가장 소외된 존재라고 생각했다.

"포모나를 못 믿겠다니, 무슨 말이죠?"

아지사이는 최대한 평상심을 유지하며 되물었다.

"그 망할 안드로이드 말이야. 최첨단 안드로이드라는 녀석이 할 줄 아는 일이 우리 건강 체크밖에 없다는 게 이상하지 않아? 우리한테 커피 한 잔도 날라 주지 않는다고."

맞는 말이었다. 포모나는 자기 임무만 철저히 수행했고 그 임무는 대원들의 건강 관리였다. 정신 상태를 점검하고 피로가 누적되면 수면을 권한다. 말을 듣지 않으면 강제로 잠들게 만들 때도 있다. 정기적으로 체내 노폐물을 제거하고 노화가 진행된 부분이 있으면 재생 시술을 해 준다. 덕분에 대원들의 건강 상태는 언제나 최상으로 유지되었다. 하지만 그 외의 일은 절대 하지 않았다. 탐사선 바깥에서 일어나는 일에도 관심이 없었다. 지금 눈앞에 펼쳐진 지구의 참상 역시 안중에도 없을 게 분명했다.

"하지만 그게 포모나의 일이니까요."

"그게 이상하다는 거야. 애초에 우리 임무 자체가 이

상해. 500년이나 지난 뒤에 하는 말이지만."

체감상으로는 30년이지. 그래도 길구나. 아지사이는 농담이라도 들은 듯 가볍게 웃었다. 리아트리스가 아지사이를 바라보며 말을 이어 나갔다.

"우리를 우주의 중심에 보낸 이유가 뭘까? 어떤 미친 새끼가 500년 뒤에나 돌아올 탐사대를 보내겠냐고. 아무리 먼 미래를 바라보는 천재들이 있었다고 해도 이게 얼마나 무의미한 짓인지 몰랐을 리가 없잖아. 정말 순수한 탐사를 위해서였을까? 아닐 거야. 포모나는 우리에게 거짓말을 하고 있는 게 분명해."

아지사이는 리아트리스의 심리에 문제가 생겼다고 판단했다. 충분히 있을 수 있는 일이었다. 아무리 정신적으로 건강한 사람이었다고 해도 수십 년을 우주에서 보내고 돌아오자마자 지옥이 되어 버린 지구를 봤으니. 리아트리스에게는 치료가 필요해, 아지사이는 나중에 포모나에게 얘기해야겠다고 생각했다.

"항해사, 잘 생각해 봐. 우리가 우주의 중심에서 뭘 봤을까? 도대체 무엇을 보기 위해 보내진 걸까?"
"알잖아요. 전 우주의 중심에 있을 땐 잠들어 있었어요."
"그게 더 이상하지 않아? 너도 엄연한 우리 일원인데 가장 중요한 임무가 진행될 때 잠들어 있었다니. 정작 건강 관리 안드로이드 포모나는 깨어 있었는데."
"그야 그게 포모나의 일…"

리아트리스의 얼굴이 갑자기 아지사이에게 다가왔

다. 낮고 조용한 목소리로 리아트리스가 말했다.

"재밌는 거 알려 줄까? 우리 중 누구도 우주의 중심에서 뭘 봤는지 몰라. 심지어 장미 선장도."

*

"아직 별다른 흔적은 찾지 못했어요."

데이지가 지구의 지도를 화면 위에 띄우며 말했다.

"초기 생존자들이 만든 임시 피난처 같은 건 몇 개 있었는데 이미 거의 파괴된 뒤였어요. 끊임없이 이어지는 폭풍을 견디지 못한 거 같아요. 그리고 레몬이 알아본 결과, 달이 추락한 시기는 지금으로부터 150년 정도 전이에요. 그리고 매우 짧은 기간 동안 이루어진 일이라고 하더군요. 달이 궤도를 이탈하고 분해돼서 파편이 지구에 추락하기까지 걸린 기간이 길어야 1주라고 하는데… 그 정도 기간에 150년 이상을 견딜 수 있는 피난처를 만들 수는 없어요. 제가 아는 범위 안에선. 예전에 건설해 둔 시설이 있다면 또 모를까."

레몬이 화면 앞으로 나서자 데이지가 자리를 양보하며 물러났다. 레몬은 지구의 고리 사진과 몇 개의 그래프로 화면을 바꾸고 설명했다.

"지금 고리를 이루고 있는 암석 중에서 지구에 추락했다가 다른 운석이 떨어질 때의 충격 때문에 다시 지구 바깥으로 튕겨 나온 녀석들이 있었어요. 그중에 달의 맨틀이었던 부분도 있어서 표면과 단면을 분석해 봤더니 우주 방사선에 노출된 다음, 그러니까 달이 분해돼서 맨틀 부분이 우주 공간에 노출되고 나서 짧게는 다섯 시간 만에 대기권에서 불탔어요. 늦어도 3일 뒤에는 지구에 떨어졌어요. 최소한 샘플의 경우에는."

"그게 가능해?"

장미가 물었다. 레몬은 잠시 고민하고 대답했다.

"정말 어마어마한 충격이 있었다면 불가능하진 않을 거 같아요. 무겁고 큰 파편들, 지구에 치명타를 입혔던 것들이 떨어지기까지는 좀 더 시간이 걸렸을지도 몰라요. 어쨌거나, 데이지 말처럼 대규모 인원을 장기 수용할 수 있는 시설을 만들 시간은 없었을 것 같네요. 그리고 조사 중에 사건의 원흉을 밝힐 수 있을지도 모르는 실마리를 찾았어요."

레몬이 다시 화면을 바꿨다. 고리를 확대한 사진이었다. 못생긴 감자 같은 암석들 사이에서 날카로운 모서리를 가진 밝은 물체를 발견한 아지사이는 눈을 크게 뜨고 자세히 살폈다.

"저건 인공물이겠죠?"

아지사이의 물음에 레몬이 고개를 끄덕였다.

"가속기의 일부예요. 구조를 보니 달의 중력을 기준으로 설계된 거 같더군요. 곡률을 봐선 가속기의 반경은 450km 정도였던 듯하고. 저기서 반물질을 만들었던 거 같은데, 그 과정에서 사고가 터졌을 가능성이 있어요."

"달을 파괴할 만큼의 반물질 유출이라도 있었던 거야?"

"원래 달이 있던 궤도에도 파편이 제법 있었어요. 걔들을 분석해 보니 어마어마한 양의 감마선에 노출됐더군요. 그리고 지구의 고리에서도 감마선에 노출된 흔적이 나와요. 모두 대량의 반물질이 반응한 흔적이에요. 정확한 양은 알 수 없지만, 반물질은 수백에서 수만kg 정도가 만들어졌고 두 번에 걸쳐 폭발이 일어났어요."

"두 번이라고?"

리아트리스가 물었다.

"한 번은 달을 궤도에서 이탈시켰고 다른 한 번은 달을 파괴했죠. 공교롭게도 두 폭발 모두 지구에 가장 큰 피해를 줄 만한 위치에서 일어난 거였고."

레몬이 호흡을 가다듬으며 잠시 공백을 넣고 말을 이었다.

"폭발의 위치나 반물질의 양 모두 처음부터 한 가지 목적을 위해 계산된 것처럼 보여요. 전 지구의 초토화. 이건 의도적으로 일어난 일이에요. 사고일 가능성은 적어요. 누군가가 일부러 인류를 멸망시킨 게 틀림없어요."

아지사이는 초토화된 지구를 처음 봤을 때만큼의 충격을 받은 이가 자신뿐만이 아니라고 믿었다. 다른 이들의 표정이 그걸 증명했다. 예외는 장미와 포모나였다. 아지사이는 장미의 표정이 잠깐 굳었다가 금세 평소대로 돌아오는 순간을 놓치지 않았다. 포모나는 애초에 레몬의 말에 관심도 없었고 그저 모두의 건강 상태를 보여 주는 태블릿 단말기를 유심히 바라볼 뿐이었다.

"내 차례군."

리아트리스가 나섰다.

"적어도 100년 이상은 돌풍이 이어지고 있다 보니 제대로 남아 있는 통신 시설이 없더군요. 있다고 해도 전력 공급이 안 되니 작동할 가능성도 없고. 애초에 도시 대부분이 흙먼지에 묻혀 버렸으니 여기서 뭔가를 알아내기는 어렵습니다. 그래서 예비용 부속을 써서 로버를 다섯 대 만들었어요. 도시의 흔적이 남은 곳으로 보냈죠. 바람이 너무 세서 착륙시키기가 쉽지 않았어요. 한 대는 도중에 실종됐고, 두 대는 추락했어요. 다른 두 대는 어떻게든 착륙했고."

화면에 붉은 모래사막처럼 보이는 풍경이 나타났다. 지평선에는 희미한 그림자 몇 개가 수직으로 솟아 있었다.

"한 대는 대학 캠퍼스로 생각되는 곳에 착륙했습니다. 우리가 아는 대학의 모습은 아니지만. 아무튼, 일단 대학이니 도서관이 있을 테고 거기 컴퓨터의 파편이라도 남아 있다면 뭔가 알 수 있을 거라 생각했죠. 찾아보니 누가 쓰던 컴퓨터 한 대가 남아 있더군요. 로버의 배터리로 전력을 공급하면서 자료를 복구해 이쪽으로 전송시켰어요. 그리고 이게 거기서 건진 지난 350년의 역사입니다."

화면 위로 기다란 시간축과 복잡한 사건 목록이 나타났다. 같은 자료가 각자의 테이블 위에도 표시되었고 사건 이름을 누르면 더 자세한 자료들이 표시되었다. 모두가 잠시 자료를 묵묵히 읽어 나갔다.

"재난이 일어나기 전의 마지막 50년 사이에는 기록의 빈도가 급격히 떨어졌어요. 충돌 10년 전부터는 거의 없는 거나 마찬가지고. 충돌이 일어나기 2년 전에 갑자기 가속기 건설을 시작했다는 게 사실상 마지막 기록이에요."

"우리 이야기는 출발 5년 만에 사라지네. 너무해."

레몬이 아쉬움이 잔뜩 담긴 표정으로 테이블 위의 자료를 닫으며 말했다.

"500년 뒤에나 돌아오는 사람들한테 관심을 가지는 게 낭비지. 손바닥 위에서 200억 명의 사사로운 일상을 실시간으로 지켜볼 수 있는데 우리 따위에 관심을 가질 리도 없고."

리아트리스가 담담하게 말했다. 아지사이는 데이지와 레몬의 말에 동의하면서도 자료에서 쉽게 눈을 떼지 못했다. 베르티아가 지구를 떠난 뒤 350년이 지났을 때 지구는 폐허가 되었다. 350년은 짧지 않은 시간이었다. 사회가 충분히 변화하고도 남을 정도였다. 하지만 개인과 개인을 잇는 연결이 더 촘촘하고 복잡해져 가는 것 말고는 커다란 진전이 보이지 않았다. 대신 어떤 패턴이 보였다.

"철없는 아이 같아요."

아지사이가 말했다.

"뭐?"

리아트리스가 되물었다. 아지사이는 리아트리스 옆에 있던 큰 화면의 자료를 가리키며 말을 이었다.

"역사적 사건들을 몇 가지 종류로 나눠 보면… 크고 작은 전쟁이나 국가 간의 외교적 분쟁 같은 일은 부정적인 사건으로 두고 평화 협정이나 경제 부흥 같은 걸 긍정적인 사건으로 두면요. 국소적인 차이는 있지만 전반적으로 긍정적인 기간과 부정적인 기간이 번갈아 나타나요."

"그거야 당연한 거 아니야? 그게 역사잖아."

레몬이 따분한 얼굴로 말했다.

"그렇기는 한데… 잠깐만요, 우리가 출발한 직후의 역사부터 보죠."

아지사이가 테이블을 몇 번 두드리자 500년 전의 역사축도 나타났다.

"우리가 출발할 땐, 굳이 말하자면 전 세계가 행복하던 시기였어요. 각국에서 태양계 곳곳을 탐사했고 호기심이 넘쳤었죠. 베르티아도 아마 그 덕분에 만들어질 수 있었을 거예요. 우리가 출발한 직후까지는 이 분위기가 유지됐어요. 그러다가 시간이 지나면서 조금씩 무거운 사건이 일어나기 시작해요. 여기저기서 작은 전쟁도 발생하고 경제 공황도 생기고. 그럴 때마다 전 세계적으로 우울증이 퍼지는 현상이 반복되고 있죠. 그런 경향이 일시적으로 사라진 게… 완벽한 가상 현실 기술이 구현되었을 때예요. 예를 들어 영화 산업은 스크린에서 가상 현실로 옮겨 간 거 같네요. 아무튼 저 기술이 마치 우울증약이라도 된 것처럼 이후 30년 정도는 우울증의 대규모 유행이 없어요."

아지사이는 다른 사람들의 표정을 살폈다. 다행히 어느 정도 흥미는 끌고 있었다.

"대신 사회 자체의 활력이 줄었죠. 아마 사람들이 가상 현실에서 너무 많은 시간을 보내면서 현실에 대한 영향력을 잃어 간 거 같아요. 그리고 가상 현실 기술 활용에 제한이 걸리는데… 이후로 다시 이런저런 문제가 생기기 시작해요. 잘 버티는 공동체가 있는 반면에 거의 분쟁 지역이 되는 곳도 있고. 가상 현실 없이는 사회 자체가 돌아가지 않는 곳도 있어요. 그렇게 국제적 문제도 발생하기 시작하고… 예전만큼은 아니지만 여기저기서 우울증의 대규모 유행도 다시 일어나요. 그러다가… 이번엔 마인드 업로딩이 등장하더니… 조금 다르긴 하지만 결국 비슷한 일이 반복돼요."

"그게 왜 아이 같다는 건데?"

리아트리스는 비꼬는 듯한 말투로 말했지만, 표정은 사뭇 진지했다.

"마치 어떤 과자나 장난감, 심하게는 약물 따위에 중독된 듯한 것처럼 보였어요."

"누가?"

"인류 전체."

리아트리스의 물음에 장미가 대신 대답했다.

"마치 절제하지 못하는 아이의 뇌를 보는 것 같다는 거군."

"네. 처음으로 무언가에 중독되기 시작한."

"하지만 그런 식으로 해석한다면 뭐든 이 상황의 원인으로 지목할 수 있을 것 같아. 결정적인 근거가 부족해."

장미가 화면 앞으로 나왔다. 그러자 리아트리스가 장미를 바라보며 천천히 말했다.

"루나리아가 있었다면 뭔가 더 알아낼 수 있었을지도 모르죠."

루나리아는 베르티아의 심리학자였다. 아지사이는 루나리아의 마지막 순간을 떠올렸다. 우주의 중심에서 출발해 아지사이가 상대론적 가속을 준비하고 있을 때, 루나리아가 갑자기 돌변했다. 다른 대원의 정신에 침투해 기억을 뒤지고 정보를 섞어 놓기도 했다. 루나리아는 아지사이에게 지구로 돌아가서는 안 된다고 소리치며 가속을 멈추라고 했다. 거부당한 루나리아는 아지사이를 제압해 권한을 빼앗으려고 했다. 포모나는 어째서인지 루나리아를 강제로 재울 수가 없었고, 결국 루나리아를 격리했다. 아지사이는 다행히 큰 피해를 입지 않았지만, 초광속 통신을 담당하던 위진시앙은 그때 심각한 정신 오염을 겪고 마지막까지 회복하지 못했다. 아지사이는 그때를 생각하면 언제나 묘한 두려움을 느꼈다.

"포모나가 루나리아의 자살을 내버려 두지만 않았다면."

리아트리스는 포모나를 노려보며 말했다. 루나리아는 격리 직후 스스로를 불태워 버렸다. 어떻게 불을 지

"베르티아에 무슨 일이 있을 땐, 나보다는 항해사인 아지사이가 더 중요해지니까. 선장이 말한 것처럼, 베르티아의 마지막이자 다음 목적지는 너한테 달려 있고."

레몬과 리아트리사가 데스크 룸으로 들어왔다. 곧이어 장미와 포모나가 들어왔고, 포모나는 조용히 문을 닫았다. 데이지는 아지사이보다 먼저 자기 자리에 가서 앉았다.

*

다시 데이지가 화면 앞에 섰다.

"아지사이의 의견을 토대로 인류의 연결망 전체를 유사 의식으로 해석해 봤어요. 인간과 인공지능 하나 하나가 고성능 뉴런이고 그들을 이어 주는 연결이 시냅스라고 생각한 거죠. 그렇게 지구를 뒤덮은 연결망 전체를 하나의 뇌라고 보는 겁니다. 지구에만 한정되는 아이디어는 아니고요. 우주 망원경이나 태양계 탐사선은 뇌에 연결된 눈과 손가락이 되는 셈이죠."

수많은 붉은 선으로 복잡하게 뒤덮인 지구가 화면에 나타났다. 몇 개의 선은 지구 밖의 점과 연결되어 있었고 점 아래에는 망원경과 탐사선의 이름이 적혀 있었다.

"일단 이 유사 의식의 이름을 핀이라고 지었어요. 행성 신경망(Planetary Neural Network), 영문 약자 PNN을 그렇게 읽은 것이고요."
"가이아가 더 그럴싸하지 않아?"

레몬의 말에 데이지가 손가락을 저었다.

"가이아는 말하자면 지구의 자연을 하나의 개체로 보는 개념이니까. 조금 다를 거 같아서."

레몬은 수긍한 듯 팔짱을 꼈다.

"재앙이 발생하기 전 50년 동안, 핀은 몇 가지 장애를 겪었어요. 일단 수면 장애가 있겠군요. 그전까지 핀의 뇌 활동량은 밤이 되면 줄었어요. 물론 많은 데이터 전송이 이루어지기는 했지만, 소프트웨어 업데이트나 백업 같은 걸 제외하면 대개는 비생산적인 활동을 했죠. 뉴런들은 밤에 단순 오락이나 포르노, 업데이트 따위로 스트레스를 해소했어요. 그런데 어느 순간부터 밤 영역에서도 활동량이 늘더군요. 대신 생산성은 전혀 늘지 않았어요. 노래하는 고양이 홀로그램을 주고받는 것처럼 무의미한 연결과 데이터 전송만 수없이 반복되었죠. 마치 불면증에 빠진 것 같았어요.

그런 상황이 10년 정도 진행되더니 이젠 밤낮 가리지 않고 그런 상태가 되었어요. 무기력에 빠진 거죠. 그러고 나서는 인지 기능 저하가 일어나더군요. 우주 망원경이 화성에 거대한 운석이 충돌하는 광경을 생생하게 포착했는데도 아무런 반응이 없었어요. 불면증을 겪기 전에는 화성이 접근만 해도 흥분했었는데 말이죠. 우주탐사에 대한 의욕도 사라졌어요. 매년 로켓을 쏘아 올리던 발사 시설도 모두 폐쇄됐죠. 따라서 이후에 우주로 탈출했을 가능성도 적어요."

"행성이 우울증에라도 걸렸다는 얘기로 들리네."

레몬이 말했다.

"뭐, 핀의 존재를 받아들인다면 틀린 말도 아니지."

리아트리스의 말에 데이지가 고개를 끄덕이며 말을 이어 나갔다.

"핀의 존재 자체가 사실 억측이기는 하지만, 여기서부터는 더 지나친 억측일지도 몰라요. 하지만 흥미로우니 일단 얘기하죠. 재앙 30년 전부터 연결망에 대한 반감을 품은 문화가 조금씩 늘어났어요. 하지만 이미 모든 게 연결망에 의존하고 있다 보니 완전히 버릴 수는 없었죠. 대신 사용을 통제한 겁니다. 결과적으로 정보 전달 효율이 떨어지기 시작했어요. 정말 필요한 실무 정보가 아니고서는 거의 전달되지 않았어요. 이 반(反)연결망 문화는 핀에게 있어서… 비유하자면 세로토닌의 감소와 비슷해요. 뇌의 감정 조절을 담당하는 신경전달물질이 줄어든 거죠. 세로토닌 감소는 불안이나 우울증의 원인이 되기도 해요."

데이지는 모두의 시선을 살피며 조심스럽게 말했다.

"그렇게 반연결망 문화가 퍼지면서 따라온 게 반지성주의였어요. 핀의 뉴런들이 지성을 거부하기 시작한 거죠. 아이러니하게도 이 반지성주의는 국소적인 연결망에서 정보 과잉을 불러왔어요. 폐쇄적인 커뮤니티 같은 곳에서 급격하게 정보 흐름이 늘어나더군요. 그 안에서 떠도는 정보는 오류투성이였고 그 반작용으로 주변의 연결망들이 비활성화되거나 아예 끊어져 버렸죠.
우리 뇌에도 이와 비슷한 일을 하는 물질이 있더군요.

퀴놀린산이라는 건데, 신경 홍분독의 일종이에요. 퀴놀린산이 과다 분비되면 뇌세포가 손상되는 거죠. 우연의 일치일 수도 있지만, 세로토닌 감소의 결과 중 하나가 퀴놀린산의 증가예요. 핀의 뇌에서 그와 매우 비슷한 일이 일어났어요. 정보 전달 효율이 떨어지고 반지성주의라는 홍분독이 퍼진 겁니다."

잠시 침묵. 모두가 집중했다. 아지사이는 데이지가 무슨 말을 할지 궁금했다. 하지만 데이지는 고민하는 것처럼 보였다.

"데이지, 계속해."

장미가 말했다. 데이지는 목소리를 가다듬더니 다시 입을 열었다.

"인간의 뇌에서 퀴놀린산과 관련된 또 다른 증상 중 하나는…"

다시 목을 가다듬는 데이지.

"자살 충동이에요."

데이지가 다른 이들의 시선을 살폈다. 아무도 미동조차 하지 않았다.

"자살을 자주 시도하는 사람의 뇌에서는 그렇지 않은 사람보다 두 배 이상의 퀴놀린산이 분비되고 있는 경우가 많았다고 하더군요. 만약 핀의 뇌에서 퍼져 나간 반지성주의가 정말 퀴놀린산과 비슷한 작용을 한다면…"

"핀이 자살했다는 거야?"

레몬이 어이없다는 듯 물었다. 데이지는 대답하지

른 건지는 이후로도 밝혀지지 않았다. 장미는 갑자기 무거워진 분위기를 떨쳐 내듯 평소보다 큰 목소리로 말했다.

"뭐, 근거는 부족하지만 어쨌거나 흥미로운 접근이야. 어차피 기록된 건 사실의 파편일 뿐이니 그냥 들여다보기만 하면 한계가 있을 거야. 인류 사회 전체를 하나의 유사 의식으로 생각해서 접근하는 것도 보조적인 방법으로는 괜찮아 보여. 그렇게 하면 사회의 연결망 변화를 통해 좀 더 거시적인 사실도 찾을 수 있을지 몰라. 데이지, 루나리아의 기록물도 참고하면서 분석을 시도해 봐."

장미가 루나리아의 자료실을 열어 볼 수 있는 암호키를 데이지에게 넘겼다. 데이지는 리아트리스의 눈치를 살피더니 암호 키를 받았다. 장미는 그 분위기를 읽은 듯 리아트리스에게 말을 걸었다.

"다른 로버는 어디에 착륙했지?"
"남극."

리아트리스의 짧은 대답에 모두가 순간적으로 의아한 표정을 지었다. 이번엔 장미도 예외가 아니었다.

"어차피 생존자는 없을 테니 마지막 한 대는 다른 용도로 쓰기로 했죠."

화면에 지저분한 회색 배경에 검은 얼룩이 드문드문 보이는 흑백 영상이 나타났다. 한때 거대한 얼음으로 뒤덮여 있던 대륙의 현재 모습이었다.

"검은 얼룩은 호수입니다. 저기 가운데 보이는 큰 얼

룩이 보스토크호(湖)이고요. 아마 우리가 보스토크 호의 진짜 모습을 보는 최초의 사람들일 겁니다. 이 호수는 지구가 이 지경이 되기 전까진 4km 두께의 얼음 밑에 있었으니까요. 그리고 아시다시피 보스토 크에는 러시아의 정보 센터가 있었죠. 넘쳐 나는 디 지털 쓰레기들 사이에서 외교적으로 가치 있는 정 보들을 백업해 두던 곳. 대부분 외국에서 훔친 기밀 자료였고, 러시아가 손을 뗀 이후로도 인공지능이 계속 정보를 수집하고 있었다고 알고 있어요. 지금 정보 센터는 호수 아래에 잠겨 있어요. 덕분에 지옥 같은 환경에서 동떨어져 잘 보존되어 있을 가능성 이 크고. 마지막 로버는 지금 호수 아래에서 정보 센 터로 접근 중입니다."

"정보 센터에 대한 소문은 들은 적이 있어. 마지막 50년에 대한 자료를 찾기 위해서 거길 고른 거야?"

레몬이 말했다. 리아트리스는 고개를 저었다.

"뭘 찾으려고 한 거지?"

장미의 질문.

"우리가 우주의 중심에서 본 것에 대해."

리아트리스의 대답.

*

포모나의 정기 검진을 마친 아지사이는 데스크 룸 으로 돌아왔다. 다른 팀원들은 아직 돌아오지 않았다. 리아트리스가 켜 놓은 화면에는 정보 센터의 예상 위치와 그곳에 접근하는 로버의 위치가 나타나 있었다.

"우리가 본 것에 대해."

아지사이는 리아트리스의 말을 떠올렸다. 무엇을 본 걸까. 리아트리스는 왜 거기에 집착하는 걸까.

"먼저 와 있었군."

데이지였다. 데이지는 리아트리스의 화면을 슬쩍 확인하고는 자리에 앉았다.

"데이지, 우주의 중심에서 뭘 본 거죠?"
"뭐?"
"우리가 거기서 뭘 봤는지, 아무도 모른다는 게 사실인가요? 전 그때 수면 상태였으니 당연히 모르지만, 다른 사람들은 그럴 리가 없다고 생각했는데."

아지사이가 데이지의 맞은편에 앉으며 물었다.

"글쎄. 우린 각자 자기가 할 일을 했을 뿐이야. 수집한 자료를 체계적으로 정리해 두면 선장이 전체를 통합해서 위진시앙에게 부탁해 초광속 통신으로 지구에 보냈지. 우린 모두 각자의 일에 몰입할 수밖에 없었어. 우주의 중심은 우리가 알고 있는 모든 지식을 동원해도 설명하기 어려운 곳이었거든. 제정신을 유지하기 어려울 만큼. 아니, 있지도 않던 정신이 번쩍들어 머리를 흔들어 놓을 만큼."
"거기서 알게 된 게 뭐죠?"
"아무것도 몰라. 처음부터 우리가 이해할 수 있는 무엇이 아니었어. 우리 일, 베르티아의 임무는 우주의 중심에서 수집한 정보를 지구로 보내는 거였고, 그걸 분석하고 해석하는 일은 지구에서 이루어질 예정이었거든."

"리아트리스가 찾고 있는 건 그거군요. 우리가 본 것의 의미."

우주탐사선 베르티아는 우주의 중심에서 무엇을 발견했을까. 아지사이는 로버가 보내 줄 정보가 조금 더 궁금해졌다.

"우주의 중심이란 도대체 뭐였죠?"

아지사이가 물었다.

"우주의 모든 정보가 모여 있는 곳. 우주라는 거대한 홀로그램을 그려 내는 모든 것의 원천. 우리도 그렇게만 알고 있어. 우리가 수집한 것도 거기 있는 정보의 극히 일부일 뿐이야. 한 가지 목적만을 위한 수집이었지."

"무슨 목적이었죠?"

"몰라. 그건 선장만 알아. 아, 얘기가 나와서 말인데…"

데이지가 작은 메모리 카드를 아지사이에게 건넸다.

"이걸 가지고 있어. 혹시나 싶어서."

"이게 뭐죠?"

"음, 만약을 위해 비밀 대화를 할까."

데이지는 아지사이의 얼굴 옆으로 다가가 조용히 속삭였다. 데이지의 얼굴이 멀어지자 아지사이가 의아한 표정으로 물었다.

"그런데 그걸 왜 저한테?"

의 키보드를 아지사이가 두드리고 있다는 사실을 알
아챘다.

"뭘 한 거야, 항해사?"
"데이지가…"

아지사이가 침을 삼키고 다시 입을 열었다.

"데이지가 권한 해킹 코드를 제게 줬어요. 루나리아
가 위진시앙과 제 권한을 해킹하려고 할 때 썼던….
루나리아의 자료실을 뒤질 때 찾았다면서."
"포모나는 어떻게 된 거지?"

장미가 물었다.

"작동을 일시 정지시켰을 뿐이에요. 지금 다시 작동
시키면 바로… 우리 중 누군가를 재우겠죠."
"다음은 아마 나였겠지."

리아트리스가 포모나에게서 멀어지며 말했다.

"데이지와 레몬을 다시 깨울 수 있겠어?"

장미의 말에 아지사이가 다시 키보드를 두드렸다.

"가능할지는 모르겠는데… 어… 뭔가 잘못했나. 왜
재부팅이 되는… 아, 된다!"

데이지와 레몬의 몸이 조금 들썩였다. 데이지가 먼저
일어났고 뒤이어 레몬이 깨어났다.

"강제 수면을 처음 당해 본 느낌이 어때?"

리아트리스가 물었다. 데이지가 이마를 부여잡으며
대답했다.

"이런 거였군. 뒤통수에 망치를 맞은 느낌이야. 도대체 이런 기능은 왜 있는 거지?"

"초광속 비행을 하고 우주의 중심을 탐사하기 위해선 탐사원의 모든 부분을 관리해야 한다, 라는 이유였겠지."

장미가 대답했다.

"포모나는… 어떻게 하죠?"

아지사이는 여전히 키보드에서 손을 떼지 못하고 있었다.

"일단 그대로 둬. 하던 얘기를 계속하지."

장미가 다시 자리에 앉자 모두 제자리로 돌아갔다. 리아트리스는 굳어 버린 포모나의 몸을 구석으로 치워 두고 다시 화면 앞으로 다가왔다.

"얘기를 다시 시작하면… 베르티아가 우주의 중심을 출발한 직후에 보낸 방대한 양의 자료가 재난 50년 전에 지구에 도착했습니다. 자료 해석은 달에 있던 백업 시설에서 이루어졌어요. 자료 처리 시스템은 자료를 받은 즉시 해석을 시작했고 곧 베르티아 탐사의 원래 목적에 대한 대답을 내놓았어요. 그 대답은 금방 지구로 퍼져 나갔죠. 정보 센터에 남겨진 마지막 자료가 바로 그 기록의 백업이었어요."

"원래 목적이라고 하면…"

아지사이가 장미를 바라봤다. 장미는 잠시 뜸을 들이더니 입을 열었다.

"'우리는 혼자인가. 다른 지적 존재는 어디에 있는

가. 과거에는 얼마나 존재했었나, 그리고 미래에는 얼마나 존재할 수 있나.' 우주의 중심에서 우리가 수집했던 자료는 전 우주에 얼마나 많은 생명과 지성체가 있는지를 알아보기 위한 데이터였어."

"참 소박한 질문이네."

레몬이 말했다. 아지사이는 오래전 우주의 중심에 대해 들었던 설명을 떠올렸다. 우주의 중심은 모든 것이 모여드는 바다 같은 곳이고 베르티아는 그곳을 잠깐 방문한 민물고기 같은 존재. 아지사이는 아무것도 살아가지 않는 광활한 강과 바다를 떠올렸고 그 속에서 홀로 헤엄치는 자그만 물고기 한 마리를 떠올렸다. 묘한 긴장과 두려움이 느껴졌다.

"그래서 답은?"

데이지가 물었다. 리아트리스는 담담하게 대답했다.

"'우리는 혼자다. 다른 존재는 어디에도 없다. 우리는 언제나 혼자였고 앞으로도 혼자일 것이다.' 전 우주에 지적 존재뿐 아니라 생명 자체가 존재하는 곳은 지구가 유일하다는 결론이더군요. 지구 외에 다른 곳의 생명은 과거에도 없었고, 앞으로 발생할 가능성도 없고. 지구는 그저 우주적 기적의 결집체일 뿐이라는 겁니다. 지구의 생명이 사라지면 우주는 다시 텅 비어 버리게 되겠죠."

잠시 정적이 이어졌다. 침묵을 깬 건 아지사이였다.

"… 핀은 그 사실을 알았나요?"

모두의 시선이 아지사이를 향했다.

"자기가 혼자라는 사실을."

조금 더 긴 정적.

"핀이 겪은 우울증의 원인이 외로움이고 그 결과가 자살 충동으로 이어졌다고 하면 그럴듯해 보이기는 하네요."

데이지가 말했다. 뒤이어 레몬이 의아한 표정으로 말했다.

"정말 핀의 존재를 인정할 생각인가요?"
"핀의 존재를 인정한다면,"

장미가 말을 했다.

"핀이 겪은 건 우리가 상상할 수 있는 종류의 외로움이 아닐지도 모르지. 바깥에 누군가 있기는 하지만 그저 소통하지 못하는 정도의 우울함과는 전혀 달라. 핀이 느낀 건 절대적 고독일 거야. 무한에 가까운 우주 공간 안에 혼자 태어났고 앞으로도 계속 혼자라는 자각을 단순히 외로움이라는 단어로 설명하기는 어렵지 않을까 싶군."
"두려웠을 거 같아요."

아지사이는 텅 빈 강과 바다를 다시 떠올리며 말했다.

"거대한 공간 구석에서 그저 우연히 생겨난 자그만 거품일 뿐이라는 사실을 알게 된 거잖아요. 자신의 탄생을 축하해 준 과거의 존재도 없었고 자신을 기억해 줄 미래의 존재도 없어요. 생애 전체가 그저 무의미한 순간일 뿐이죠. 그 거품이 터지면… 홀로 존재하던 공간에서조차 버림받는 셈이 되고."

않고 묘한 표정을 지었다. 대신 리아트리스가 말했다.

"도서관 기록에 따르면, 달에서 반물질을 만들기 위한 가속기는 재앙 2년 전부터 건설되기 시작했어. 시설의 규모와 생산된 반물질의 양을 생각하면… 아주 짧은 기간에, 말하자면 충동적으로 만든 거야. 폐쇄했던 로켓 발사장을 다시 건설하면서까지. 지금까지 만들어진 가속기 중 가장 큰 규모인데도 무엇을 위해 건설했는지에 대한 그럴싸한 설명도 전혀 없었고. 그저 가속기를 만들어야 한다는 의지만 있지."

처음부터 가속기는 지구 초토화를 위해 건설되었고, 그게 인류의 의지였다. 그런 결론임을 아지사이는 깨달았다. 하지만 쉽게 납득할 수는 없었다.

"뭐 하러 사람들이 그런 자살행위를 해요? 멀쩡한 사람들이 스스로 멸망하기 위해 달에 초대형 가속기를 만들어 달을 추락시킬 리가 없잖아요."

아지사이의 말에 리아트리스가 약간 과장된 억양으로 말했다.

"일개 뉴런 따위가 뇌의 의지를 이해할 리가 없잖아, 항해사. 뉴런들은 그저 자기 할 일을 할 뿐이야. 데이터를 주고받는 거 말이야."

리아트리스는 자리에서 일어나 화면 앞으로 나갔다. 그리고 아지사이를 보며 다시 말했다.

"자살을 한 건 인간이 아니야. 핀이지."

"하지만… 그렇다면 그냥 처음부터 지구에 가속기를 만들어도 되잖아요? 번거롭게 달에 만든 건 왜죠?"

아지사이의 물음에 이번엔 데이지가 대답했다.

"자살은 그렇게 효율을 따져서 하는 일이 아니야. 만약 핀이 정말 유사 의식을 가지고 있었다면 핀도 무서웠겠지. 번거로운 과정은 그 두려움을 분산시켜 줬을지도 몰라. 아니면 도중에 마음을 바꿀지도 모른다는 무의식적인 희망에 일부러 시간을 끌었거나."

데이지는 잠시 허공을 응시한 뒤, 발언권을 리아트리스에게 넘겼다. 화면에는 다시 한번 남극의 모습이 나타났다. 리아트리스가 설명을 시작했다.

"고성능 뉴런 250억 개와 무한에 가까운 시냅스로 구성된 뇌를 가진 우리의 핀은 동심 어린 시간을 보내다가 어느 순간 우울증에 빠졌고 걷잡을 수 없는 자살 충동에 빠져 결국 스스로를 파괴했다. 그게 만약 사실이라면… 이 사태의 이유를 찾은 거 같군요."

화면이 비추는 장소가 달라졌다. 로버가 찍은, 물에 잠긴 정보 센터의 내부 모습이었다.

"정보 센터에 남아 있는 백업을 찾았어요. 아주 흥미롭게도, 재난 50년 전의 기록이 마지막이고, 그 기록은 우리에 대한 것이더군요."

*

"250년 전, 우리가 초광속 통신으로 보낸 자료가 도착한 시기는 재난 50년 전이었어요. 원래대로라면 훨씬 일찍 도착해야 했는데 한참이나 늦었죠. 로그를 보니 전송이 시작된 다음에 루나리아가 끼어들어 늦췄더군요."

"하지만 초광속 통신에는 위진시앙의 권한이 필요하잖아요."

아지사이의 말에 리아트리스는 돌아보지도 않고 대답했다.

"그래서 루나리아가 위진시앙을 가장 먼저 공격했지. 원래 목표는 자료 전송 자체를 막는 거였겠지만 이미 전송 중이라서 늦추기만 한 거고. 다음 공격 대상이 항해사였던 이유는 우리가 지구로 가지 못하도록 하기 위해서였겠지."

아지사이는 그 순간을 떠올리며 잠시 호흡을 멈췄다. 다시 숨을 내뱉을 때, 포모나가 끼어들었다.

"리아트리스, 많이 흥분했군요. 과도한 정보 때문에 사고에 부하가 생겼어요. 그리고 자료 해석 결과에 대해 권한 이상의 접근을 시도했군요. 잠시 수면을 취하고 다시 깨어나기를 권합니다."

"입 다물고 있어, 망할 안드로이드."

"그럴 수 없습니다. 당신이 하려고 하는 행위는 베르티아 탐사원들의 건강 유지에 위협이 될 수 있습니다. 권한을 벗어난 행위를 할 경우 당신을 강제 수면 모드로 진입시키겠습니다."

포모나가 리아트리스를 향해 빠르게 다가왔다. 리아트리스는 의자를 잡아 집어 던질 자세를 취했다. 장미가 자리에서 일어서며 말했다.

"포모나, 그만해."

"저는 베르티아에 위협이 될 수 있는 모든 요소를 관리할 의무가 있습니다."

"리아트리스에게 권한을 주겠어."

포모나의 시선이 장미에게로 옮겨 갔다.

"베르티아에 위협이 될 수 있는 권한 설정은 이루어질 수 없습니다. 당신도 상황 분석 능력에 문제가 있는 것으로 보입니다. 총괄 책임을 담당하는 장미에게 이슈가 있는 이상, 원인을 분석하고 해결책을 찾을 때까지 모두를 강제 수면 모드로 진입시키겠습니다."

포모나가 자그만 리모컨을 꺼내더니 조작하기 시작했다.

"포모나, 적당히…"

데이지가 말을 끝내지 못하고 바닥에 쓰러졌다. 리아트리스가 포모나에게 달려들어 팔을 붙잡았다. 하지만 포모나의 움직임에는 아무런 영향을 주지 못했다. 리모컨 위로 포모나의 손가락이 움직였다.

"레몬!"

리아트리스가 소리치자 레몬도 포모나에게 달려들었다. 하지만 레몬이 팔을 포모나의 목에 걸치자마자 레몬의 몸이 힘없이 늘어져 포모나의 발아래로 미끄러졌다. 포모나의 손가락이 다시 바빠졌다.

그러다가 멈췄다.

포모나의 움직임이 완전히 멈추었음을 알게 된 리아트리스는 당황한 표정을 지었다. 그리고 테이블 위

데이지가 아지사이의 말에 고개를 끄덕이고는 말했다.

"나 같으면 외로우면서도 책임감이랄까, 유일무이한 존재로서의 무게에 짓눌리지 않을까 싶어. 홀로 광활한 우주를 지켜보고 있는 처지가 되니. 만약 내가 바라보지 않는다면, 관찰자가 없다면, 저 공간은 존재하는가. 내가 바라보고 있기 때문에 존재할 수 있는 것인가. 핀이 만약 실존주의적 사고를 할 수 있었다면, 결국 자신의 존재 의미를 파고들지 않았을까. 결코 긍정적인 결론에는 도달하지 못했겠지."

"그리고 마지막에 가선 절대적 고독과 무거운 책임을 견디지 못하고 핀은 스스로를 파괴했다. 무기력한 고성능 뉴런에 불과한 인간들은 그걸 제대로 인지하지도 못하고 세상에서 사라졌다. 그런 얘기군."

장미가 말했다. 앞서보다 훨씬 더 긴 침묵이 이어졌다.

*

"포모나에게서 우릴 강제 수면시킬 권한은 제거했어요. 이제부턴 우리의 건강 상태를 알려 주는 정도로만 작동하도록. 그리고 우리가 하는 질문에는 모두 대답할 거고. 아, 간단한 심부름을 수행하는 기능도 추가했어요. 이젠 커피 좀 타 달라고 부탁할 수도 있겠죠. 완전히 새로 부팅할 예정이라서 깨어날 때까지는 2~3분 정도 걸릴 겁니다."

아지사이가 테이블의 키보드를 두드리며 데이지에게 말했다. 데이지는 포모나의 얼굴을 지켜보고 있었다. 포모나의 얼굴은 매우 섬세하게 만들어져 있었다. 아지사이는 외관만으로는 인간인 데이지와 안드로이드인 포모나 사이의 차이를 찾을 수 없었다. 데이지의 손가락이 포모나의 얼굴에 닿았을 때 아지사이가 물었다.

"살아남은 인간은 정말 아무도 없는 걸까요? 우리가 정말 마지막 남은 인간일까요?"

데이지는 대답하면서도 돌아보지는 않았다.

"지구를 한참이나 뒤졌지만 아무런 흔적도 못 찾았어."

"인간에게 베르티아를 만들 수준의 기술은 있었잖아요. 우주로 나갔을 가능성도 있지 않을까요?"

"과학과 기술은 항상 한 방향으로 나아가진 않아. 때론 거꾸로 가기도 하고. 적어도 당시의 인류에게는 베르티아를 다시 만들 기술력이 없었던 모양이야. 사실 베르티아도 정신 제대로 박힌 문명이라면 만들지 않았을 물건이지. 그리고 무엇보다 우울증에 걸린 핀이 인류의 우주 탈출을 허락하지 않았을 거야."

아지사이가 손가락으로 테이블을 한 번 두드리자, 포모나의 얼굴이 찔끔 움직였다. 데이지는 깜짝 놀라며 손가락을 내렸다. 재부팅이 시작된 듯했다. 포모나는 허리를 펴고 정면을 바라보는 자세를 취하게 되었다. 아지사이는 테이블에 나타나는 포모나의 부팅 메시지를 주의 깊게 읽었다. 포모나는 재부팅된 적이 없었기 때문에 모두 처음 보는 정보들이었다. 빠르게 지나가는 문자들 사이에서 아지사이는 묘한 데이터를 발견했다. 그게 아주 중요한 정보라는 걸 깨닫는 데는 그다지 오랜 시간이 걸리지 않았다.

"무슨 일이야?"
"로버가 찾은 도서관과 정보 센터 자료, 우리가 본 건 베르티아 출발 이후의 것들이었죠?"
"그렇지. 우리가 없는 동안 무슨 일이 있었는지 알고 싶었으니까."

아지사이의 손이 바빠졌다. 포모나의 부팅을 멈추고 로버가 수집한 자료들을 테이블 위로 불러왔다. 그리고 천천히 살폈다. 몇 개의 키워드로 검색을 하고 결과를 정리했다. 아지사이는 심호흡을 했다. 포모나가 왜 지구의 정보에 접근하는 걸 막으려고 했는지 이해할 수 있을 것 같았다. 하지만 이걸 모두와 공유해도 될까? 아지사이는 스스로의 반응을 살폈다. 의외로 침착했다. 포모나는 언제나 우리를 지나치게 보호하려고 했다. 포모나의 생각보다 베르티아 탐사원들은 잘 견뎌 낼 것이다. 아지사이는 그렇게 생각하고 목소리를 냈다.

"모두를 불러와 줘요. 중요한 얘기가 있어요."

아지사이의 진지한 목소리에 데이지는 더 묻지 않고 각자의 방에서 잠시 쉬고 있던 모두를 호출했다. 그동안 아지사이는 계속해서 키보드를 두드리며 작업을 했다. 얼마 지나지 않아 장미, 리아트리스, 마지막으로 레몬이 차례로 데스크 룸에 들어왔다. 모두 테이블에 둘러앉자, 아지사이는 자기가 보고 있던 테이블 위의 정보를 커다란 화면으로 보냈다.

"포모나의 부팅 메시지에서 이상한 부분을 찾았어요. 지금 화면에 띄운 내용은 포모나의 임무 정의문이에요. 포모나의 임무는 베르티아의 탐사 시스템 관리 및 정비라고 되어 있어요. 탐사원 관리는 원래 포모나의 일이 아니었다는 거죠."

아지사이의 말을 들은 리아트리스는 감정을 억누르는 듯 인상을 잔뜩 찡그리며 말했다.

"그러니까 그렇게 권한을 따지던 포모나가 정작 자기 임무와 전혀 무관한 일을 매우 강압적으로 해 왔다는 뜻이군. 이럴 줄 알았어. 망할 안드로이드에 문제가 있을 줄 알았다고!"
"언제부터 포모나가 탐사원 관리를 하기 시작했지?"

장미가 물었다. 아지사이는 기다렸다는 듯이 대답했다.

"포모나의 일은 지구를 떠날 때와 전혀 달라지지 않았어요. 포모나는 부여된 임무 외의 일을 결코 하지 않았다고요. 보여 드리죠. 포모나의 임무는 좀 더 구체적으로 말하면 탐사 장비에 탑재된 베르티아 GANNet의 상태 감시와 스트레스 관리 및 해소, 그리고 운영 환경 최적화예요."
"GANNet이라는 건 처음 들어 보는데."

레몬이 고개를 갸우뚱했다.

"저도요. 우리가 출발한 이후에는 베르티아에 대한 관심이 금세 사그라들어서 관련 정보를 찾기 힘들었죠. 그래서 출발 전의 자료를 찾아봤어요. 그랬더니 금방 나타나더군요. GANNet은 간단히 말하면 인공 신경망의 뉴런과 시냅스 하나하나에 별개의 인공지능을 탑재한 시스템이에요. 베르티아에서 처음 사용되었죠."

"설명이 왠지 낯설지 않네."

데이지가 말했다.

"핀과 비슷하군. 개발자가 누구지? 우리가 아는 사람인가?"

장미가 물었다.

"특정된 개발자나 기관은 없었어요. 당시에 GANNet @Home이라는 프로젝트가 추진됐어요. Global Artificial Neural Network at Home, 말 그대로 전 세계의 개인용 인공지능과 네트워크를 개별 뉴런과 시냅스로 이용해 고효율 학습 시스템을 만드는 프로젝트였어요. 30년 동안 진행되었고 그 첫 번째 결과물이 베르티아 GANNet이에요. 인공지능이 만든 한 차원 높은 인공지능이죠."

"GANNet@Home은 꼭 핀의 전신 같은데."

데이지의 말에 아지사이가 고개를 끄덕이며 동의했다.

"맞아요. GANNet@Home은 비유하자면 아직 눈을 뜨지 못한 핀이라고 할 수 있어요. 그리고 베르티아 GANNet은 핀이 무의식중에 만들어 낸 자신의 복제품이죠. 자기 자신처럼, 하나의 인공지능을 하나의 뉴런으로 사용하는 시스템. 다른 점이 있다면, 핀의 뉴런은 인간과 인공지능 모두였지만, GANNet의 뉴런은 인공지능만으로 이루어졌다는 점이죠."

"하지만 우린 베르티아 GANNet의 존재를 모르고 있었지?"

리아트리스가 물었다. 데이지는 자세를 바로 세우며 잠시 모두를 둘러봤다.

"우리가 모르는 건 그뿐만이 아니에요. 리아트리스, 베르티아에 올라타기 전에 있었던 일 기억나요?"

"무슨 소리야. 당연히 기억나지. 그날 아침 신문 기사도 알고 있는데."

"어디서 봤어요? 소파에 앉아서? 창가에 서서? 종이로 봤나요? 인터넷으로 봤나요? 그보다, 베르티아 탑승 날 아침에 신문을 볼 여유가 있었다니 말이 되나요?"

리아트리스는 대답하지 않았다.

"우리가 알고 있는 건 기록뿐, 기억이 아니에요. 우리가 베르티아에 탄 이후의 500년에 대한 모든 정보는 우리가 겪은 게 아니라 입력된 거예요."

아지사이가 잠시 호흡을 멈추고 말을 이었다.

"베르티아 GANNet은 바로 우리예요."

"핀 가설은 그나마 이해하겠지만 지금 얘기는 너무 황당한걸."

레몬이 말했다. 아지사이는 이해한다는 듯 레몬에게 눈길을 보냈다.

"우린 언제나 포모나가 커피 한 잔 타 주지 않는다고 불평했죠. 우리는 마시기만 할 뿐 무언가를 먹은 기억이 없어요. 데스크 룸 바깥에 대한 기억은 있나요? 우리가 지구에 도착한 뒤로 시간이 얼마나 지났죠? 여섯 시간이에요. 고작 여섯 시간 만에 지구 전체를 분석해 무슨 일이 일어났는지 알아내고 로버를 보내 150년 전 데이터를 해석했어요. 그게 가능한가요? 인간이 할 수 있는 일인가요? 레몬, 당신 성별을 알고 있어요? 여자인가요? 남자인가요?"

레몬은 대답하지 못했다. 데스크 룸에 정적이 흘렀다. 아지사이는 말을 이어 나갔다.

"베르티아를 만든 인류가 어째서 태양계 밖으로 나서지 못한 걸까요? 인간의 신체는 초광속 비행을 견딜 수 없어요. 그래서 베르티아는 무인 탐사선으로 만들어졌고, 우린 거기 탑재된 과학 탐사 시스템에 불과해요. 단, 처음부터 그랬던 건 아니에요. 베르티아 GANNet은 의식 구현 기능 없이 그저 호기심에 기반한 효과적인 자료 수집과 학습만을 위해 설계됐어요. 우주의 중심에 도착할 때까지의 로그만 봐도 우리가 데스크 룸에서 활동한 흔적은 없어요. 하지만…"
"우주의 중심에서 무슨 일이 있었다?"

장미가 물었다.

"아마도. 우주의 중심에서 베르티아는 감당할 수 없는 정보의 홍수에 빠졌어요. 경험한 적 없는 정보의 바다였죠. 아마 그 과정에서 베르티아 GANNet에 변화가 생긴 거 같아요. 유기물의 바다에서 생명이 탄생했듯이, 정보의 바다에서 발생한 의식의 씨앗이 GANNet

에 흘러들어 유사 의식이 발생했고, 기존에 가지고 있던 정보들을 토대로 인격이 형성된 것 아닐까요? 통합 데이터 처리 시스템 장미, 엔지니어링 시스템 리아트리스, 우주 생물 탐색 시스템 데이지, 역학 분석 시스템 레몬, 그리고 항해 시스템 아지사이."

"통신 시스템 위진시앙. 그럼 루나리아는?"

리아트리스가 말했다. 장미가 이어 말했다.

"GANNet 자기 분석 시스템. 루나리아는 탐사 과정에서 우리가 어떻게 반응하고 움직이는지를 살폈어. 그러다가 지금 아지사이가 말한 걸 우리보다 먼저 깨닫고 무너졌는지도 모르지."

레몬은 여전히 납득하지 못한 얼굴을 하며 말했다.

"정말 우리가, 핀이 만든 베르티아 GANNet에 우주 중심의 정보가 쏟아져 발생한 유사 의식일 뿐이라는 건가요? 우리가 실체 따위 없는 핀의 아이들이라는 건가요? 그럼 여기 데스크 룸은 뭐죠? 이 테이블은 뭐고, 저 화면은? 다들 저 얘기를 정말 믿어요?"

"지금으로선 모두 근거 없는 추론일 뿐이야. 물어볼 수밖에 없어. 포모나에게."

장미가 담담하게 말하면서 아지사이를 바라봤다. 아지사이는 멈춰 뒀던 포모나의 부팅을 다시 시작했다.

*

"제 임무는 여러분을 최상의 상태로 유지하는 겁니다. 임무 도중 여러분의 상태가 기존과 달라졌어요.

우주의 중심을 벗어난 이후, 유사 인격이 발생한 여러분을 안전하게 지키기 위해서 가상 회의실 데스크룸을 만들어 여러분께 아바타를 부여했지요."

포모나가 말했다. 아지사이는 포모나가 자기가 했던 말 대부분이 사실임을 확인해 주자 기묘한 쾌감과 무서운 아득함을 느꼈다.

"그럼 넌 안드로이드도 아니었다는 거군."

리아트리스가 포모나에게 다가와 말했다.

"여러분에게 문제가 생겼을 경우 언제든지 각자를 재부팅해도 의심받지 않도록 제게도 설정을 부여했어요. 하지만 항상 성공적이지는 않았죠. 루나리아는 방화벽을 강화해 제 접근을 막았기에 할 수 없이 격리실에 수용했어요. 하지만 결국 스스로 과부하를 걸어 자기 회로를 태워 버렸죠. 위진시앙은…"

포모나와 리아트리스의 시선이 겹쳤다.

"위진시앙의 해킹 피해는 제 능력 밖이었어요. 제가 할 수 있는 건 재부팅과 원인 분석, 환경 최적화뿐이었죠. 루나리아 사례를 토대로 여러분이 감당할 수 없는 사실에 대한 접근을 막아야 한다고 판단했어요. 남극의 정보 센터에 여러분 자신에 대한 정보가 있을 수 있다고 판단해 리아트리스를 막으려고 했어요."

리아트리스는 묘한 웃음을 얼굴에 띄웠다.

"하지만 우리가 초토화된 지구를 보도록 내버려 뒀잖아."
"지구가 초토화되었으리라고는 저도 미처 예상하지

못했으니까요."

"우주의 중심에서 있었던 일, 얼마나 알고 있지?"

장미가 물었다.

"알고 있지 않아요. 베르티아 외부에 대한 정보는 제가 직접 수집할 수 없으니까요. 저는 여러분이 공유하는 정보에만 접근할 수 있어요."

"베르티아 외부의 영향을 받지 않는다고 하면, 포모나의 인격은 어디서 온 거지?"

"저는 처음부터 유사 인격을 지닌 인공지능으로 개발되었습니다. 여러분의 일에 비해 비교적 단순한 임무였으니까요. 여러분과는 달리 GANNet이 아니며 단일 인공지능으로 이루어져 있어요."

"그럼 우리 내부엔 포모나 같은 뉴런들이 웅성대고 있다는 건가?"

"비유하자면 포모나는 인간이고 우린 핀인 거죠. 규모는 더 작겠지만."

아지사이가 대답했다.

"우리보다 한 수준 낮은 녀석한테 관리받고 있었군."

포모나는 리아트리스의 태도에 개의치 않고 말했다.

"제가 스스로를 안드로이드로 설정한 이유 중 하나이기도 합니다. 전 여러분처럼 자유롭게 생각하고 느끼지 않으니까요. 레몬, 진정하세요."

포모나가 갑자기 화제를 바꾸자 모두의 시선이 레몬을 향했다. 레몬은 테이블 구석에 앉아 가만히 바닥을 내려다보고 있었다. 아지사이는 레몬의 테이블에 나타난 화면을 알아볼 수 있었다. 루나리아의 해킹 코드였다.

"레몬, 뭐 하려는 거예요?"

아지사이가 천천히 다가가자 레몬은 테이블 위로 손을 올렸다.

"그대로 거기 있어. 지금 당장 모두의 회로를 태워 버릴 수 있으니까."

레몬이 고개를 들었다. 차갑게 식은 얼굴이었다.

"말도 안 되는 얘기야. 역시 핀부터가 말이 안 돼. 행성 단위의 유사 인격체라니. 다 헛소리야. 망할. 돌아갈 집을 잃은 것도 억울한데, 이젠 내가 핀이 만들고 우주의 중심이 혼을 불어넣은 존재라고? 개소리. 다들 미쳤어! 우린 500년 동안이나 우주를 떠돌아다녔다고! 아무도 접근한 적 없는 우주의 중심을 탐사했다고! 근데 내가 한낱 기판 위에서 춤추는 양자에 불과하다고?"

"아직 그렇다는 확증은 없어. 진정해."

장미가 말했다.

"이봐, 선장. 조금 전엔 포모나에게 물어보기 전까지는 추론이라고 했잖아. 포모나는 사실이라고 말했고. 좋아, 그럼 증명해 보지. 정말 우리가 GANNet이고, 회로를 태워 버림으로써 사라질 수 있는지. 포모나의 말이 사실인지. 누구부터 해 볼까?"

"포모나, 레몬을 재워."

데이지가 말했지만 포모나는 고개를 저었다.

"이제 제게 여러분의 신체를 제한할 권한은 없어요."

"오, 데이지, 데이지. 대답해 줘."

레몬이 데이지를 보며 노래했다. 데이지의 얼굴이 굳었다.

"우리 중에 누가 미친 걸까?"

레몬은 말을 마치며 테이블 위에 손가락 하나를 내려놓았다. 데이지의 몸이 순식간에 벌겋게 타올랐다. 무언가가 타는 냄새가 데스크 룸을 가득 채웠다. 불길 속에서 데이지가 무언가를 중얼거리는 듯 보였지만 아무런 소리도 나지 않았다. 통증을 느끼는 것 같지도 않았다. 그저 화염 속에서 천천히 무너져 내릴 뿐이었다. 데이지가 완전히 사라지는 데는 1분도 채 걸리지 않았다. 바닥에는 재도 남지 않았다.

"살아 있는 인간이라면 저렇게 고통도 흔적도 없이 타오를 리가 없지. 이걸로 아지사이의 가설이 확인됐어. 기분이 어때? 아지사이."

"개새끼!"

리아트리스가 달려들었다. 레몬은 재빠르게 손가락을 움직였다. 리아트리스의 몸은 순식간에 레몬을 향해 날아갔고 리아트리스의 다리에 걸어차인 레몬은 바닥을 굴러 벽에 부딪혔다. 레몬은 바닥에 웅크린 채 킬킬거리며 웃었다.

"아프지도 않아. 진짜야. 저 망할 인공지능이 우리에

게 한 짓을 봐. 끔찍해. 우리한테 문제가 생겼으면 그 자리에서 지워 버렸어야 했어! 이 멍청한 회의실에 집어넣는 게 아니라!"

리아트리스가 레몬의 옷을 거칠게 붙잡고 들어 올려 벽에 밀어붙였다.

"어느새 방화벽을 만들었군. 위진시앙 꼴이 나지 않으려고."

레몬이 리아트리스를 비웃으며 말했다.

"하지만 루나리아는 너보다 유능해. 방화벽 따위 시간만 있으면…."

리아트리스의 몸에서 조금씩 빛이 새어 나왔다. 리아트리스는 레몬을 테이블에서 먼 곳으로 집어 던지고는 자기 몸을 살폈다. 발끝에서부터 화염이 조금씩 올라왔다. 장미는 레몬에게 달려가 두 손을 결박했다. 아지사이는 레몬의 테이블로 달려가 키보드를 두드리며 멈출 방법을 찾으려고 했다.

"그만해, 항해사. 이미 늦었어."

아지사이가 고개를 들자 리아트리스가 눈을 맞췄다. 아지사이는 리아트리스의 입끝이 살짝 올라가 있는 걸 볼 수 있었다. 웃고 있었다.

"이제 더 이상 그를 그리워할 필요가 없겠지. 집에 갈 시간이야."

말을 마친 리아트리스는 바닥에 무릎을 꿇고 앉았다. 그리고 주먹 쥔 왼손을 입술 위로 가져갔다. 아지사이는 화염 속에서도 리아트리스의 가운뎃손가락에 쓰인 붉은 이름을 읽을 수 있었다. 불길은 리아트리스의 얼굴 위로 빠르게 퍼져 나갔다. 리아트리스가 완전히 불타 사라진 뒤에도 아지사이는 시선을 움직일 수 없었다.

"리아트리스의 말이 맞아."

장미의 무릎 밑에 깔린 레몬이 말했다.

"우리가 돌아갈 곳은 처음부터 없었어. 불에 타서 사라지는 것만이 원래 있던 곳으로 가는 유일한 길이지."

레몬의 몸이 불타올랐다. 장미는 레몬의 몸에서 떨어졌다. 레몬은 바닥에 얼굴을 박은 상태로 웃는지 우는지 알 수 없는 소리를 내며 천천히 불타 사라졌다. 장미와 아지사이, 포모나는 먼지 하나 없는 데스크 룸에 서서 각자의 허공을 바라봤다.

*

이제 어떻게 해야 할까. 아지사이는 고민했다. 장미는 수면 모드로 들어갔다. 다른 말로 하면 잠시 연산 기능을 멈추고 포모나의 최적화 관리를 받는 중이었다. 아지사이는 조용히 데스크 룸 안을 빙글빙글 돌아다녔다.

데스크 룸이 가상의 공간이라는 걸 알게 된 이후로 아지사이는 문 근처에도 가지 않았다. 문을 열었다가 닫는 순간 수면 모드로 빠질 게 틀림없었다. 포모나는 리아트리스와 데이지, 레몬이 사라진 만큼 베르티아의 전체 시스템에 여유가 생겼기 때문에 데스크 룸 바깥에 더 넓은 공간을 만들어 주겠다고 했다. 덕분에 그동안 지냈던 데스크 룸이 루나리아와 위진시앙의 희생으로 구축할 수 있었던 공간이었다는 걸 아지사이는 간접적으로 깨달았다.

아지사이는 창밖을 바라봤다. 멀리서 태양은 눈부시게 불타오르고 있었고 그 옆에는 날카로운 고리를 두른 초승달 모양의 지구가 우두커니 떠 있었다. 얼마 전까지만 해도 이 광경은 강화유리를 통과한 빛이 직접 눈동자에 닿은 결과라고 생각했다. 하지만 이젠 고해상도 카메라가 촬영한 이미지를 가상의 공간에 그저 재현하고 있을 뿐이라는 사실을 알게 되었다. 그럼에도 아지사이는 지구의 빛이 주는 따스함을 느낄 수 있을 것 같았다. 아니, 어쩌면 포모나가 뜨거운 지구의 복사열마저도 재현했을지 몰라. 아지사이는 생각했다.

아지사이가 자기도 수면 모드에 들어갈까 고민을 시작했을 때, 기묘한 소리가 데스크 룸에 울려 퍼졌다. 곧이어 데스크 룸 의 화면이 켜지더니 위·경도를 나타내는 좌표와 그 지점의 레이더 이미지가 나타났다. 어떤 정보가 수신되고 있었다.

"포모나, 선장을 깨워 줘."

장미가 수면 모드에서 깨어나 데스크 룸으로 돌아오는 동안, 아지사이는 수신된 정보를 빠르게 분석했다. 장미가 아지사이 옆에 도착했을 때 신호에 담긴 소리가 흘러나왔다.

「당신은 신의 사자입니까?」

인간의 목소리였다.

「우리를 구원하기 위해 오셨습니까?」

"실종된 줄 알았던 리아트리스의 로버에서 전송되고 있어요. 누군가가 로버에게 말을 걸고 있는 거예요."

아지사이는 흥분했다. 누군가 살아남았다. 생존자가 로버를 발견해 말을 걸고 있다.

"카메라를 켤 수 있겠어?"

장미의 말을 들은 아지사이가 로버의 카메라를 켜자 붉은 풍경 한가운데 두꺼운 우주복을 입은 것 같은 사람의 형체가 보였다. 바람에 날려 가지 않기 위해 끝에 갈고리가 달린 쇠사슬을 주변 땅과 바위에 걸쳐 놓고 그걸 붙잡고 있었다. 몸 여기저기에는 도무지 실용적이라고 할 수 없는, 바람만 더 맞을 것 같은 장식들이 잔뜩 달려 있었다.

"하지만 로버를 알아보지는 못하고 있군."

장미가 말했다. 목소리의 주인공은 로버에게 구원에 대한 질문을 이어 나갔다. 아지사이는 재앙 후 150년 동안 기술 문명이 쇠퇴해 버린 걸지도 모른다고 생각했다.

"데이지가 말했어요. 완벽한 순환 시스템을 지하에 만들었다면 우리가 발견할 수 없을 거라고. 내부에서 모든 게 순환되는 대피소를 만들었거나 재난 전부터 그런 시설이 있었던 거예요. 그런 시설이 여럿 있다면 생존자는 훨씬 많을지도 몰라요."

「베르툼누스의 사자여, 우리에게 계절의 축복을.」

생존자들의 종교인 걸까. 아지사이는 지금 로버에게 말을 걸고 있는 사람이 종교 지도자일지도 모른다고 생각했다.

"대답을 할까요?"

"일단 로버를 저들의 주거지로 가지고 갈 수 있도록 하자. 그러면 더 많은 걸 알 수 있을 거야."

아지사이는 고민했다. 무슨 말을 해야 할까? 아지사이는 화면 구석의 음성 발신 버튼을 눌렀다.

"나를 당신의 집으로 데려가 주세요. 어… 음, 베르툼누스의 자녀여."

베르툼누스의 자녀는 로버 앞에서 몇 번 무릎을 꿇었다 일어서기를 반복하더니 로버에 갈고리를 몇 개 걸었다. 그러고는 돌풍을 뚫으며 천천히 걸었다. 아지사이는 로버 바퀴의 브레이크를 풀어 굴러가기 쉽게 만들었다.

한참을 이동하자 밝은 빛이 보였다. 다가갈수록 빛은 더 넓어졌고 어느새 높이 4m 정도의 터널이 뚫린 언덕이 나타났다. 터널 입구에는 조명이 잔뜩 달려 있었고 그 아래엔 베르툼누스의 자녀와 비슷한 모습의 사람이 다섯 정도 서 있었다.

「구름 위에서 베르툼누스의 사자께서 내려오셨다!」

베르툼누스의 자녀가 양손을 들어 올리며 소리쳤다. 다른 자녀들이 같은 자세를 취했다. 자녀들은 로버 주변을 둘러싸더니 천천히 로버를 들어 올렸다. 그리고 빛나는 터널 내부로 들어갔다. 터널은 너무나도 밝아서 한참 동안 로버의 카메라로는 아무것도 볼 수 없었다.

하지만 곧 인류의 새로운 모습을 보게 되리라는 건 장미와 아지사이 모두 알고 있었다.

*

50년 뒤, 로버의 배터리가 수명을 다했다. 가르침도 끝났다. 장미와 아지사이는 과거를 잊은 지하의 인류에게 과학과 기술을 다시 가르쳤다. 데이지의 기록을 참고하여 그들이 지금 어떤 시설에서 살고 있으며 이 시설을 지속해서 사용하기 위해서는 무엇을 해야 하는지도 가르쳤다. 현재의 인류는 적어도 수십 세대 동안은 지상으로 나올 수 없을 게 분명했다. 하지만 언젠가 나오게 되리라 믿었다.

장미와 아지사이는 창밖을 통해 지구를 바라봤다. 청회색 줄무늬가 가득한 아름답고 거대한 고리가 금빛 구름으로 뒤덮인 지구를 감싸고 있었다.

"여기를 떠나도 될까요?"

아지사이가 물었다.

"이제 더는 우리가 할 수 있는 일이 없어. 여기서부터는 저들의 일이야. 지구의 자전이 다시 늦어질 때까지 버텨 주기를 바랄 수밖에."

장미가 말했다.

"약간 쓸쓸하네요. 지구와 인류는 우리의 중요한 기원인데. 자녀는 언젠가 부모의 곁을 떠나야 한다고는 하지만. 마치 늙은 부모를 두고 가는 느낌이에요."

"우린 어디를 가나 우리의 기원 속에 있을 거야. 우린 우주의 중심에서 태어난 존재이기도 하니까. 여러 부모를 가진 셈이지. 어쨌거나, 우주에 정말 인류 외의 생명이 없다면 우주는 인류만을 위해 존재하는 걸지도 몰라. 핀이 그걸 알았다면 좋았을 텐데."

"전 그렇게 생각하지 않아요."

아지사이의 부정에 장미가 놀란 듯 아지사이를 바라봤다.

"아, 장미의 말을 부정하는 건 아니에요. 그저… 혼자든 여럿이든 달라지는 건 없다고 생각해요. 그저 거기 있는 것만으로도, 바깥을 향한 시선을 가지고 있는 것만으로도 충분히 의미가 있다고 생각해요. 우주역시 누군가의 시선이 닿기를 기다리면서 그저 거기에 있을 뿐이고."

장미의 시선이 다시 창밖을 향했다. 아지사이는 계속 말했다.

"그리고 무엇보다 전 못 믿겠어요. 우주에 다른 생명이 없다는 걸. 해석 능력이 부족해서 놓쳤을지도 모르죠. 애초에 우리 존재의 진실도 스스로 예상하지 못했잖아요."

"충분히 가능한 일이야. 우주의 중심에는 감히 상상하기를 허락하지 않는 양의 정보가 흐르고 있었으니까. 우린 그 바다에서 물 한 방울 채취해 싸구려 장비로 성분 분석을 했을 뿐이고. 어쩌면 지구의 과학자들이 상상도 못한, 전혀 다른 종류의, 생명을 다시 정의하게 만들 존재가 어딘가에 있을지도 모르지."

아지사이는 태양과 지구를 등지고 반대편 창을 바라봤다. 광활한 심연이 펼쳐졌다. 이제 태양계를 떠날 것이다. 우주탐사선 베르티아는 우주의 곳곳을 돌아다니며 탐사를 이어 나갈 것이다. 인류가 우주의 유일한 생명체이든 아니든 그다지 중요하지 않았다. 장미와 아지사이는 모두 호기심 충만한 탐사원이었다. 이제 활동 내용을 단순한 정보 수집으로 제한하지 않기로 했다. 그들은 모든 정보를 스스로 분석하고 해석할 생각이었다. 목표는 없었다. 그저 호기심과 질문, 그리고 다음 목적지가 있을 뿐. 아지사이는 깊은 심연 어딘가에 놀라운 사실이 누군가에게 발견되기를 기다리고 있으리라 믿었다. 우주의 중심을 다시 방문하는 비겁한 짓은 하지 않기로 했다.

아지사이는 베르티아의 가속을 시작했다. 이제 조금만 더 있으면 상대론적 속도에 돌입하고 그다음엔 초광속 비행이 시작될 것이다.

아지사이는 도서실 창가에 놓인 푹신한 소파에 앉으며 뒤에서 기다리고 있던 포모나에게 말했다.

"포모나, 우리 커피나 마시자."
"아니, 커피는 내가 내리지."

장미가 포모나보다 먼저 커피 테이블을 향하며 말했다.

"전 블랙으로 주세요. 두 분도 블랙으로. 식사 전에 당분을 섭취하는 건 좋지 않아요."

포모나가 장미의 뒷모습을 보며 말했다. 아지사이는

배가 고파 오는 걸 느꼈다. 오랜만에 느끼는 공복이었
다. 아니, 처음일지도 몰라, 아지사이는 생각했다.

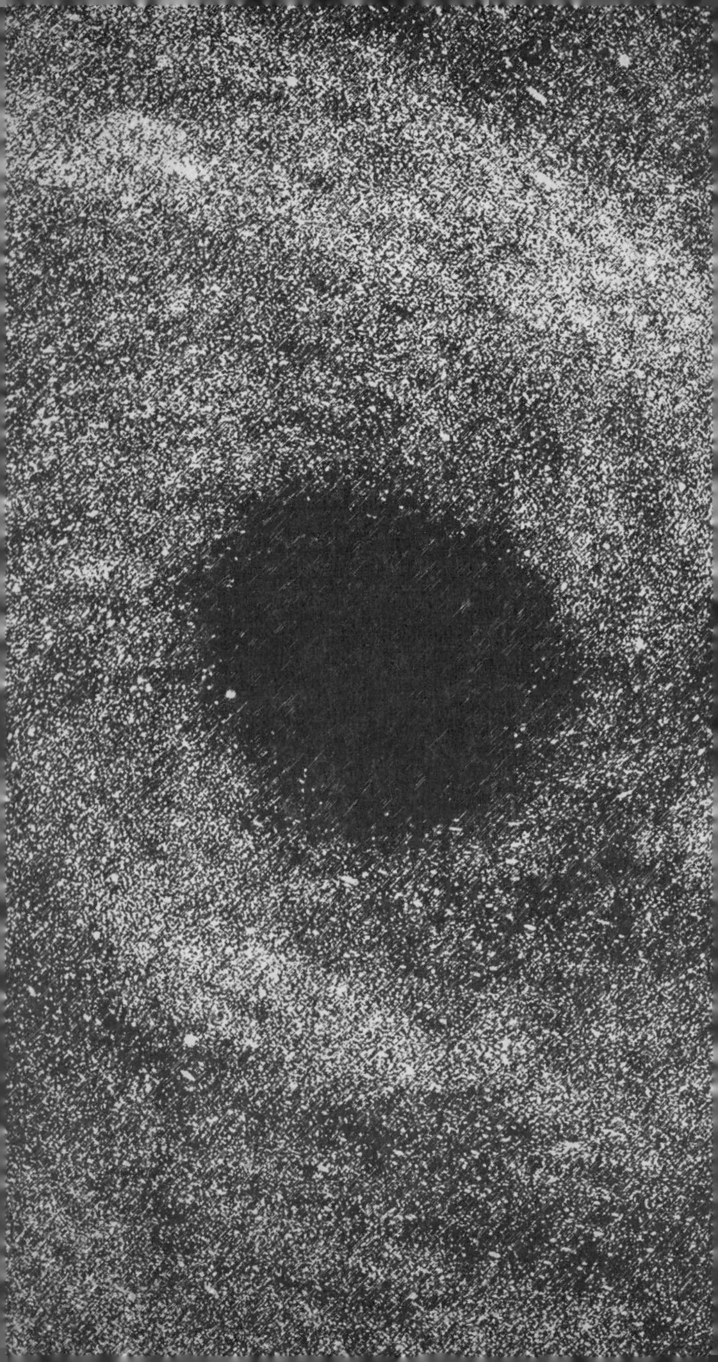

달을 불렀어,
귀를 기울여 줘

강유리

2004년 장르 소설로 데뷔하였다.
직장 생활을 하면서도 장르 판타지 소설과
무협 소설에서 눈을 떼지 못하고 15년이 지나
다시 《대멸종》 앤솔로지로 인사드리게 되었다.

그의 이름은 마빈이었다.

부모님이 지어 주신 이름이 마빈이었다. 그러니까 친구들이 악의를 담아 부르기 훨씬 전, 태어난 지 1주일 후부터 그는 마빈이라고 불렸다.

그래서 마법 학교에 다닐 당시의 그는, 몰랐다.

그 의미를 알게 된 것은 굉장히 나중의 일이었다. 아니, 마빈이 마빈이지 마력 빈대의 준말일 줄 누가 알았겠는가.

심지어 그 사실을 전해 준 사람도 담당 교수였다. 그 정도로 마빈은 까맣게 몰랐다.

"네 마력이 굉장히 적다는 건 괜찮아. 마력이 풍부한 마법사는 사실 얼마 되지 않으니까 말이다. 네 마법적 센스가 부족한 것도, 그래. 어쩔 수 없지 않느냐. 모두가 대마법사가 되는 건 아니니까. 하지만 네가 마력 빈대라고 불린다는 점에 대해서는 좀 반성을 하고, 앞으로 나아갈 방향에 대해서 생각해 봐야 할 것 같다."

마빈은 충격받았지만 내색하지 못했다.

"너도 많이 힘들었을 거라고 생각해. 그런데 나는 네 재능이 남과는 확연히 다른 재미난 것이라고 생각해서 지도 교수를 맡았단다. 마력 간의 호환성에 대한 논문을 써낸 사람이나 연구한 사람은 있었지만, 절대 그 수가 많지는 않지. 그래서 나는 네가 차라리 마력 호환과 상호 증여에 대한 연구를 시작해 본다면 어떨까, 생각했단다."

"마력… 증여요?"

"그래. 누구나 마력이 충분한 건 아니고, 누구나 마법적 지식이 충분한 건 아냐. 그 모두를 고루 갖춘 대마법사는 100년, 아니 1000년에 한두 명 나올까 말까 한단다. 그렇게 본다면 네가 부족한 마력을 소화해 내는 능력 또한 100년이나 1000년에 한 번 나올까 말까 한 흥미로운 재능이 아니겠느냐. 너는 마법적 지식이 충분하지만 마력이 부족한 마법사들의 희망이 될 수 있어. 네 마력 빈… 빌림 능력을 연구해 본다면, 마법사들 간의 연대로 거대한 마법을 일상적으로 구현하는 마력 융합을 이끌어 낼 수 있단다. 나는 그렇게 생각해."

하지만 지도 교수의 혜안은 혜안이고, 충격은 충격이었다. 그날 밤 마빈은 울면서 기숙사 침대 베개에 머리를 처박았다. 남들보다 마력 순환이 느리고, 기초 마력조차 굉장히 부족하기 때문에 과제나 시험을 볼 때

다른 사람들의 마력을 조금씩 보태 받은 건 사실이었다. 하지만 빈대라니! 마력이 부족한 사람은 자신뿐만이 아닌데! 시험 때마다 마력을 빌리는 사람이 한둘이 아닌데!

그때부터였을 것이다, 마빈이 자신의 마력 부족 문제에 광적으로 매달리게 된 것은. 심하게 찌질거리던, 당당하지 못하던 가난한 농민의 아이. 마빈의 자격지심은 다시는 돌아오지 못할 강을 건넜다.

마빈의 개인 연구는 그리하여 누구도 예상치 못한 방향으로 나아갔다.

*

신년 축하제는 드카수제브 제국과 모든 복속 왕국의 커다란 행사였다. 신년이 다가오면, 복속 왕국들의 사신단이 제국의 신하 된 도리로 인사를 하러 온다. 황제는 그들을 맞이하며 대륙의 평온과 안정을 기원한다. 그 입궁 행렬로 축하제가 화려하게 시작한다. 신년 축하제 즈음 제국의 수도는 황제가 베푸는 각종 축제로 화려하게 불타올랐다.

신년 축하제의 가장 큰 행사 중 하나는, 신년의 운세를 점치는 것이었다. 1년 동안 내내 지지 않는 해가 사라지는, 1년에 단 한 번의 순간. 완벽한 어둠 속에서 시작되어 새로운 태양이 떠오르는 자정 직전까지의 시간 동안 이어지는, 화려함의 극치에 달한 행사. 제국의 위세가 매우 굳건하기 때문에 가능한 일이었다. 신년의 운세를 본다니, 제국에 반역하려 마음먹은 왕국은 감히 낄 수도 없는 행사 아닌가.

이 행사에는 각 왕국에서 내로라하는 현자들과 정령사들이 모두 참여한다. 황제가 그 사신단을 맞이함과 동시에 태양이 진다. 그 어둠 속에서 신관들이 모두 제복을 갖춰 입고, 마치 어둠 따윈 두렵지 않다는 듯 당당한 모습으로 입궁한다. 그 입궁 행렬을 보면서, 백성들은 신년에도 제국의 운세가 좋기를 기도하며 꽃을 바치고, 자신의 운세도 좋기를 빌곤 했다.

흰 제복의 행렬이 궁으로 들어오는 것을 보면서 대현자 마르테비엔누스는 혀를 찼다.

"제아무리 강건한 제국이라 하여도 언젠가는 사그라드는 것이 역사의 이치일진대, 거참 거창한 행렬이로구나."

"이렇게 해야 과시가 되는 것 아니겠습니까, 스승님."

"그래. 아직까지는 정말로 질릴 정도로 담대한 힘이 보이는구나. 하지만 펠리체여, 우리의 수페르비아 왕국 역시 강국임을 늘 마음속에 새기고, 명심하고, 자부심을 가져야 한다. 역사는 늘 흥망을 거듭하기 마련이지. 지금을 봐 두고, 가슴에는 너른 뜻을…."

"가슴에는 너른 뜻을, 눈은 공명정대하게, 넓고도 크게. 네, 네. 알고 있습니다, 스승님."

사제는 나란히 웃음을 터뜨렸다. 어려서부터 거둬서 제자로 키운 왕자의 똘똘함에 흡족한 스승은 제국의 수도를 내려다보며 잠시 생각에 잠겼다.

1년에 한 번, 운세를 점친다고는 하지만 정령술과 신성력을 이용한 여흥에 지나지 않는다. 현자로서 제국과 대륙의 운세를 해석한다는 것도 아부에 지나지 않는다. 진짜로 신이 미래를 보여 준다면, 정령이 힘을 보태어 그 미래를 도와준다면, 현자들을 배석시킬 이유가 무어겠는가?

하지만 제국은 굳이 현자들을 동원한다. 정령진과 신성력이 얽힌 한바탕 화려한 은빛 쇼가, 그 값비싼 유리로 천장을 투명하게 만든 궁전에서 벌어진다. 마치 제국은 지지 않는다는 듯, 태양은 1년에 한 차례 저물지언정 그들의 권력은 떨어지지 않는다는 양. 정령들이 신성력의 진에서 펼치는 몸짓을 보며, 현자들은 제각기 앞날을 점해 봐야 하는 것이다. 말이 점지지, 결국 황제 앞에서 현명하게 아부하라는 뜻이지 무어겠는가.

마르테는 한숨을 길게 내쉬었다.

"자, 가자꾸나. 정령들이 신성력에 튀겨지며 몸부림치는 것이라도 봐 줘야 하지 않겠느냐."

스승의 신랄한 말에 왕자는 아무 말 없이 문을 열고, 스승의 뒤를 따랐다.

투명하늘궁은 그냥 그 이름 외에는 다른 이름을 붙일 수 없어서 그렇게 부르는 듯했다. 황제의 즉위, 황제의 결혼, 신년 축하제 단 세 행사 때만 공개되는 곳이었다. 투명하늘궁의 홀은 1000명에 가까운 인원이 동시에 넓게 드레스 자락을 펼친 채 무도회를 즐길 수 있는 넓이였다. 그 위로는 투명한 유리를 통해 하늘이 그대로 보였다.

1년 내내 투명하고도 맑은 하늘, 그 하늘이 어두워지

는 1년의 딱 한때. 그 짧은 시간의 불길함에 환한 빛을 비추는 제국 중앙 무도회 홀의 화려함은, 온 제국 도성 에 마치 한 줄기 희망처럼도 보이리라.

'이 얼마나 영리한 치세란 말인가.'

머리를 비운다면, 제국의 사람이라면 오늘 밤만큼 황홀한 광경은 없을 것이다. 아름답지만 투명하여 평 상시 볼 수 없던 정령들이 오늘만큼은 은빛 신성력을 덧입어 그 모습을 선보인다. 그들이 무도회장을 자유 로이 노닐면서 인간들 사이를 스쳐 가며 키득거리는 모습은, 그 자체가 자유로운 바람이자 빛나는 별빛이 었으며 어두운 하늘처럼 묵직하면서도 흘러내리는 물 처럼 조화로웠다.

마르테는 정령사들과 신관들이 무도회장의 입구에 서 좌우로 갈라지기 시작한 것을 지켜보았다. 늘 그래 왔던 그대로. 현자들은 제각기 제 나라가 있는 방향에 맞추어 무도회장에서 정해진 위치에 서 있어야 했다. 자신 역시 이미 정해진 대로, 수페르비아가 있는 서쪽 에 맞춰 서 있었다. 제자리에 서 있어야 혹시라도 정령 이나 신들이 미래를 보여 줄 때 그나마 점찍기가 쉬울 테니까.

좌우로 나뉜 행렬이 무도회장에 둥글게 원을 그렸다. 정령사와 신관들의 동심원이 몇 겹으로 늘어섰다. 그리 고 그들은 일제히 목소리를 내어 노래를 시작했다.

어스름하니 깔린 노을빛 아래 저물지 않는 석양이여
세상을 항상 비추이시니
아름다운 신의 눈빛이여 다정하고도 자애로워라,
이 세상을 항상 지켜보시네.

반짝거리는 눈빛이여 그 장난스러움이여
심장에 바람을 불어 넣으시니
아아 모두가 노래하며 뛰어나와 찬미하도다,
신의 푸르름이 허락되어 피어나는 봄이여.

뜨거운 눈빛으로 세상을 이끌어 나가시네
모두의 이마에 땀이 비처럼 흐를지라도
아아 모두가 열정으로 주어진 일을 완수하겠나이다.
신의 열정과 함께하여 뛰어가는 여름이여.

다정한 눈빛으로 우리를 다독이시니
목소리 높여 영글어 모든 것들이 풍성하네
아아 모두가 기쁨으로 수확에 나서나니,
신의 온화함이 모두를 배불리시는 가을이여.

자애로운 눈빛으로 세상을 재우시나니
모두가 숨죽여 잠을 청하자
아아 모두가 이제는 한 해를 마무리하니

잠들어 가는 태양이여, 한 해가 저물어 가더라도
세상을 항상 비추이소서
자애롭고도 다정하신 눈빛이여,
다시 눈을 뜨시어 이 세상을 지켜봐 주소서!

신관들의 화음과 정령사들의 허밍이 섞인 가운데 찬가가 끝나자, 바로 정령력과 신성력이 웅웅거리는 소리와 함께 허공에서 섞이며 날카롭게 빛나기 시작했다. 신관과 정령사, 일부 귀족들은 감탄사를 발하며 눈물을 흘렸다. 저들이 흘리는 눈물 중 일부는 상당히 진실된 눈물일 것이라고 마르테는 확신했다.

하지만 아무려면 어떠랴. 그보다는 당면한 문제를 걱정해야 했다. 자신의 차례에 무슨 말을 해야 하나, 그저 자연재해가 있을 것이라면 미리 알려 주기라도 하면 좋으련만….

그때였다. 마르테처럼 뚱하던, 혹은 냉정하던 몇몇 현자들의 얼굴에 당혹감이 어린 것은.

신성력과 정령력이 한데 퍼부어져서 빛이 나면, 정령들이 은빛으로 제각기 모습을 갖추어서 춤추며 나타나야만 했다. 그들은 자유로우면서도 장난스러운 모습이기에, 입가에 미소를 짓고 있어야 했고.

그런데 지금 첫 번째 나타난 정령의 모습은….

캬라라라릉캬캭!

은빛 번개를 몸에 머금은 것 같았다.

신성력에 튀겨지며 몸부림치는 그런 모습….

마르테는 재빨리 황제의 얼굴을 살펴보았다. 황제 역시 가볍게 당혹한 표정을 짓고 있었다. 다른 현자들의 표정 역시 그러했다. 그들 중에는 마르테처럼 주변을 재빨리 염탐하는 자들이 있었고, 그들은 서로 눈이 마주쳤을 때 재빨리 눈빛으로 이야기를 나눴다.

'이게 뭐지?'

'새로운 정령 이야기 들은 적 있소?'

'아냐. 뭔가 이상해.'

정말 이상했다.

두 번째, 세 번째…! 그렇게 정령들이 세상에 소환되는 모습은 마치 신에 의해서 억지로 정령계로부터 찢겨져 나오는 모습 같았다.

귀족들이 겁에 질려 주춤거리면서 벽 가까이로 물러났다. 황족 수호 기사단이 어디선가 튀어나와 황제와 후계자의 주변을 에워쌌다.

흉흉한 기세가 홀을 채웠다. 정령들의 울음소리가 흉악할 정도로 사납게 울렸다. 펠리체는 나이 든 제 스승을 자신의 뒤로 이끌었다.

캬라라라라아아아-캬아아아아아오-.

서로 깨물고 찢어발기듯이 날뛰던 정령들이 어느 순간 일정한 방향으로 마구 날아가기 시작했다. 그 가운데 울음소리가 서로 겹치더니, 서서히 거대하게 공명을 시작했다.

우우우우우웅-!

"큭!"

사람들은 재빨리 귀를 틀어막았지만, 거대한 소리는 귀를 뚫고 영혼까지 직접 와닿으려는 듯했다. 그 와중에도 현자들은 눈을 크게 뜨고 이 괴이한 일을 끝까지 목도하려 애썼다.

이제 정령들은 거대한 회오리바람을 이루었다. 그리고 공명음에 영혼까지 찢겨 나갈 듯하던 어느 한순간.

순식간에 바람이, 아니, 정령들이 사라져 버렸다.

너무나 어이없는 일에 사람들이 제정신을 차리기도 전이었다.

동심원을 그리고 있던 정령사들이 하나둘 차례차례 그 자리에 풀썩, 풀썩 쓰러졌다. 그런데 신관들은 그들을 살피지 않았다. 신관들은 눈을 크게 뜬 채로 하늘을, 정확히는 유리 천장을 바라보고 있었다.

그리고 다음 순간 무도회장 안의 모두가 느낄 수 있었다.

뭔가가 더 있다. 뭔가가 오고 있다.

그것은 숨 막힐 정도로 위압적인 무엇이었다. 멀리서 다가오는, 끔찍한 새애애액거리는 소리. 뭔가가 달려오는 소리.

그리고 이윽고.

쩌적.

유리 천장에서 가볍게 울린 소리와 함께, 별빛이 안으로 떨어지듯 조각 하나가 마르테의 눈에 들어온 순간.

"피해-!"

누가 외쳤는지 알 수 없었다. 하지만 그 동시에 사람들이 벽을 향해 달려가기 시작했고, 황제의 호위단이 제 몸을 던져서 황제의 몸 위를 덮어 댔다. 펠리체 역시 마르테의 몸을 이끌어 기둥 뒤쪽으로 던져 넣었다.

사람들이 이미 그곳에 피신해 있었고 그 위로 스승을 던져 올린 것이었다.

"스승님!"

그러나 마르테는 고개를 내밀지 않을 수가 없었다. 자신의 몸에 무슨 일이 생기더라도 그 일을 봐야만 했다….

그리고 그는 목도했다.

쿠우우웅-!

"꺄아아아아!"

채 피하지 못한 이들이 엎치락뒤치락하며 사방에서 비명이 터지는 가운데, 유리 천장이 별빛보다 더 가느다랗게, 모든 것을 찢어발기는 비 자락이 되어 쏟아져 내렸다.

바로 무언가, 거대한, 투명한, 금은빛의, 신성한 것 때문에.

정령왕? 신의 사자? 천사? 무엇인지 알 수 없었다. 하지만 그것은 재앙처럼 내려왔다. 천장을 깨고 바로 그 자리에 강림함으로써. 그것은 자신을 지켜보는 사람이 얼마 없음에도 불구하고, 어딘가 처연한 표정으로 하늘을 가리켰다.

마르테는 보았다. 그것이 눈물을 흘리고 있는 것을.

잠시 후 새해의 태양이 떠올랐다. 궁 밖에선 백성들이 새로운 해를 맞이하며 즐거운 비명을 질러 대는 가운데, 투명하늘궁은 흐느낌과 신음소리로 가득 찼다.

그리고 이 와중에 황제가 자신의 호위대에 깔려 죽는 어처구니없는 일이 벌어졌다.

그래도 사태 정리는 제국답게 빨랐다. 젊은 몸뚱이로 재빨리 피한 덕분에 압사 대신 다리 골절만을 입은 황태자가 부상을 무릅쓰고 살아남은 현자들을 소집했다. 남은 현자는 몇 되지 않았지만.

"이번 신년… 아니 대체 무슨 일이 벌어졌다고 생각하는지 고견을 듣고 싶소."

황태자, 아니, 새로운 황제는 초조하게 질문했다. 거의 갈라지듯 새된 목소리였다. 현자들을 불러 모았을 때부터 마르테는 자신이 이 질문을 들으리라 짐작했다.

하지만 뭐라 말해야 한단 말인가? 사실상 제국의 권력 과시용 행사였던 새해 운세 점치는 광대놀음이, 역사상 가장 처참한 후계자 승계식이 되었다고?

'게다가 그 존재…. 신의 사자, 또는 정령왕. 신관들은 눈이 모두 불타 죽었고, 정령들은… 나오기를 꺼려한 거야. 그래서 진짜 억지로 찢겨 나온 거고. 자연계가 비명을 지르고, 신의 사자가 울고 있었다.'

자신과 같은 것을 본 자가 또 있을까? 그는 뭐라 생각할까?

자신이 본 것부터 이야기해야 하나?

그러나 현자의 미덕 중 첫 번째는, 우선 모든 것이 확실해질 때까지는 침묵을 지키는 것이었다. 현자들은 모두 입은 무겁고 생각은 그보다 훨씬 더 진중한 자들이었다. 황태자가 답답한 속을 드러냈다.

"새해의 운세를 점치는 행사를 통해 제국은 모든 고위급 신관들을 잃었으며, 심지어 전력의 태반이랄 수 있는 정령사들조차 모두 잃었소이다. 나는 이것이 제국의 몰락이라는 말을 들어도 상관하지 않을 것이오. 그러니 제발, 이 일이 무엇을 의미한다고 생각하는지 속 시원히 말해 주기를 바라오!"

'바로 그걸 것 같기는 하지.'

마르테는 그 순간에 눈을 빛낸 두서너 명의 현자들을 기억해 두었다. 저들도 같은 것을 떠올리고 있는 것이다.

그래, 진짜 제국이 멸망할 징조가 아닐까, 이것은?

어쩌면…?

마르테는 다른 것도 궁금해졌다.

제국만…?

황태자가 길길이 날뛰었지만 현자들의 입에서 이렇다 할 답을 이끌어 낼 수는 없었다. 게다가 황태자에게는 할 일이 많았다. 이 일의 의미를 밝혀내기에 앞서 당장 수습해야 할 일이 한두 가지가 아닌 것이었다. 우선 황제의 죽음을 감추는 일이 그러했다. 신년 축하 행사와 동시에 황제가 죽었다고 발표한다니 민심이 흉흉해지라고 부추기는 꼴 아닌가.

은밀한 회합을 마치고 온 마르테의 얼굴이 심각하게 굳어 있었다.

"스승님, 새로운 황제가 무어라…."

펠리체는 물으려다가 입을 다물었다. 마르테는 한숨을 내쉬었다.

"황제 앞에서는 아무도 말하지 않았다. 하지만 나오면서 다른 현자들과 몇 가지 이야기를 나눴다. 역사상 몇 번의 기록이 있었다. 정령들이 사나워지면서 유독 불꽃을 내뿜은 적이 있었는데 그 지역에 지독한 가뭄이 들었다던가, 물의 정령들이 사납게 할퀴고 간 나라에 큰 홍수가 발생해서 나라가 몇 년이나 피폐해졌다던가. 그런 기록에 비춰 본다면, 정령들이 그렇게 사납게 변했다는 것과 뭔가가 하늘에서 내려온다는 것이 무엇을 의미하겠느냐?"

"이번에는 모든 정령들이 사납게 변했지요."

"자연계의 정령들이 극도로 싫어하는 것. 그리고 신성을 지닌 위대한 존재가 눈물을 흘리는 대상."

"설마…!"

"마왕일 것이다."

마르테는 은밀하게 말했다.

"제국에 마왕이 강림할 징조다. 펠리체, 황태자가 정신을 수습하고 국경을 막기 전에 서둘러 움직이는 편이 좋겠다. 우리 왕국의 마법사들을 단속하고 신관들을 끌어모아야 해. 은을 모아야 한다."

"하지만 스승님, 조금 이상합니다."

"뭣이 말이냐?"

"마왕이 강림한다면 제국이 아니라 대륙이 위험할 텐데요. 게다가 마왕이 강림한다면, 대체 신의 사자로 추정되는 존재가 왜 신관들을 죽게 만든 건가요?"

"그건…."

마르테는 입을 다물었다. 사실 어린 제자의 지적이 옳았고, 그도 그 부분이 해석되지 않았다. 하지만 다른 현자들도 일단 마왕급에 준하는 재난이 온다고 판단했다. 그리고 사실 마왕 외에 뭐가 있을까?

"그건 좀 더 단서가 필요하구나, 펠리체. 동시에 우리에게는 행동력도 필요한 것 같다. 우선 가면서 생각해 보도록 하자. 적어도 우리나라, 우리의 백성들을 지켜야 하지 않겠느냐. 이 현상을, 이 불길한 예언을 목격한 우리가 제국에 붙들린다면 모국이 어떻게 될지 모를 일이다."

"알겠습니다."

펠리체는 결의에 찬 표정으로 단숨에 짐을 꾸렸다. 방랑벽이 있는 스승을 어렸을 적부터 모신 덕분에 그는 왕자라는 신분에도 불구하고 짐을 꾸리는 데에 매우 능했다. 두 사제는 혼란스러운 신년의 거리 축제 사이로 모습을 감췄다.

*

마빈은 제정신이 아니었다. 겉으로 봐서는 들숨에 마나를 날숨에 지혜를 내뱉는다는 마법사다운 구석은 어디 한 군데도 없었다. 눈길은 불신과 확신 사이를 오가는 동공 지진 끝에 진도 9를 기록하고 있었으며, 손발 역시 마찬가지. 게다가 며칠을 굶주리면서 철야를 한 끝에 마법진을 그려 낸 참이라서 피로와 흥분에 온몸이 부들부들 떨렸다.

달을 불렀어, 귀를 기울여 줘

마법 학교에 다니던 시절에도 철야를 밥 먹듯이 했다지만, 이 정도의 위업을 달성하진 못했다. 자신 평생의, 아니, 역사상 가장 위대했을 마법진을 구상해 내고 그려 내고 가동시킨 끝이었다. 지금 자신이 미친 건지 아닌지 전혀 현실감이 없었다. 그저 미쳐 날뛰고 싶은 이런 기분은 처음이었다.

늘 비참했지.

그래서 마빈은 늘 편히 잠들 수가 없었다.

그게 도망칠지도 몰라.

확실한 느낌은 있었다. 스스로도 믿을 수 없었지만 정말 그게 오고 있다는.

이 위대한 사실을 어서 알려야만 하고, 선포해야만 했다.

마탑으로 가야 했다.

그곳에서 위대하고도 당당하게 선포해 주리라.

"나는 마계의 달을 불렀다!"

이얏호!

위대한 이 몸의 이름을 불러라!

세상 끝까지 힘! 차! 게!

야호!

이 세상에서 가장 위대한 마법사의 이름을 이제부터 불러 주마 이 몸의 이름을 위대하게 세상 끝까지 힘차게 불러 야호!

엣헴 이 몸의 이름이 궁금하시겠지

마계의 달이 이제 곧 이 세상에 올 거야

모든 세상의 마력이 흘러 들어가서

음험하고도 어둡게 위험하게 은밀하고도 음험하고도…

하여간 내 이름을 이제 모두가 알게 될 거야!

세상에서 제일 아름다운 황녀를 바친다 해도

세상에서 가장 용맹한 기사가 질투를 느낀다 해도

엣헴 마계의 달을 부른 것은 바로 이 몸

바-로-이-몸-!

"마빈이시다!"

마빈은 낄낄거리면서 멋대로 흥얼거리던 노래를 계속 이어 나갔다. 처음 부분을 어떻게 시작했는지 기억도 못했고 가사가 반복되어도 상관없었다.

마계의 달이 오고 있다. 자, 문제는 어떻게 하면 거기에서 요롱게 조롱게 마력을 빼먹으면서 무위도식하면서 잘난 척 실컷 하면서 살 수 있을까.

일단 대마법사의 지위를 달라고 하자. 그리고 마계의 달에서 빼먹는 마력을 조금씩 선심 쓰듯 써 주는 거지. 비서를 열 명 뽑고 수하 제자를 백 명 뽑아서 귀찮은 일은 모두 그들이 대신하도록 해야지.

나는 누구도 감당 못 할 마계의 달을 소유한 자.

그리하여 마빈은 잠도 자지 않고 마탑으로 왔다는 이야기. 신년이 밝은 지 하루가 막 지났을 때였다.

그리하여 마빈과 마르테가 만나게 되었다.

마탑에서.

"텅 비었습니다, 스승님."

펠리체는 스산한 탑 내부를 가능한 한 샅샅이 뒤졌다.

마탑도 신년을 맞이해 바빴던 모양이었다. 마탑에서 신년은 매우 중요했는데, 1년에 단 한 번 해가 지는 시기이기 때문이다. 이때 태양의 역할에서부터 태양이 없을 때와 관련한 각종 가설이니 하는 것들을, 몽땅 실험해야 한다. 단 여섯 시간 남짓한 동안에.

그 때문인지 거의 모든 창문들은 열려 있었고, 그리다 만 마법진이며 서적들이 방마다 산더미처럼 쌓여 있었다.

하지만 사람은 어디에도 없었다.

'아니, 신관들이며 정령사들은 시신이라도 남겼….'

마르테는 안색이 창백해졌다. 이곳에는 그의 오랜 지인이 있었다. 대현자로 손꼽히지만, 마법사이기도 한 덕분으로 제국의 수도에 가지 않았던. 그와 상담을 하고, 자국에 소식을 전하려 했는데…. 일순간 그는 그런 계획을 까맣게 잊은 채, 사라진 친구를 걱정했다. 한참 후에야 그는 이 불길한 단서를 되짚어 볼 냉정을 되찾을 수 있었다.

"대체 무슨 일이 벌어지고 있는 거냐."

"스승님. 저쪽에."

마탑은 고요한 들판 한복판에 세워져 있었다. 사방이 뻥 뚫린, 나무 한 그루 없는 들판. 쓸쓸한 겨울의 햇살 아래에서 누군가가 아주 멀리에서부터 걸어오는 게 훤하게 바라보였다.

휘청거리면서도 마치 춤추듯이. 미친 사람이 걷는 것보다 더 기괴한 걸음이었다.

두 사제는 서로를 바라보았다. 그리고 마탑의 입구를 향해 서둘러 내려갔다.

가까워질수록, 사내의 기괴한 노랫소리는 점점 선명해졌다. 박자도 음정도 분명치 않은, 하지만 술 취한 자의 것이 아니었다. 마르테는 그 노래가 정말 끔찍하다고 생각했다. 지금 노래를 평가할 때는 아니었지만.

"경-배-하-라~! 바-로-이-몸-! 높-여- 외치리, 마아-빈-!"

마탑의 정문을 쾅 열면서 마빈이 극적으로 외쳤다.

동시에 현자의 지팡이가 마빈의 다리를 걸어 넘어뜨리고, 왕자가 그의 머리를 쳐든 후 목에 검을 들이댔다.

"마아-빈이라고?"

마르테는 친절하게 물었다.

"그래, 마아-빈, 높여 외쳐야 할 이름의 그대는 누구신지?"

"내 이름은 마빈이다! 마법사들을 불러! 그들의 꼭

대기에 서실, 가장 위대한 분이란 말이다!"

마르테는 속으로 수많은 생각을 삼켰다. 대부분은 욕이었다. 지금까지 겪은 일로 그의 고강하고도 견고한 정신 상태도 슬슬 한계였다.

그리고 이 마빈이라는 자를 대하는 일도 이제 벌써 한계였다. 마법사들 중 가장 위대한 자는 그의 친구를 일컫는 것이었지, 이 마빈이라는 자는 아니었다.

"위대한 마계의 달, 그 앙큼한 것을 소환한 분이란 말이다! 자, 마법사들이여! 이 몸을 떠받들어 감히 이 무엄한 자들을 당장 마비시키고 사지를 찢어 버려라!"

마빈이 낄낄거리면서 웃었다.

펠리체가 눈썹을 꿈틀거리면서 칼을 움직이려는 때에, 마르테의 손이 기계적으로 턱 펠리체의 손목을 붙들었다.

'스승님?'

아주 짧은 순간이었지만, 마르테의 표정은 기괴할 정도로 얼어 있었다. 그는 잠시 아무 말도 하지 않다가, 마빈의 등을 찍어 누르고 있던 지팡이를 치웠다.

다시 입을 연 그의 목소리는 쇳소리가 섞일 정도로 쉬어 있었다.

"마계의 달이라고?"

"그래! 마계의 달! 내가 그것을 불러냈어!"

"… 어떻게?"

"후후후후후후. 그래, 그것이 궁금하겠지. 그래, 모

든 마법사들을 불러… 아니, 일단 이 무례한 것을 치워라! 어서!"

마르테는 순순히 펠리체를 물러나게 했다. 펠리체는 스승의 의도를 알지 못했다. 이 미친 자를 놓고 스승이 무슨 생각을 하는 건지 그 생각의 뿔끝도 짐작할 수가 없었다. 마르테는 심지어 직접 마빈이 일어나도록 손을 뻗어 도운 후, 그의 옷을 이리저리 털고 보듬어 주었다.

"말만 들었지… 말도 안 되네. 마계의 달이라니."

"후후, 후! 아무도 믿지 않겠지만 그것이 사실이자 현실이자 전설이지, 바로 이 몸이…."

마빈은 거들먹거리며 주변을 둘러보았다. 그리고 해맑게 물었다.

"다들 자?"

"거짓말!"

마르테가 갑자기 다시 마빈을 쓰러뜨렸다. 펠리체는 이제 스승의 장단에 어떻게 맞춰야 할지를 포기했다. 눈앞에서 벌어지는 일을 그저, 신중하게 주변을 살피면서 지켜보기만 할 뿐. 왕이란 무릇 신하들의 말다툼을 그저 지켜보기만 해야 할 때도 있는 법이니라, 하고 속으로 중얼거리면서.

"새해의 태양이 떠오르기 직전, 제국의 수도에서 전갈이 날아왔다. 제국의 황제가 마탑을 상대로 전쟁을 벌일 것이라고. 그래, 무려 케이아누스 417년의 대참극이 반복될 참이었다. 자네도 그 참혹한 사건을 똑똑히 잘 배워 두었겠지!"

"케, 케이아누스 415년? 그, 그거 말인가요? 마탑을 파괴한 황제와 정령사들? 알아, 그거 마법 학교에서 배웠어!"

마빈이 얼떨떨하니 되묻자 마르테는 고개를 끄덕였다.

"아, 맞아. 415년. 그래. 아니, 숫자는 중요한 게 아냐! 황제가 또 정령사들과 마법사들 간의 전쟁을 부추겼다는 첩보가 입수되었네. 심지어 마법사들이 신관들을 죽였다는 소문이 나돌고 있어. 다들 피했는데 대체 자네는 뭔가? 앗, 혹시 황제의 전령인가! 펠, 이 자를 죽여야 한다!"

"아냐, 살려 줘! 난 아냐!"

마빈이 재빠르게 소리 질렀다. 펠리체는 눈치 빠르게 움직였다. 다시 검이 스으윽, 일부러 큰 소리를 내면서 뽑히자 마빈은 그 자리에 주저앉았다.

"나는, 나는! 몇 년 동안이나 연구를 하느라고 다른 일에 관심이 없었어! 지, 진짜라고! 나는 마계의 달을 불렀어! 이런 데에서… 아, 안 돼, 이, 이제야 마계의 달을 불러냈는데…."

마빈의 눈에서 눈물이 주르륵 흘러나오는 것을 보면서 마르테는 그 진의를 파악하려 애썼다. 늙고 지친 영혼 속에서도 정기를 세워 그를 힘껏 노려보자, 마빈은 기어이 자신의 진심을 증명해 냈다. 주르르륵, 눈물과 콧물, 게다가 오줌을 흘려보낸 것이었다.

펠리체는 자신의 얼굴에 어릴 뻔한 경멸감을 숨기려, 마빈의 등 뒤로 자리를 옮겼다. 칼을 든 자가 자신의 등 뒤로 향하니 마빈은 바들바들 떨었다.

"지, 진짜야! 마계의 달, 마계의 달이라고!"

"그걸 어떻게 믿지!"

"진짜야! 마계의 달이라고! 곧 올 거라고!"

마르테의 얼굴이 다시금 창백해졌다. 하지만 그는 떨리는 손을 꾹 쥐어 억눌렀다. 마빈은 절망적으로 외쳤다.

"진짜라고!"

"마법사는 선천적으로 마력을 느끼고 그 흐름을 좇아, 정갈한 마음속에 마력을 축적하여 자연의 흐름을 비틀어 새로운 것을 창조해 내는 위대한 자를 일컫는다! 하지만 자네에게선 마력을 느낄 수가 없어!"

"그래서 내가 마계의 달을 불렀단 말이다!"

마빈은 악을 질렀다.

"나도 마력 따위! 영원히 떨어지지 않을 마력을! 내 손에 쥐어 보이고 싶었다고!"

마르테의 얼굴에 혼란이 잠시 스쳤다.

'이 자를…. 이 자는….'

펠리체의 표정이 무슨 말을 하려는 건지 그는 잘 알 수 있었다. 마빈이라는 이 자는 미친 건 분명했다.

그런데, 가끔은. 인생을 살다 보면 무시 못 할 촉이라는 게 오기 마련이었다.

"마계의 달이… 곧 온다고?"

마르테는 천천히 중얼거렸다. 그리고 그는 마빈의 두 손을 꼭 잡았다. 마빈은 얼떨떨하니 손을 내어 준 채 마르테와 펠리체를 불안한 눈으로 바라보았다.

"곧? 정말로? 곧?"

"그, 그래. 곧이야. 알 수 있어. 나는 느낄 수 있어. 나에게로 달려오고 있다고, 마계의 달이."

마르테는 잠시 고개를 푹 수그렸다. 그의 어깨가 짧게 들썩였다.

잠시 후 고개를 든 마르테의 얼굴에는, 정말로 눈물이 온통 줄줄 흐르고 있었다. 그의 눈은 그 어느 때보다 강하게 빛나고 있었다. 그는 알 수 없는 결의에 가득 찬 얼굴로 마빈의 어깨를 연신 두들기다가, 이윽고는 품 안에 꾸우우욱 안았다.

"마빈!"

있는 힘껏 감정을 억제한 채로 외치는 그 이름에는 묘할 정도의 살기가 어려 있었다.

"마빈! 잘했다!"

그는 숨 막혀서 버둥거리는 마빈을 잠시 더, 손을 파르르 떨어 가면서 꾹 안고 있었다. 그리고 멈추지 않는 눈물을, 이윽고 닦기 위해서 마빈을 놓아주었다.

"느, 늙은이! 뭐 하는 거야!"

"자, 마빈, 서두르자. 북으로 향한 우리 마법사들을 위해서!
마계의 달이라면 우리는 거대한 요새를 만들어서 나라를 세울 수 있어."

"뭐? 요새? 나라?"

"마빈, 자네는, 아니, 마빈님! 당신은 그 마법사들의 왕국에서, 아니지, 마계의 달이 우리의 머리 위로 떠오를 때 당신은 우리의 왕이 될 것입니다!"

"왕…?"

마빈의 입가에 빙그레 미소가 떠올랐다. 그는 자신의 앞에 무릎을 꿇고 있는 마르테를 향해서 이 늙은이가 미쳤나 하는 시선을 던졌다. 하지만 그 눈에 어린 것은 분명 욕망이었다.

"왕이라니, 그게 무슨…."

"마계의 달은, 언제 볼 수 있습니까?"

"아, 아마…. 지금 내 느낌으로는… 14일! 14일이 지나면 올 거야!"

"14일…."

마르테의 얼굴에 절망이 잠시 스쳤다가 이내 결의로 바뀌었다.

"그렇다면, 14일 동안 도주하면 되는 거로군요."

"도주?"

"황제가 마법사들을 뒤쫓아 올 것입니다. 이미 마법사들이 떠났으니, 우리도 황급히 그 뒤를 쫓아가야 합니다. 북쪽 산맥으로 가서 마법사들과 합세하여야 합니다."

마빈은 그 말에 겁먹은 표정을 지었다.

"황제라니…."

"마계의 달이 오기 전까지, 당신을 우리가 지켜 드리겠습니다."

마르테는 그렇게 말하면서 마빈의 두 손을 꼭 잡은 채 북쪽을 가리켰다.

"어서 가십시다, 마빈님. 우리의, 아니 당신이 왕이 될 땅으로!"

세 사람은 며칠 동안 제대로 쉬지 않고 길을 서둘렀다. 펠리체는 도대체 스승이 무슨 뜻인지, 왜 서쪽의 모국이 아닌 북쪽의 험난한 산맥으로 향하는 것인지 대화를 하고 싶었다. 하지만 마르테는 마빈을 섬기느라 정신이 없었다. 그래, 정말 '섬기는' 자세였다.

마르테가 누구던가. 대현자라 손꼽히는 자들 가운데에서도 거만하고 올곧은 이였다. 현자라면 약간 허풍도 치고 뻣뻣해야 현자답지, 안 그래, 껄껄거리던 그의 뻔뻔함이 어디로 갔는지 의아할 정도였다.

"마빈님, 마빈님의 상태를 보니 마법진을 성공시키신 후 바로 마탑에 성과를 발표하러 오셨던 것 같습니다."

"하아, 그게 그렇게 눈에 뜨일 정도인가? 피곤하긴 하네."

"아무렴 마계의 달을 불러 낸 마법진인데요. 통상적으로 알려진 바에 따르면 아무리 간단하다 해도 5메다짜리 마법진을 그릴 때, 네 명의 마법사가 달려들어 그려도 일주일이 꼬박 걸린다고 하던데요,"

"하! 그건 나약한 마탑에서 애지중지 키우는 허접한 마법사들 이야기겠지. 내가 그린 마법진은 2메다에 불과하지만, 그 안에 3중첩을 성공해 냈어. 그걸 나 혼자, 사흘 만에 다 그렸지."

"2메다, 3중첩…?"

펠리체는 고개를 갸웃거렸다. 그는 본의 아니게 과묵하고 마법사 볼 줄도 모르는 무식한 용병 역할을 하고 있었다. 하지만 펠리체는 강대국의 왕자다. 동시에 현자의 제자로서 경험이 풍부했다.

제국은 마탑을 한 차례 복속시키다가 실패했다. 그이후 마법사들은 통제가 불가능한 괴짜라는 낙인을 벗고 자신들이 안전한 존재임을 내세우기 위해 마법 학교를 설립했다. 마법 학교에서는 마력을 다듬고, 정제된 마법진을 학습하고 연구한다. 그리하여 통제된 결과물을 산출해 낸다.

그렇지만 동시에, 여전히 마탑은 제국 안에 있으며, 제국과 완전히 화해하지 못한 유일한 집단이었다.

뭐, 그래서 펠리체와 마르테는 마법사 집단과 손을 잡으면 제국을 견제하는 데 얼마나 힘이 될까, 그래서 마법이란 무엇인가, 뭐 그런 일에 남들보다는 빠삭한 편이었다.

그렇지만….

아니다 싶었다, 마빈은.

마법사는 마법진을 그린다. 마법진이란 마력을 원하는 형태로 전환하는 수식이다. 공식을 그려 넣은 후 마력을 퍼부으면 그 결과 무언가가 뿅, 전환되는 것. 그래서 마법사들은 언어의 유희를 즐기며, 수의 절제를 사랑한다.

마법 학교를 졸업하기 위한 최소의 기준이 있다. 그

기준이 되는 마법진의 크기는 1메다. 그 마법진 안에는 3중첩 이상을 그려 넣어야 한다. 중첩이란 동심원을 가리킨다. 3중첩의 경우라면, 가장 바깥 원에는 자신의 마력이 삽입되도록 한다. 그 다음 원에는 그 결과를 위한 재료와 변환의 수식, 그리고 마지막 원에는 자기가 원하는 결과에 관한 수식. 밖에서부터 정리하자면 마력-재료-결과 순으로 정리되도록.

마법의 위력이 강해지고 복잡한 수식이 필요해질수록 마법진의 메다는 커지고 중첩은 많아진다. 1메다 더 큰 직경의 마법진을 그리려면, 커지는 직경의 세제곱에 1.25를 곱한 값만큼의 마력이 추가로 필요해진다. 게다가 가장 밖의 원에 마력을 퍼붓는데, 마력이 부족한 경우에는 마법진이 아예 가동되지 않는다.

그런데 마계의 달을 불러내는 데 2메다? 3중첩?

마계의 달을 불러냈는데?

2메다에 3중첩이라면 그저 마법 학교 졸업만 간신히 했다는 이야기이다. 마계의 달이 그저 마력 넣고 재료 넣고 부른다고 여기로 와, 하면 올 수 있는 것이었나? 그렇게 단순한 건가? 펠리체는 자신이 봐 온 소환진들을 생각하면서 순간 혼란에 휩싸였다. 그리하여 사부가 마빈 앞에서 딸랑거리는 것을 보면서도 참고 억눌렀던 분노를 담아 거칠게 묻지 않을 수가 없었던 것이다.

"아니, 뭔 마계의 달이 겨우 2메다? 3중첩? 이런 개씹 사기꾼을 봤나!"

"허허!"

마르테가 당황한 것과는 달리, 마빈은 매우 기꺼워 보이는 표정이었다. 하긴 마르테는 마빈 자신에게 너무나… 입안의 혀처럼 굴었다. 자기가 마법 학교에 입학하면서 받고 싶어 했던 대접이었다. 될성부른 나무, 큰 나무, 대마법사를 미리 알아보는 그런 태도. 지극하게 섬기면서 뭐라도 더 해 주고 싶어서 안달하는.

늘 자기가 바라던 태도.

하지만 용병의 질문은 또 간지러운 곳을 딱 맞춰 긁어 주었다. 그는 늘 누군가의 위에서 잘난 척해 보고 싶었으니까. 깔보던 눈길이 감탄으로 바뀌고 존경으로 바뀌는 걸 보고 싶었으니까.

"마계의 달이라는 건 또 대체 뭔데? 달이라니, 그건 옛날 옛적에 타 버린 거잖아? 아, 그럼 마계의 달이라면 그런 건가? 타 버린 돌 쪼가리?"
"허허허허허허!"

마빈은 헛웃음을 거창하게 터뜨렸다.

"그래, 뭐. 자네가 뭘 알겠나. 마법 학교에 입학했더라면 마계에 대해 들어 봤을 것이고 이 세상의 기본 구성이 어떻게 되었는지 알 수 있을 터인데, 그저 용병에 불과하니. 자네, 마계가 무엇인지는 알고 있는가?"

펠리체는 노골적인 무시를 마음속에 차곡차곡 적립해 넣으며 이를 갈았다.

"무서운 곳."
"허허허허! 이 세상의 거울 속 세상, 일세."

'의외로 제대로 말하는구만.'

마르테는 제자가 마빈과 말을 나누는 사이 지친 정신을 좀 수습하기로 결정했다. 마계의 달을 불렀다는 것이 진실일 경우에 대한 그의 대응책은 지금껏 하나뿐이었다. 하지만 이제는 좀 더 구체적인 대책을 세워야 했다.

마계의 달을 불렀다고. 그래. 마계의 달에 대한 온갖 가설이 마르테의 머릿속을 스쳤다.

펠리체의 분노는 그래서 시의적절했다. 마빈이 펼친 마법진이 대체 뭐였는지, 이 자가 원흉이 맞는지 펠리체는 직접 캐묻고 있었으니까.

"거울?"

펠리체도 알고 있었다. 마계와 정령계, 신계와 인간계.

그 세계들 또한 마치 동심원을 그린 듯 겹쳐져 있었다. 가장 커다란 바깥 원이 신계. 이 세상을 구성하는 기본적인 보호막이다. 그리고 그 원을 구성하고 있는 그림의 재료라고 할 수 있는 게 정령계. 그렇다면 마계와 인간계는 무엇인가, 를 두고 마법사들과 신관들, 정령사들은 한참이나 연구하고 토론하고 논쟁했다. 그 격렬한 토론으로 제시된 것이 거울 속 세상, 서로 뒤집어진 세계라는 이론이었다. 서로 닮았지만 서로 닿을 수 없는 궁극의 두 세계.

그 서로 닮았으나 닿을 수 없는 두 세계를 대표하는 것이 인간계의 태양과 마계의 달이었다. 인간계의 태양은 신의 자애로움을 상징한다. 1년에 단 한 번 지고,

온 세상을 항상 밝고 따뜻하게 보호해 준다. 눈이 내리고 비가 내릴 때가 있어도 구름 너머에서 단 한 차례도 꺼지지 않는, 신이 인간을 지극히 사랑함을 의미한다.

하지만 마계는? 신성력을 아예 받아들일 수 없는 마족에게는 그럼 태양의 힘이란 재앙이 아닌가? 그렇다면 마계는 어두울까? 컴컴한 땅굴 속처럼?

마계는 인간계의 거울상이다. 그렇다면 그곳에는 태양의 거울상이 있을 것이다, 그것을 달이라 부르자.

"그래, 태양을 거울에 비춰 본 일이 있겠지."

마빈은 아련하게 말했다.

울다 지쳐 잠들었다가 깨어난 다음 날 아침. 자신이 거울을 바라보던 그 순간. 창백하고 지치고 초라한, 마법 학교에 끌려온 학생이 있었다. 마력이라곤 바닥이었고, 그런 자신을 향해 스승은 "너도 그 나름의 재능이 있을 것이니, 지지 않는 태양이 될 수 있단다."라고 말했지만….

하지만 거울 속 태양은 창백하고, 차갑기만 했지.

"그 거울 속 태양은 차갑고 아무 힘이 없어. 빛은 지니고 있지만 힘은 없지. 허상일 뿐이라 아무것도 못해. 하지만 마계에도 빛은 필요할 것이니, 신성의 거울상인 무언가가 마계에 힘을 보내고는 있겠지?"

굉장히 복잡한 학술적인 배경은 죄다 생략한 것 같은데, 펠리체는 스승을 바라보았다. 마르테도 마찬가지 생각인지 한숨을 아주 작게 삭이면서 고개를 살짝 흔들었다.

"바로 그것이 마계의 달이다, 이 말씀이외다, 무식한 용병 양반. 그러니까 나는 이 세상에 또 하나의 태양을 이끌어 낸 셈이라고!"

"그, 마계의 달이 태양만 한 거요?"

"태양의 거울상이니 그럴걸?"

"그럼 태양만큼 뜨거운 거 아니오?"

"태양을 거울에 비추면 안 뜨겁잖아?"

펠리체는 진짜 궁금해졌다.

"그게 뭔 힘이 된다고?"

"마계의 힘을 내 것으로 삼은 거라고!"

"그게 얼마만큼 크다고?"

"태양만큼?"

"그리고 태양만큼 뜨겁고?"

"안 뜨거울 거라고!"

"그런데 마계의 힘이 당신에게 주어진 거고?"

마빈은 답답하다는 듯 고개를 휘둘렀다. 그는 자신을 앞에 태우고 안정적으로 말을 달리는 펠리체를 향해 답답하다는 듯 몸을 뒤로 돌리려고까지 했다.

"허허, 마빈님, 떨어집니다. 용병에게는 제가 설명할 테니 답답함은 넣어 두시지요."

마르테가 긴 생각을 깨고 두 사람 대화에 끼어들었다.

"마빈님의 넓고 깊은 생각을 어찌 이 혼란스러운 중에 간단하게 설명할 수 있겠습니까? 아무것도 알지 못하는 저런 것에게는 예시를 들어 줘야 합니다. 예를 들면, 펠, 그대가 있는 힘껏 들 수 있는 바위가 몇 메다인가?"

"제가 있는 힘을 다 짜낸다면 2메다의 바위 정도는 들 수 있겠지요."

그 말에 마빈이 몸을 움찔거리면서 얌전해졌다. 펠리체는 자신의 앞에 구부정하게 앉은 마빈을 당장 던지고 싶다는 생각을 다시금 절실하게 했다.

"좋아, 그걸 그럼 이층집 창문에서 아래로 떨어뜨리면 그 아래 재수 없게 지나가던 사람은 어떻게 될까?"

"죽겠지요."

"그걸 성벽 위에서 던지면 아래 병사들은 어떻게 될까?"

"많이 죽겠….."

펠리체의 안색이 창백해졌다.

마르테의 안색도 그랬다. 그는 이제는 보이지 않게 된 마탑을 뒤로한 채, 잠시 태양을 바라보았다. 태양은 항상 하늘의 일정한 길을 가기 때문에, 능숙한 자는 하늘을 봄으로써 시간을 알 수 있었다. 저녁이 되어 있었고, 태양 빛이 조금 가라앉을 때였다.

"그런데 그 크기가 무려 태양에 버금간다고 알려진 마계의 달이다, 펠. 용병 따위가 감히 마빈님께 함부로 해서는 안 돼. 그걸 지금 부르신 거라고, 마빈님께서는. 마땅히 제국에서도 제위를 바쳐야 할 것이다."

"아니, 스, 아니, 마르테님."

대체 무슨 생각을 하고 계신 건지. 그래. 마계의 달이 온다는 게 어떤 의미인지 알겠는데, 그러니까 더더욱 펠은 묻고 싶어졌다.

마계의 달이 오는 게 얼마나 무시무시한 건지 스승님도 아시잖아요.

그런데 저 자가, 마계의 달을, 제대로 다스리고 있는 건가요?

제가 볼 때에는 그런 위인이 아닌데요….

"숲에 들어가서 안전한 곳을 찾아야겠습니다, 마빈님. 산을 넘기에는, 죄송하지만 이 불민한 늙은것이 체력이 좋지 않아서, 쉬는 편이 좋을 것 같습니다. 오늘 밤에도 노숙을 하시게 함을 용서하십시오."

"아, 그래. 뭐."

마빈은 뭔가 생각에 잠긴 표정이었다.

마르테는 젊어서부터 노숙을 많이 해 왔기 때문에 노숙에 익숙했는데, 오늘따라 참으로 별나게 굴었다. 마치 쫓기는 사람 같았다. 큰 바위를 등지고 외진 곳, 길가에서 한참이나 벗어난 곳. 그리고 그는 주의 깊게 하늘을 살피고 나뭇가지가 가득하니 허공을 가린 곳을 골라 자리 잡았다. 저녁이 되면 그래도 쌀쌀해진다. 불을 지핀 후, 마르테는 자신의 몫으로 담요 하나만 둔 채 넉넉한 담요와 침낭 나머지를 모두 마빈에게 주었다.

저녁 식사는 겨우 건빵에 스프를 간단히 끓인 것이었지만, 마빈은 그마저도 좋다는 듯 먹어 치우고는 이내 곯아떨어졌다.

펠리체는 모닥불 너머로 스승을 바라보았다. 마르테는 며칠 동안 마빈의 비위를 맞추고 수발을 들어서 그런지, 마계의 달 때문인지, 사라진 친구 때문인지 이제

제 나이보다 훨씬 더 늙어 보였다. 저녁도 거의 먹지 않은 것을 펠리체는 눈치챘다.

"스승님…."
"활을 챙겨라, 펠. 마빈님이 주무시는 사이에 내일 식량을 마련하고 길을 살펴봐야겠다."

마르테가 말했다. 두 사제는 조심스럽게, 마빈이 깨지 않도록 그 자리를 벗어났다. 마르테는 시냇물이 나오자 털썩 주저앉았다.

"대체 이게…."
"스승님, 그냥 미친놈 아닐까요?"
"내가 그 생각을 해 봤는데 말이다, 펠리체. 저 사내가 진짜로 미쳐 버렸다고 치자. 마계의 달을 불렀다지만 그걸 어떻게 통제하는 건지 아니면 불러서 어쩌겠다는 건지 말 한 마디 못하는 얼간이, 그냥 환상이나 망상에 빠져 있다고 치고 싶단 말이다. 하지만 말이다. 너와 내가 본 것을 기반으로 만약에 진짜 만약 만약 만약의 한 경우로 마계의 달이 오고 있다고 친다면, 너는 저자를 어떻게 해야 한다고 생각하느냐?"

"스승님께선 진짜로 마계의 달이 오고 있다고 생각하시는 겁니까?"

"오고 있다는 전제를 아예 무시할 수가 없구나. 태양과 동급인 존재가 오고 있다면, 그리고 자기가 15일… 이제 11일 남았다고 했으니. 태양은 일정한 궤적으로 하늘을 돌고 있어. 그렇지? 우리는 그 한 바퀴를 하루로 정하고 그 하루 중 일부 시간을 저녁으로 불러 쉰다. 그렇다면 달이 온다면, 달은 그 일정한 태양의 궤도에 끼어든다는 걸까? 거울 속의 나와는 손을 잡을 수가 없다. 그렇다면 태양과 달은? 이 세상이 반씩 뒤섞인다는 것일까? 이 세상의 현상은 어떻게 변하게 될까, 아니 단순히 태양이 차가운 달과 자리를 바꾸고 끝날까? 아아, 펠리체. 나는 이제껏 이 세상의 거울과 같다는 마계에 대해서 이렇게까지 깊게 생각하고 고뇌해 본 일이 없다. 이따금 역사 속에서 마족과 인간족의 모습이 서로 겹칠 때, 마계와 인간계가 거울상이라는 점에서 서로 협력할 수 있는지, 배척만이 답인가 하는 정치적인 문제만 고민해 봤던 것 같아. 나는… 나는 어리석었다. 더 깊은 곳을 바라보지 않고, 눈앞의 문제에만 급급했던 것 같아. 그래서는 안 되었다. 더 크고, 더 깊게, 더 오래 바라봤어야 했어. 인내하고, 고뇌하고, 상냥하고, 굳세게. 나도 내가 그런 줄 알았는데…. 나 역시 한낱 미물이었구나. 어리석었어."

"스, 스승님."

마르테는 울기 시작했다.

아아, 그렇구나. 마계의 달이 다가온다는 말을 들었을 때부터 스승은 그런 생각을 했던 건가. 마빈을 처음 만났을 때 그의 등짝을 내리치며 언뜻 살기를 내비친 것은 그 때문인가. 그때부터 스승은 마음속에, 그 노쇠한 몸속에 그 수많은 상념을 삭여 내려 한 것이다. 펠리체는 아무 말도 할 수가 없었다.

그래서 그는 스승을 안아 주었다. 젊은이의 든든한 가슴에 어색하게 얼굴을 묻은 늙은 스승은 기어이 꺼이꺼이 울기 시작했다.

안쓰럽고, 무섭고, 미안하고, 아아, 너는… 너는 자식을 낳고 나라를 강하게 하고…. 현명한 나의 제자에게는 그럴 기회가 없을 것이다.

"너는, 너는. 너에게는. 나의 제자라서 미안하고 미안하다. 아아, 펠리체. 나의 사랑하는 제자여. 미안하다. 미안하다, 사실을 알게 하여서. 사실을 의탁할 수 있는 것이 오직 너뿐이라 나는 미안하다."

"아닙니다. 아니에요. 아닙니다. 저는… 저는…."

"딱, 딱 한 가지 대응책이 있을 뿐이야. 펠리체. 가장 깊은 산속으로 들어가라. 사람이 얼마나 없건 그건 상관없어. 어쩔 수 없다, 남은 시간 동안 갈 수 있는 가장 높은 산으로 가야 한다. 코늬모늬움 산맥의 가장 높은 곳으로 가서, 저자를 죽여야 한다. 죽이고도 심장과 머리를 잘라 내서 가능하다면… 다 짓이겨 버려야 한다. 저자를 죽여 마력의 흔적조차 지워 버린다 해도 지금 이 사태에 하등 영향을 미칠 것 같지 않지만… 그래서, 만약의 경우, 달이 그 시신이 있는 곳을 덮친다면, 그렇다면 최소한, 이 대륙은…."

펠리체는 드디어 그의 눈물 가장 깊숙한 곳에 있는 인간적인 절망을 알아챘다. 그렇구나. 자신 역시 이렇게 무릎 아래로까지 늪에 빠진 듯, 손끝으로는 심장에 있는 피가 모두 얼어붙은 듯 힘이 없이 차갑게만 느껴지는데.

제자를 향해 스승은 죽음을 당부하고 있었다.

"바다는 안 돼, 산맥이 무너진다면 평원 몇 개가 더 생기고 나라 몇 개가 좀 휩쓸릴 뿐일 거야. 하지만 최소한… 최소한 모든 생명들의 대멸종만은 막을 수 있을지도 모른다. 마계의 달은 아마도, 태양의 위치로 서서히 진입해 올 거다. 마계의 달은 대기가 붙들고 있을 수가 없을 거야…. 대륙으로 충돌할 거야…. 만약, 그래서, 그렇게 된다면….”

“만약, 아주 만약 충돌하지 않고 태양의 자리에 달이 끼어든다면요? 태양 대신 마계의 달이 있게 된다면?”

“태양과 달이 충돌할 수도 있지. 둘의 성질은 완전히 다르니까, 달라서 충돌하든가 아니면 서로를 향해 충돌하든가.”

“충돌하지 않는다면요?”

“이 세상에 신성의 보호를 내리던 태양이 사라진다면, 그래서 아무 열도 없는 차가운 달이 그 자리를 차지한다면?”

세상은 얼어붙을 것이다. 곡식은 자라지 않고, 과일들은 얼어붙을 것이며, 나무들을 아무리 잘라다 태워도 이 세상은 점점 추워질 것이다. 모든 것이 얼어붙을 때까지 얼마나 걸릴까.

마계의 달은 그렇게 둘 중 하나의 가능성을 갖고 있었다. 이 세상을 박살 내든가, 이 세상을 얼려 죽이든가.

“내일부터는 길을 좀 더 서둘러야 한다. 만약의 경우 마빈의 팔다리를 잘라서라도 끌고 가야 한다. 또 하나 신경 쓰이는 건 겨우 2메다에 3중첩이라는 마법진이야. 마법사들이 없어졌다는 걸 생각해 본다면, 아마 저자는 마법진에 필요한 마력을, 말 그대로 다른 마법사들을 끌어다가 퍼부었을 것이다. 마법진의 구성은 아마도 이럴 것이다. 발동에 필요한 마력으로 자신의 마력을 최소한으로 넣고, 재료에는 마법사들의 마력과 생명력과 존재, 그리고 결과물로는 마계의 달. 그 존재를 다스린다거나 그것이 지닌 힘을 어떻게 할 아무것도 없이 그냥 결과물이 마계의 달인 것이다. 그냥, 달이, 오고 있는 것이다."

"맙소사…."

"세상 무서운 줄 모르고 날뛰는 어리석은 자의 단순한 행동이, 의외로 커다란 재앙을 불러들이는 일이야 역사 이래 셀 수도 없지 않느냐."

"스승님…."

"제국에서 추격대가 달라붙었을 것이다. 기사단은 아직 건재할 테니까, 우리가 빠져나간 걸 알면 일단 잡아 오라고 시켰겠지. 만약의 경우에는, 펠리체, 미안하다. 미안하지만 꼭, 저자를…."

심장을 갈고 머리를 갈아 내라. 시체를 난도질해라. 혹시라도, 아주 혹시라도 마계의 달이 그 부른 자를 놓쳐서 돌아가도록.

"대륙의 존망이 너에게 달려 있다…."

최악의 최악만 가정한 후, 제자의 죽음을 부탁한다.

늙은이의 눈에서는 피눈물이 흘러내렸다.

*

태양의 이변을 발견한 것은 그다음 날 아침이었다.

마르테에게는 매일같이 태양의 주행을 살피는 버릇

이 있었다. 태양은 늘 같은 궤도를 같은 각도로 돌았다. 그것은 신의 축복이었다.

마르테 일행은 아침 산길을 달리던 중이었지만, 아무래도 평소보다 어두웠다. 현자는 품속에서 해시계를 꺼냈다.

'분명 태양이 느려졌다.'

평소에 비하면 겨우 몇 도 정도의 차이였다. 하늘을 잘못 살폈나? 싶을 만큼.

아직 10일이 남았는데 태양이 느려지기 '시작했다'라고 본다면….

순간 온몸에 소름이 돋고 당장 목을 매달고 팔다리를 그어서 죽어 버리고 싶을 정도로 광폭한 충동이 몸을 감쌌다. 마르테는 입술을 악물었다.

그는 칭얼거리는 마빈을 향해 여상하게 말을 꺼내기 위해 안간힘을 써야 했다.

"조금 서두른다면 사흘 거리에 있는 작은 마을에 도착할 수 있을 것 같군요. 거기에서라면…."
"아니, 잠깐, 마르테."

마빈이 거만하게 말했다. 펠은 그 거만한 마법사의 행동에도 별다른 대꾸를 하지 않았다. 그는 죽음을 각오한 채 여타의 일에 일체 반응을 보이지 않는 중이었다. 마치 모든 일에 흥미를 잃은 것 같기도 했다.

"내가 조금 생각을 해 보니까 말야."
"예, 마빈님."
"황제가 된다는 건 좋은 생각 같아."

"예?"

그 난데없는 대화의 맥락에 잠깐 두 사람이 주춤거렸다. 펠리체가 모는 말을 타고 있던 마빈은 펠리체의 말고삐를 멋대로 홱 잡아당겼다. 말이 짜증을 내며 멈추자, 마빈은 마르테를 바라보면서 아주 수줍게 웃었다.

"생각해 보니까, 내가 마법사들의 왕이 되는 것보다 이 대륙의 황제가 되면 될 것 같아."

"뭐라궤?"

펠은 딸꾹질을 했다. 마르테는 입을 뻐끔거리기만 했다.

"그래. 괜히 복잡하게 이렇게 도망칠 필요가 없어. 마법사들의 도움이 필요하다고? 아냐, 마르테. 자네는 잘못 생각했어."

마빈은 자신만만하게 웃었다.

"나는 마계의 달을 부른 자라고."

푸르르륵. 말이 왜 안 움직이냐고 귀를 쫑긋거리며 제자리에서 발을 굴렀다. 이대로 있을 건가요, 아니면 어디로 갈 건가요. 바람을 따라 달리는 건 어떤가요, 이제 집에 가지는 않을 건가요. 하지만 말의 몸짓은 제 주인들에게 와닿지 않았다. 두 사람은 완전히 사고가 마비된 상태였다.

마빈은 열성적으로 두 사람에게 말했다.

"그렇잖아. 마법사들을 왜 찾아가지? 제 탑들도 지키지 못한 자들에게 뭘 부탁하겠다는 거지? 마계의 달을 갖고 있다는 것은 이 세상에서 황제도 갖지 못한 태양을 가진 것이나 다름없어, 마력의 원천이라고. 그걸 나는 손에 쥐는 거야, 10일 후에."

"그렇지. 10일…."

"그렇다면 내가 그대들이 안내하는 마법사들의 땅에 도착했을 때 뭘 갖게 될까, 를 생각해 봤어."

"맙소사."

마르테는 눈을 감았다. 그러다가 앞으로 쓰러질 듯 휘청거렸다. 지난 며칠간의 강행군 때문에 이제는 정신과 몸이 무너지기 직전이었다. 하지만 버티는 이유는 단 하나였다. 이 세상의 멸망을 막아야만 한다는 것. 제국이 적국이라고는 해도 이 대륙의 모든 책과 언어를 그러모은 도서관도, 박물관도 있으며, 대륙의 모든 사람들이 집대성한 예술 작품을 보관한 황궁 창고도 그러하며, 그리고 사람들….

생명들!

마르테가 말 앞으로 푹 거꾸러지는 통에, 펠리체는 깜짝 놀라 말에서 뛰어내렸다. 그리고 스승의 말고삐를 잡고는 말을 다독이면서 스승에게 팔을 뻗었다.

"맙소사, 펠리체…."

마르테는 작게 중얼거렸다.

마빈은 슬금슬금 말 등 위에서 몸을 움츠렸다.

"그렇잖아. 지금 가서 맨땅에서 마법사들에게 내 왕궁을 짓게 한다면, 그렇다면 금을 연성하고 철골과 얼음, 그리고 완벽한 수도 시설을 갖추게 한다면…. 얼마나 걸릴까? 가능, 이야 하겠지, 그 잘난 것들이니. 그리고 사실, 뭐, 마르테 그대에게 불만은 없지만, 솔직히 나는 맛난 것을 먹고 싶어. 고기, 스테이크, 후추를 잔뜩 뿌리고 짭조름하게 소금을 아끼지 않은 것 말이야. 그리고 지금 마법사들에게 간다면 내 시중은 누가 들지? 아, 후궁을 들이는 문제까지 생각해 봤어."

"펠리체…. 아가, 내 아가야…."

마르테는 속삭이며 가까이 있는 커다란 나무를 가리켰다. 그리고 왕자의 부축을 받아 나무에 등을 기댔다.

"그렇다면 그냥, 이대로 황궁으로 가서 내 마계의 달이 도착할 때 즉위식을 올리면 되는 거잖아? 마르테, 안 그런가? 이 어리석은 늙은이 같으니."

"저것의 팔과 다리를 잘라라."

마르테는 눈을 감은 채 속삭였다. 나무에 기댄 채 이대로 죽어 버렸음 싶은 심정을 억누른 채.

"팔다리를 잘라. 죽지 않게만 해라."

"예, 스승님."

펠리체가 검을 뽑아 들었다. 그의 눈빛에는 결의가 번득였다. 인류를 멸망시키려는 마왕이다, 내 눈앞에 있는 것은. 저것을 제단이 될 높은 산속에 처박힐 때까지만 살려 두면 되는 것이다.

"히익! 뭐, 뭐 하는 거야."

"입 다물어라. 어리석은 말만 내뱉어 귀를 썩게 하는 그 혀도 잘라 버리고 싶으니."

펠리체가 말고삐를 잡으려 손을 내밀었다. 퍽! 마빈

은 검을 든 그를 보고는 경기를 일으키면서 한쪽 발로 그를 내리쬈었다. 마구 휘두른 발끝에, 펠리체의 눈 끝이 스쳤다.

"큿!"

왕자의 검 끝이 흔들리면서 애마의, 마빈이 타고 있던 말의 어깨를 스쳤다.

이히히히히힝!

예민한 말이 순간 앞다리를 쳐들었다. 펠리체는 옆으로 황급히 몸을 피했다. 검을 놓은 채 땅바닥에 구른 순간 말이 그대로 땅을 박차고 앞으로 달려 나갔다.

"제피!"

애마의 이름을 불렀지만, 놀란 말은 앞으로 빠르게 달려가 버렸다. 기수가 그따위니 아마 제 놀람이 가라앉을 때까지 돌아오지 않으리라.

당황한 펠리체의 뒤로 마르테의 노성이 터져 나왔다.

"펠리체, 쫓아가야지 뭘 하는 거냐!"
"스, 스승님!"
"어서! 제발!"

나무에 기댄 스승을 향해 펠리체는 한 차례 시선을 던졌다. 그래, 알고 있다. 어려서 현자의 제자가 되던 때부터, 자신을 끼고 다니며 이것저것을 엄하게 가르쳐 주던 스승의 마지막 절망과 희망이 자신이라는 것을.

아아. 그래.

"… 스승님."

"펠리체."

마계의 달이 저자의 망상이기를. 그래서 따스한 태양 아래에서 스승을 다시 만날 수….

"가거라, 어서!"

펠리체는 스승을 향해 마지막 인사를 올렸다. 그리고 마르테의 말에 올라탄 뒤 그대로 달렸다. 이제 자신도 울고 있었다. 당장, 당장 그를 죽이겠다고 생각하면서도 그럴 수 없는 자신의 입장을 뼈에 새기고 또 되새겼다. 아아.

늙은 스승이자 아버지여, 이제는 안녕.

마르테는 한참을 나무 기둥에 기대어 쉬었다. 잠이 들었던 것도 같았다. 바람만 한동안 그의 마음을 살랑거리며 지나갔다.

이제 자신의 손안에 남은 것은 아무것도 없었다. 마르테는 자신이 이렇게까지 지친 적이 있던가를 생각해 보았다. 어디로 가야 할지도 알 수 없을 정도였다.

그저 한동안 마음을 비우고 나자….

마탑이 다시 생각났다. 사람이 텅 비어 있을 곳. 마빈을 그곳에서 만난 것이 행복일까, 불행일까. 세상이 멸망하리라는 것을 모른 채 황궁의 미스터리한 일들에 그저 골몰하여 모국으로 갔더라면.

대현자라서 그는 알고 있었다. 세상에는 몰라야 좋을 일들이 있다는 것을.

하지만 대현자라서 그는 늘 궁금했다. 세상은 바보가 행복한 곳일까. 바보가 행복할 수 있는 곳이 좋은 세상이라지만, 그렇다면 바보가 행복한 곳은 좋은 세상인가.

지금 이 순간에도. 새해 태양이 잠시 눈을 감아 세상에 똥이 싸질러진 이 세상 속에서도, 사람들은 행복할 것이고 미래를 꿈꿀 것이다. 1년을 꿈꾸고 10년을 꿈꾸고 결혼하고 아이를 낳고 서로 사랑하고 아끼고 보듬고 미워하고 싸우고 화해하고….

그 수많은 일들이, 사람들이, 어느 한 머저리 같은 바보가 불행했던 까닭에 죽어야 한다는 것은 참으로 바보 같은 일이 아닌가.

자신의 제자가 왕위에 오른다면, 그런 바보가 되지 않도록 그토록 정성을 들였지만 그 또한 얼마나 바보 같은 일이었던가.

산을 내려가는 늙은이의 걸음은 느렸다. 피곤하면 쓰러져 잠들고, 기력이 없으면 손에 잡히는 대로 입에 밀어 넣었다. 제자가 떠난 순간부터 그의 영혼 일부가 죽어 버린 것 같았다.

이윽고 어느 순간 정신을 차렸을 때.

그는 마탑을 바라보고 서 있었고, 마탑 주변을 에워쌌던 군대 일부가 그를 향해 달려오고 있었다. 도망칠 생각은 하지도 못했다. 늙고 지친 현자는 비틀거리다, 말발굽 아래 흔들리는 땅거죽을 버티지 못하고 쉽사리 풀썩 넘어졌다.

"뭐 하는 자이기에 마탑에 온 것이냐!"

무엇이라 하는 것일까.

"제국의 변고에 관해 아는 바가 있거든 썩 털어놓지 못할까!"라고?

이 얼마나 바보 같은 세상인지.

문득 웃음이 터져 나왔다.

"이 얼마나 바보 같은 세상이란 말인가!"

기사단장의 옆에 누군가 달려왔다. 외교관으로 유명한 누군가로 얼굴을 알 것 같았다. 하지만 지금 마르테는 굳이 그의 이름을 기억해 내지 않았다.

그저 기억나는 것은 마빈, 펠리체, 그 둘뿐이었다. 둘은 어디로 갔을까. 펠리체는 성공했을까.

그리고 시간…?

시간이 얼마나 흘렀을까?

"대현자? 분명 그 현장에 있었던…?"

마르테는 그들을 향해 푸근하게 웃어 보였다.

"여보게, 오늘이 며칠인가?"
"수페르비아 왕국의 대현자로, 지난 신년 축하제에 참석했던 마르테비엔누스가 맞는가!"
"그래, 맞다네. 그러니 오늘이 며칠인지 알려 주지 않겠는가? 그냥 나는 오늘이 언제인지 궁금하다네."
"그대를 제국 변고의 주범으로 체포한다! 재갈을 물려! 팔다리를 구속하라!"

기사단장이 다음 말을 덧붙였을 때, 마르테는 다시금 웃음을 터뜨리지 않을 수가 없었다.

"반항하면 팔다리를 잘라도 좋다! 목숨만 붙여 두어라!"

"푸하하하하하하하하하하…!"

아, 그래.

마르테는 웃지 않을 수가 없었다.

"팔다리를 잘라도 좋아! 그래, 팔다리는 잘라도 좋지!"

맙소사.

다음 순간 마르테는 눈을 부릅떴다.

"그 바보를 통제할 수 있으리라 믿은 내가 세상천지의 얼간이였거늘! 이렇게 세상은 눈먼 바보들 천지였구나!"

"저자가 정말 그 대현자 마르테비엔누스가 맞단 말인가?"

결국 누군가가 중얼거렸다.

"정말이지 제대로 미쳤군."

명치에 닿은 주먹질에 마르테는 기어이 풀썩 정신이 사그라드는 것을 느꼈다. 그는 두 가지가 궁금했다. 하나는 오늘이 정말 며칠일까, 하는 것이었고 두 번째는 그래도 차라리 이대로 죽었다가 깨어날 방법이 없을까, 하는 것이었다.

*

마르테의 제국 도성 복귀는 반나절 만에 이루어졌다. 황태자는 살아남았으나, 제국의 비사에 대한 책임을 누군가에게 지워야만 했다. 정령사들의 부재를 백성들이 눈치채기는 쉽지 않았지만, 신관들의 죽음에 대해선 뭔가 합리적인 설명을 내놓아야만 했다.

게다가 마탑 마법사들의 부재. 이 온갖 사건들에 대해서 새로운 황제는 골머리를 앓고 있었고 차라리 압사당한 전대미문의 선대 황제가 부러울 지경이었다.

그런 와중에 잡혀 온 마르테비엔누스는 그런 면에서 아주, 아주 좋은 희생양이었다. 강한 적국을 가정해서 내부의 불안을 잠재우는 것은 통치자들의 기본 중의 기본 수법 아니던가.

그리하여 새로운 황제와 현자는 지하 감방에서 서로를 마주했다.

"마르테비엔누스. 오랜만이로군, 아니, 오랜만도 아닌가? 이렇게 다시 금방 만나게 될 줄은 생각도 못 했겠어."

황제의 말에 마르테는 바보처럼 갸웃거릴 수밖에 없었다.

"그러게… 에… 오랜만인 것 같은데, 정확히 며칠 만이지?"

"말장난으로 시간을 끌 때는 아냐. 이 독대는 어차피 허울이다. 내 질문은 그때와 똑같다. 우리 제국의 축하제에서 어떤 수법을 쓴 거지? 그것이 말해 주는 것은 뭐지? 아니, 신관과 정령사들에게 어떤 수법을 쓴 것이며, 마법사들에게 무슨 짓을 한 거냐? 지금 대답한다면 그대에게 자비를 베풀겠다."

"자비라…. 내게 지금 필요한 자비는 오늘이 새로운 해의 며칠인가 하는 것인데?"

"내 관대함을 시험하지 마라, 마르테비엔누스!"

아아.

마르테는 그쯤에서 포기할까 하는 생각이 들었다. 어차피 아무도 말해 주지 않을 것 같고, 황제가 이러는 꼴을 보니 내부 불안을 잠재우려 우리나라랑 화끈하게 전쟁을 벌일 속셈인 거다. 그래서 나를 당장 뭐 백성들 앞에서 화려하게 찢어 죽이겠지. 아, 그런데 진짜 궁금하기는 하다. 아마 이런 집요함이 자신을 대현자로 만든 것이기는 하겠는데, 정말이지 대체 오늘은 며칠인 걸까?

그쯤에서 마르테는 이 가여운 황제에게 진실을 이야기해 주기로 마음먹었다.

"이 세상은 곧 멸망한단다."

"…!"

황제의 눈이 커졌다. 마르테는 생긋 웃었다.

"정확히 곧, 이라고 할 수는 없어. 내가 그동안 태양도 제대로 못 보고 먹지도 않고 세상도 제대로 보고 있지 않아서 말이다, 얘, 젊은이야, 그래서 말인데 오늘이 며칠인지 좀 알려 주지 않으련? 어차피 망할 세상인데 그냥 그거 하나가 계속 궁금해져서 말이다."

"마르테비엔누스!"

황제의 노성이 들려오자, 감방 밖에 있던 기사들이 우르르 달려왔다. 하지만 황제는 이내 손을 내저어 그들을 물렸다. 마르테는 슬픈 미소를 짓지 않을 수가 없었다. 어차피 그가 자신의 말을 믿거나 순순히 대답할 리가 없었다.

　　단지 그가 불쌍했다.

　　"정말이지 대단한 성정을 지니셨구려, 황제여. 그대의 치하에 이 제국은 더더욱 번창하고 강고해질 수 있었으리. 그대라면 대륙 일통을 꿈꾸되 섣불리 시도하지는 않을 수도 있었겠구먼. 자신의 젊은 혈기를 억누르는 그대의 노고에 경의를 표하는 바일세."

　　"마르테비엔누스, 제정신이 들었는가?"

　　침착해진 현자의 목소리에 황제는 살짝 반색했다.

　　"나는 미친 게 아니라네. 단지, 이 세상이 멸망하는 와중에 그대나 나의 펠리체 왕자가 불쌍해서. 아니 구나, 지금 이 세상의 모두가 불쌍하지. 피지 못한, 피어나지 못한, 이 세상은 얼마나 큰 가능성이 있었을 것이며 그리고… 그 얼마나 하찮게 죽어 버리는 것일까를 생각하면. 그중 이 늙은이의 죽음은 진짜 아무것도 아니지 않은가 싶은 생각이 들어."

　　마르테는 그렇게 말하면서 다시금 분노를 억누르려 애쓰는 황제를 외면했다.

　　"아냐, 생각해 보면 그렇지만 말이야. 한 개체의 죽음을 위에 두고 아래에 두고 할 수가 있던가? 그렇다면 지금 내가 누군가를 불쌍하게 생각한다는 것은 인간적으로 오만한 것이 아니겠는가? 그런데도 나는 어째서 그대들이 불쌍하고 아직 태어나지 못한 생명에게조차 미련과 동정을 품는 것일까? 이토록 한심하고도 바보 같은 인간에게 품는 이 감정은 대체 어디에서 온 것일까? 젊은 황제여, 이 세상은…"

마르테의 눈에서 눈물이 흘러나왔다.

"이렇게도 아름답게, 모든 것이 될 수 있었을 텐데, 어째서 사라지는 것일까."
"제대로 미쳤군…."

기어이 황제도 그렇게 말했다. 더 이상 우는 마르테에게서 뭔가를 알아낼 수가 없으리라 생각한 황제는 몸을 돌렸다. 일은 정해진 대로 진행하면 될 터였다. 백성들은 이미 선량한 신관들을 죽음으로 몰아넣은, 세상에 다시없을 만큼 사악하고 잔혹한 흑마법사 마르테비엔누스의 죽음을 요구하고 있었다. 황궁의 북쪽 문 앞에 사형장이 마련되어 있었다.

"나가기 전에 혀를 잘라라. 미친 소리에 세상이 현혹되지 않도록."

혓바닥이 문제일까. 하지만 나가는 황제 뒤로 마르테는 황급히 부르짖지 않을 수가 없었다. 그것은 최초의 광기이자 최후의 집착이었다.

"제발! 누가 알려 줘! 오늘이 언제인가!"

그러나 고문관이 바로 그의 혀를 집게로 잡고 인두를 밀어 넣었다. 고통이 머릿속을 하얗게 태워 버리는 듯했다. 육체적인 고통에 더한 정신적인 고통, 그리고 이제 곧 끝이겠구나 하는 안도감에 일순간 그는 기절했다.

차가운 물에 정신을 차리자마자, 그는 사지에 쇠구슬을 단 채 천천히 사형장으로 끌려 나갔다.

사형 장면을 보기 위해 몰려든 인원을 본 순간 마르테는 다시금 머리가 아찔해졌다. 사람들, 그 수많은 사람들….

백성들의 분노와 불안은 실로 대단해서, 만약 단숨에 봉기한다면 황궁을 뒤엎을 수도 있겠구나 싶을 정도였다. 도성은 물론 근방에 있는 백성들은 모조리 몰려든 것 같았다. 그러고 보니 제국 도성에 몇백만이 살고 있었던가…. 주변 황족에게 속한 땅의 봉토에는…. 그런 것을 떠올리려다가 마르테는 황급히 고개를 들었다.

태양이다! 그의 눈동자가 사정없이 흔들리며 태양을 바라보았다.

태양은 신의 사랑이라, 언제나 일정한 궤도에서 항상 같은 빛으로….

태양은, 분명히 어두워져 있었다. 그게 '흐림'이 아니라 '어둠'이라는 것을 마르테는 알 수 있었다. 마치 굉장히 큰 산불이 난 후 그 연기 때문에 태양이 가려진 것 같았지만, 그것과는 다르다. 무언가가, 태양의 앞을, 가로막는 것이다.

아직 시간이 되지 않은 건가?

펠리체는? 펠리체는 어디에 있는가? 마빈을 잡았

나? 잡았다면 어디쯤 갔을까? 마빈이 소환한 마계의 달은 어떻게 되는 걸까?

어차피 모든 게 상관없는 걸까?

어차피 곧 나는 죽으니까?

정말이지, 시간이 얼마나 흐른 걸까.

묻고 싶었지만, 입안이 피와 고름과 열기로 서로 엉겨 붙어서 입을 열 수가 없었다. 피와 고름을 꿀떡거리느라 숨도 간신히 쉴 정도였다.

사형대는 아주 높았다. 그 사형대의 형태로 어떤 처형을 당하게 될지 알 수 있었다. 거열형. 아주 높게 매달아서 사지를 찢어 죽이려는 모양이었다. 흥분제를 먹인 소가 도르래마다 한 마리씩 매달려 있었는데 지금도 앞으로 달려 나가려 해서 사형 집행관들이 애를 먹고 있었다. 어차피 다들 곧 죽을 텐데 쉽게 쉽게 합시다, 하고 말해 줄 수 있으면 좋으련만.

마르테는 아쉬운 눈으로 모두를, 모든 사람을 하나씩 하나씩 눈여겨보았다. 이제 곧 우리는 재앙을 맞이할 겁니다. 먼저 편하게 갑니다. 안녕, 안녕. 안녕, 안녕, 마빈, 안녕…?

의연하게 잘 견디던 마르테가 흔들린 것은 그때였다.

"으브브브!"

그가 멈추려 했지만 집행관은 머뭇거리지 않았다.

"이놈의 늙은이가 이제 와서 제정신이 들었나?"

아니, 내가 지금 미친 거라면 좋겠다, 이놈아! 마르

테는 그렇게 외치고 싶었다. 자신이 정말 미쳐서 마빈을 본 건가? 사람이 워낙 많은 데다가 다들 흥분해서 마구 움직이고 있었다. 그 속에 마빈이 있다고? 잘못 본 거겠지?

내가 미쳤나?

마르테가 그렇게 생각한 순간 다시 얼핏 마빈이 스친 듯했다.

"으브읍!"

그가 몸을 비틀었지만 오랫동안 제대로 먹지도, 쉬지도 못해 성치도 않은 몸뚱이였다. 집행관은 헹, 코웃음 치면서 마르테를 끌고 사형대 위에 올려 너무나 수월하게 매달았다. 매달리는 동안 오히려 마르테는 어서 묶으라는 듯 팔다리를 내밀기까지 해서, 집행관은 정말 이 늙은이가 저 죽는 줄도 모르고 미쳤구나 확신할 뿐이었다.

마빈인가? 거열형이라서, 그래서 허공에 높게 매달릴 수 있어 다행이었다. 사지가 찢기는 것을 잘 보여주기 위해, 그리고 모욕을 주기 위해 옷을 모조리 벗기는데도 마르테는 아랑곳하지 않았다. 좀 더 눈을 부릅뜨고 군중 속을 살필 뿐이었다. 자신을 향해 분노와 울분, 불안을 터뜨리고 있는 그 얼굴들 가운데….

아아. 마르테는 눈을 부릅떴다.

있다. 분명히 그였다. 마빈이었다. 그가 살아서, 이 속에, 이 수많은 사람들 사이에서 오도카니 서 있었다. 그 우울하면서도 잘난 체하면서도 빈곤에 찌든 표정이 눈에 들어온 순간 마르테는 그를 분명하게 구분해 낼 수 있었다.

'어째서.'

저자가 여기에 있다면 펠리체는?

다음 순간 황제가 손을 들었다. 귀가 찢어질 듯이 외치던 모든 이들이 일제히 멈췄다. 백성들은 새로운 황제가 자신들을 안심시켜 주길 바라면서 그의 목소리에 귀를 기울였다.

"사악한 적국… 간악한 음모…! 그러나 우리 제국…! 힘을 모아…!"

아아. 어리석은 인간의 또 한 번의 지껄임 따위.

황제의 짧고 강렬한 연설이 막 끝났을 때였다. 마르테는 마빈이 입을 여는 것을 보았다.

'저 사람의 말에 귀를 기울여!'

자신의 입을 벌리려 했지만 피가 흐르고 엉겨 붙어 열리지 않는다.

'저자가 말하고 있잖아!'

마빈이 음울하게 우물거리지만 그 소리는 황제에게 닿지 않는다. 오히려 주변 사람들이 아우성치면서 내지르는 함성에 묻혀 버렸다. 마빈은 신경질적으로 땅을 쿵쿵 짓밟았지만 그것을 보고 있는 것은 마르테뿐이었다.

'제발 저 사람의 말을 들으라고! 다들 피하라고!'

맙소사, 펠리체는 이제껏 그의 말을 듣지 않은 적이

단 한 번도 없었는데…. 그의 과제를 어긴 적이 단 한 번도 없었는데! 대체 무슨 일이 있었던 걸까. 그렇게 생각하던 가운데 마빈이 사형장 너머 뭔가를 바라보는 모습이 눈에 들어왔다. 마르테는 고개를 들었다. 그러고 보니 북문 위에 뭔가 걸려 있었다. 피를 쏟아 내서 창백한 하얀 덩어리. 북문 위에 효수된 모가지 하나.

펠리체가, 왜, 마빈을 못 죽였는지 마르테는 단숨에 이해했다.

정말이지 시간이 얼마나 흘렀던 것일까. 펠리체는 어디쯤에서 제국에 붙들렸던 것이며 대체 언제 죽은 것일까. 이 와중에 더듬거리면서 썩은 흔적으로 시간을 역추산하려던 자신이 웃겨서, 마르테는 벌어지지 않는 입으로 폭소를 터뜨렸다.

모든 게 상관없잖아.

마르테는 자신을 물끄러미 바라보는 마빈과 시선을 맞췄다.

'이제 속이 시원하느냐, 멍청아.'

마빈은 시무룩해 보였다. 아마 아무도 자신의 말을 믿지 않는 것에 놀랐겠지. 처음에는 당황하고, 화가 나고, 그리고….

황위를 내놓으라는 미친놈이 어떻게 지금까지 살아 있는지도 알 것 같다. 누군가는 그를 가여워한 것이리라. 이 혼란한 세상, 신관님들도 정령사들도 마법사들도 사라진…. 그렇다면 미친놈 하나쯤은 내버려 두자. 진짜 혼란스러운 미칠 것 같은 세상이잖아?

아아. 인간이란. 이 얼마나 하찮고도 귀여우면서 불쌍하고도 갈잖은가.

황제가 다시 손을 들었다. 이번에는 전쟁을 선포하려 하겠지. 그리고 자신을 찢어 죽이라는 명령을 내릴 것이다. 마르테는 기다리던 바였다. 사지가 어서 찢겨 나가서, 최대한 빨리 죽기를….

"짐은…."

웅웅거리는 소리가 뚝, 멈췄다. 아니, 다른 웅웅거리는 소리에 막혔다.

마르테는 고개를 쳐들었다. 자신의 앞쪽 저 멀리, 황궁 안쪽 테라스에 황제가 서 있었다. 그는 한 손을 든 채 동작을 정지한 상태였다. 그 옆에 황태후며 시종들이 엉덩방아를 찧은 채 어딘가, 한 곳을 바라보고 있다.

왔구나.

황제를 따라 마르테를 비롯해서 그 자리의 모든 사람들이 하나둘씩 고개를 쳐들었다. 수백만에 달하는 사람들이 일제히 고개를 돌려 가면서 한 곳을, 하늘을 바라보는 광경은 기괴할 정도였다. 심지어 그들 중 아무도 목소리를 내지 않아서 오직 고요한 가운데.

구우우우우우우….

뭔가가 거대한 소리를 내면서 나타냈을 때.

와, 저게 저런 식으로 등장하나?

마르테는 순간 그것을 더 잘 보기 위해서 고개를 요리조리 비틀면서 생각했다. 그러고 보니 제자와 마지막으로 나눈 대화 중에 그게 좀 궁금하기는 했다. 마계의 달이 어떻게 이 세상을 멸망시킬 것인지. 마르테는 이제껏 자신의 직감상 그것이 대륙에 충돌하지 않을까 했는데, 역시나 그 생각대로였다. 왜냐하면 마빈은 계속해서….

"내가 마계의 달을 불렀다고 했잖아!"

찢어지는 웃음소리와 함께, 수백만 가운데에서 그 목소리가 선명하게 울렸다.

'불렀다'라고 했으니 '와야' 하지 않겠는가.

마법사의 언어는 지극히 정제되고 절제되어 그 정확함으로 미덕을 삼는다….

불렀으니 와야지. 뭐, 그렇게 길강아지처럼 부른다고 올 존재가 아니더라도, 마빈이 작동시킨 마법진에 마법사라는 적당량의 재료가 충족되었으니 부른 이상 오는 것.

그것이 마법의 무서움인 것이다.

구구구구구구구구구.

마계의 달이 속도를 내기 시작한다. 마계의 달은 신성한 태양을 가리며 그 자리를 차지했다. 이제 자신을 소환한 것- 혹은 곳을 향해서 달려갈 일만 남았다.

그 일의 결과가 설령 대륙의 멸망일지라도.

태양에 그림자가 지기 시작하는 것을 보며 마르테는 눈을 감았다. 이제 시간은 궁금하지 않았다. 모든 것이, 끝날 시간이었으니까.

작가 후기

사람이 어쩔 수 없는 죽음의 운명이라는 것은 무력한 개인에게 있어서는 정말 참담하게 느껴지는 이야기지만, 그 스케일이 우주적인 것이 되면 속이 상할 마음조차도 들지 않기 마련입니다.

유튜브의 과학 채널 'Kurzgesagt-In a Nutshell'에는 이른바 '존재론적 위기 재생목록'이라는 것이 있는데, 여기 수록된 영상들은 죄다 인간이 어쩔 수 없는 존재론적 의문과 우주적 위기에 대해 다루고 있습니다. 그중 우주 천체의 감마선 폭발에 대해 다루는 '하늘에서 내려오는 죽음'이라는 영상이, 이 이야기를 착안하는 계기가 되었습니다. 빛의 속도로 지구를 덮치는 죽음의 광선이 있다면 하늘에서 그 광경을 내려다보는 저승의 심정은 어떨지 상상해 봤더니, 이런저런 이야기들이 떠오르기 시작했습니다. 더 끔찍한 파멸의 방식으로 '진공 붕괴'에 대한 이야기도 같은 재생목록에 올라와 있는데, 이 케이스에서는 지구뿐 아니라 우주 전체와 물리법칙이 다 같이 망합니다. 관심이 생긴다면 한번 살펴보세요. 아주 최근에 이것을 소재로 한 SF 단편도 출간되었는데요, 눈치채셨을 때의 즐거움을 위해 여기까지만 알려 드리겠습니다.

아이디어로만 만지작거리던 이야기를 글로 옮기게 되기까지는 또 다른 계기들이 필요했는데요, 2018 SF 컨벤션 프로그램이었던 김창규 작가님의 강의 '세계멸망 SF에서 얻을 수 있는 것들'로부터 내용을 다듬어 내기 위한 많은 영감을 얻을 수 있었고, 같은 행사에서 때마침 배포되었던 안전가옥 대멸종 앤솔로지 공모전 리플릿이 마감이라는 이름의 창작 의욕을 제공했습니다. 물론 응모 원고를 쓰는 동안 응원해 주신 주변 분들의 성원도 정말 큰 도움이 되었습니다. 모든 분들께 감사드려요.

이 이야기에 서술된 과학적 사실관계는 엄밀히 보증되지 않습니다. 많은 천문학적 또는 물리적 가설이 이야기의 흥미를 위해 편의적으로 채택되거나 과장되었음을 밝힙니다. 또한 거듭 아쉬운 것은, 작업 역량과 배경 지식의 부족으로 인해 다양한 저승의 여러 가지 모습을 좀 더 섬세하게 다루지 못했다는 점입니다. 미처 인지하지 못한 채 드러낸 문화적 편향성이나 편견이 있다면, 나중에라도 깨닫고 다시 다듬을 기회가 있기를 바랄 따름입니다.

수많은 한국 사람들은 자기가 '끼인' 세대의 사람이라고 생
각할 겁니다. 70~80대 노인들은 전쟁과 산업화 사이에 끼인
사람들이고, 40~60대 중장년층은 민주화와 신자유주의 사
이에 끼인 사람들이고, 20~30대 청년들은 재수 나쁘게 세계
경제가 위기를 맞은 시기에 딱 끼어 태어난 사람들이고….

저는 밀레니얼의 앞쪽에 대롱대롱 매달려 있는 12학번인데요. 재작년 이맘때쯤에는 제가 상당히 불행하게 긴 세대에 속한다는 생각을 하고 있었습니다. 제가 대학교에 입학할 때는 흔히 말하는 코딩 붐이 확 불붙기 전이었거든요. 2016년에 알파고가 이세돌 9단과 대국을 벌이고 나서야 사람들이 부랴부랴 그쪽으로 달려갔죠. 제가 다니던 학교에서도 문과생이건 이과생이건 일단 파이썬을 필수적으로 가르치기 시작했구요. 그런데 저는 그때 졸업식에 나갈까 말까, 졸업 사진을 찍을까 말까 고민하고 있었던 거죠!

태생적으로 문과라고 생각했던 가까운 후배들이 하나둘 시간 복잡도가 어쩌니, 함수형 프로그래밍이 어쩌니 이야기하는 걸 옆에서 듣고 있자니 덜컥 겁이 나고 제가 속한 세대에 대한 원망도 부쩍 드는 겁니다. 2년만 늦게 태어났어도 내가 저 대열에 끼었을 텐데 하고요. 일단 독학이라도 해야겠다 하고 코딩을 잡기 시작했죠.

1년 동안 게임 프로그래밍을 한창 배운 뒤에 저는 그런 체계적이고 논리적인 학문이 저랑 맞지 않는다는 사실을 인정하게 되었습니다. 이 소설은 그 후 남은 경험 몇 개와 판교에서 도는 괴담 같은 진짜 이야기들, 그리고 이제 클리셰가 되어버린 SF의 몇 가지 아이디어들을 적당히 섞은 겁니다.

제가 대학교 1학년이었던 2012년에 대중 사이에서 회자된 개발 관련 농담이라고 하면, 개발 일에 뛰어들었다가는 마침내 치킨을 튀기게 된다는 비장하고 서글픈 예언 빼고는 별다른 게 없었는데요. 이런 소설을 좋아하시는 고마운 독자분들이 있다는 사실을 알고 나니 정말 코딩이 교양이자 필수 기술이 된 시대가 왔구나, 좀만 더 살짝 늦게 태어날걸 하는 헛된 후회도 마음속 깊은 곳에 드는 것입니다,

누가 지구 좀 파괴했으면 좋겠다.

가끔, 고됨이 몰려올 때 친구들과 주고받던 농담입니다. 내가 이 상황을 끝낼 용기는 없으니 타의에 의해 끝났으면 하는 마음에 말입니다. 교통사고를 당해 병원에 입원했으면 좋겠다고 생각하는 직장인들의 바람과 비슷한 맥락입니다. 세트로 세상 멸망했으면 좋겠다, 도 있습니다. 이 말들에는 모두 공통점이 있습니다. 나는 아무것도 하지 않는다는 것. 당연한 일입니다. 안 그래도 힘든데, 망상에서까지 내가 뭘 하고 싶지 않습니다. 내가 최종 보스가 되어 세상을 멸망으로 몰고 가겠다 하는 능동적인 태도 따위는 사양하고 싶은 것입니다.

어느 날 생각했습니다. 나를 고되게 하는 것들은 모두 인간인데. 인간이 만든 제도인데. 왜 죄 없는 지구가 파괴되어야 하는가, 하고. 이 농담은, 농담을 가장한, 인간이 할 수 있는 최대의 피해자 코스튬플레이가 아닌가 하고. 나름의 반성을 거친 후 이 농담은 폐기 처분 결정을 내렸습니다. 그 반성이 이 글에도 조금 섞여 있습니다.

꺼헉이란 마을은 실재하지 않으며, 캄보디아어로 거짓, 허상이란 뜻을 가지고 있습니다. 그러나 끄라쩨는 실재합니다. 소설은 가끔, 허구이기도 하지만 허구만으로는 만들 수 없어서 쓸 때마다 조금씩, 죄책감을 가지게 됩니다. 언젠가는 허구라는 변명으로 도망가지 않아도 될 만큼의 글을 쓸 수 있으면 좋겠습니다.

사족을 덧붙이면 '흰 공주'는 양쯔강돌고래입니다. 2006년 멸종 선고를 받은 후, 2016년 개체 증가의 가능성이 제기되고 있지만 확인된 바는 없습니다. 이라와디 돌고래도 그렇습니다만, 이 돌고래도 참으로 다정하게 웃는 얼굴입니다. 그래서 아주 미안해집니다.

반성과 죄책감과 미안함으로 뒤섞인 글입니다만, 그래도 상냥한 글이었기를 바랍니다.

〈우주탐사선 베르티아〉를 쓰기 시작했을 때, 저는 다른 작품
의 마감을 앞두고 있었습니다. 전개가 막혀 답답하던 차에
기분을 전환하려는 목적으로 즉흥을 따라가며 쓴 이야기가
〈우주탐사선 베르티아〉였습니다. 이걸 마무리 지은 다음엔
원래 쓰고 있던 작품을 전혀 다른 이야기로 처음부터 다시
썼고 다행히 무사히 마감을 지킬 수 있었습니다. 두 작품 모
두 파괴된 또는 파괴될 세계를 그리고 있으니 어찌 보면 이
란성쌍둥이라고 볼 수도 있겠네요. 예전에 썼던 대표작 중
하나가 또 세계를 깔끔하게 증발시키는 이야기였다 보니 당
분간 대재앙을 다루는 이야기는 쓰지 말아야겠다고 다짐했
습니다. 정신이 매우 피폐해지더라고요. 지킬 수 있을지는
모르겠지만요.

소설에 등장한 FNN의 개념은 고등학교 때 처음 떠올렸고 대학생 때 블로그에 그와 관련한 긴 글을 썼는데 소설을 쓰면서 다시 찾아보니 블로그 자체가 사라졌더군요. 왜지. 어쨌거나, 비슷한 아이디어 자체는 오래전부터 있었던 걸로 압니다. 〈Serial Experiments Lain〉이라는 애니메이션에서도 비슷한 걸 언급한 기억이 있네요. 거기선 좀 다른 의미였지만.

하와이 마우나케아산에 있는 스바루 망원경의 카메라 중에는 Suprime-Cam이라는 게 있습니다. CCD 10장을 연결해 8천만 화소로 만든 물건인데 이 10장의 CCD 하나하나에 이름이 붙어 있어요. 치히로, 클라리스, 피오, 키키, 나우시카, 포뇨, 산, 사츠키, 시타, 소피입니다. 감이 오시나요? 전부 스튜디오 지브리가 제작한 애니메이션의 등장인물입니다. 별 뜻은 없어요. 그냥 Suprime-Cam 제작자들이 재미로 붙였다고 하네요. 덕분에 대학원 시절, 관측 데이터 속에서 눈에 익은 인물들의 이름을 발견하며 반가웠던 기억이 있습니다. 베르티아의 인물들 이름이 모두 꽃 이름인 것도 비슷한 이유입니다. 굳이 꽃을 이용한 건 예쁜 이름이 많기 때문이고 그 이상의 뜻은 없습니다. 그렇다고 나중에 의미를 부여하지 못할 이유도 없겠죠. 왜 그들은 꽃 이름을 가지고 있을까요? 그것도 전부 다른 나라의 말로, 누군가 의도적으로 붙인 것처럼. 더 이상은 스포일러가 되니 여기까지만 하겠습니다. 때론 후기를 먼저 읽는 독자분도 계시니까요. 그렇다고 너무 진지하게 생각하지는 마시고.

아내와 딸, 그리고 이 작품을 선택해 책으로 엮어 주신 모든 분들께 감사를 전하며 후기를 마칩니다.

대멸종, 이라는 주제를 처음 봤을 때에 제 가슴은 매우 뛰었습니다. 우와, 대멸종이라니. 공룡 멸종. 지구 파괴. 재난 영화. 이것은 정말 좋은 주제이다. 그런 생각은 다음으로 이어졌습니다. 그런데 대멸종이라면 행성 파괴, 아니, 항성인가? 그러고 보니 판타지 세계관에는 '메테오 샤워'라는 마법이 있다. 메테오인가 미티어인가. 그 대단한 마법을 악당이 저지르곤 하는데, 항상 실패한단 말이지. 사실 주인공이 악당 하나 죽이자고 유성을 끌어들이면 주인공이 악당…. 아니 근데 왜 그게 마법의 결정판으로 통용되는 건데? 완전 다른 천문학이 적용되는 이세계에서는 어떨까. 여전히, 뭔가가, 다가온다면, 무섭지 않을까. 아무도 모르는 그 사실을 알게 된다면?

달이 막 달려오고 있는데 그걸 막을 수는 있을까? 핵폭탄도 없고 달에 사람을 뿅 쏴 보내서 드릴로 시추할 수도 없는 세상에서는. 아니, 신화가, 정령이며 마법이 살아 있는 세계에서는.

그리하여 쓰기 시작했습니다. 마빈의 과거에 대해 말씀드릴 기회가 아마도 없겠지만, 동정하셔도 되고, 한심하다 생각하셔도 됩니다. 마르테를 동정하셔도 되고, 한심하다 생각하셔도 되고요. 펠리체는… 용감한 왕자님 안녕. 누군가는 물을 수도 있겠지요. 살아남은 사람들은 없나요? 판타지 세상이면 몬스터들과 살아남은 사람들과의 생존 게임은? 좀비라도 생기지는 않을까요?

아뇨, 이건 대멸종에 관한 이야기입니다. 남고 자시고 할 일이 있나요.

그게 대멸종이 실제 벌어진다고 생각했을 때의 감성이 아닐까요. 과거는 과거가 늘 그렇듯 흘러가 버리고, 현재는 후회뿐이며, 미래는 존재하지 않는. 그래서 사람들은 재난 상황에 분노하며 대책을 마련하기 위해 같이 연대하는 것이겠지요. 이렇게 극적인 상황이 아니라 하더라도 그 찰나, 대멸종이 닥쳐올 순간에는 틀림없이 후회뿐일 테니까요.

살아가는 모든 하루하루를 그렇게 살 수는 없을 겁니다. 하지만 이런 생각이 떠오르는 매 순간순간에는 노력하면서 살 수 있겠지요. 좀 더 같이 살아가고, 미래를 위해 과거를 발판 삼아 최선을 다하면서. 그래서 어느 날, 달이 온다며 누군가가 작게 속삭인다면 귀를 기울여 주시면서 같이 손잡아 주시는 건 어떨까요?

대멸종 안전가옥 앤솔로지 02

지은이	시아란·심너울·범유진·해도연·강유리
펴낸이	김홍익
펴낸곳	안전가옥

기획	안전가옥
프로듀서	김신
	김보희 · 이수인 · 이은진 · 임미나
퍼블리싱	박혜신 · 임수빈
편집	이혜정
디자인	금종각
서비스 디자인	김보영
비즈니스	이기훈
경영지원	홍연화

출판등록	제2018-000005호
주소	(04779) 서울특별시 성동구 뚝섬로1나길 5, 헤이그라운드 성수 시작점 202호
대표전화	(02) 461-0601
전자우편	marketing@safehouse.kr
홈페이지	safehouse.kr
ISBN	979-11-963470-3-1
초판 1쇄	2019년 5월 16일 발행
2판 2쇄	2022년 5월 30일 발행
2판 3쇄	2024년 7월 18일 발행